致青春 019

天王助理

準擬佳期　著

高寶書版集團

目錄
CONTENTS

第1章　男神欽點貼身助理

「小姐？小姐？」

對方叫了她幾聲之後，杳杳方回過神來，對對面的年輕男人不好意思地笑了笑。她微微抿了一下因為天氣炎熱和身體不佳引起的蒼白嘴唇，方才他說什麼來著？杳杳覺得自己的大腦有一點當機了。

「不好意思。」

對方又笑了笑說：「沒關係，妳有點緊張。我是Moore，聖果娛樂的金牌經紀人，雖然妳的履歷我看過了，還是希望妳能做一下自我介紹。」

「嗯。」尉遲杳杳低低地應了一聲，然後開始像以往每一次演講一樣，滔滔不絕地介紹起自己，一瞬間忘了自己其實是在面試一份工作，而不是站在一方講臺上。

「我叫尉遲杳杳，北京大學漢語文學系大三在讀生，曾經獲得過茅盾文學獎，以及新概念之類的獎項，曾經代表北京大學參加過全國大學生辯論大賽，並且取得了第一名的成績……」

Moore聽著杳杳的介紹，由最初的很滿意，漸漸變成了很猶豫。這個女生很年輕，才二十二歲，學歷很高、智商很高，可以說是品學兼優。雖然有些不修邊幅，但是仍然長得很漂亮，臉很小巧、下巴尖尖、眉目如畫，再加上那一頭柔順的黑長直，直接秒殺現在的一干玉女明星了，但是這樣的一個女孩做助理放在由曦身邊，不太安全吧？

最重要的是，由曦這個人就很難管理了，助理又這麼有主見，那以後是她幫他看著由曦呢，還是他們兩個聯合起來矇騙自己？Moore 哥很頭疼，看來要跟這個女生說再見了。

就在杳杳那一段非常長的自我介紹最後一個尾音剛剛落下，會議室的門開了。一個穿著灰色西裝的年輕男人出現在門口，頭髮是精心打理過的，烏黑的短髮一絲不苟，那張臉真的就跟畫出來的一樣，抑或是整型醫院的範本。他黑色的襯衫緊貼著他的身體，剪裁得也太合身了，恰好得讓他看起來一點也不柔弱。他身材很高挑，比尉遲杳杳足足高了一個半的頭，應該是有一百九十幾了。腳上那雙皮鞋，一塵不染，儘管今天外面有沙塵暴。

當杳杳看到他的臉的時候，腦袋裡只不斷地重複出現一句話——

有匪君子，如金如錫，如圭如璧。寬兮綽兮，猗重較兮。

「這是你幫我找的新助理？」年輕男人掃了一眼有點發呆的尉遲杳杳之後，坐在了 Moore 身旁，隨手拿起那份履歷看了看。

「由曦，你不是在片場嗎？怎麼突然回公司了？」

「你幫我找助理，不用我親自把關嗎？」由曦抬了抬眼，「妳叫尉遲木木？」

杳杳愣了一下，Moore 哥汗顏了一下。完了，「杳」這個字，他家藝人不！認！識！

由曦完全沒有管另外兩個人臉上怪異的表情，直接說：「就是妳了，明天早上去我家報到。」

Moore 站起來，拉了拉由曦，小聲說：「這件事情交給我決定好嗎？我這裡有更合適的人選。」

由曦對 Moore 笑得十分無害，然後徑直出去，讓人擬了一份勞動契約書和一份保密協議，放在了尉遲杳杳面前。

「妳好，我叫由曦，手借我一下。」

雖然是句詢問的話，但是由曦已經很自然地抓住了杳杳的手。杳杳的手腕有一層薄薄的繭，虎口也是如此。由曦知道，這是一個常年拿筆寫字的女生，而杳杳也知道，他的手指略微粗糙，應該是個常年玩樂器的人。

就在那麼一愣神的瞬間，那一份契約書、一份協議上，都有了杳杳的手印。由曦滿意地看了看，然後將合約丟給了Moore。

Moore只覺得頭疼：「由曦，這不符合規矩。」

「我的規矩就是我喜歡，這個人我看著順眼。Moore哥，我回片場了，人交給你。」由曦說完就戴上了墨鏡，路過杳杳的時候對她笑了笑說，「尉遲木木，明天見哦。」

Moore扶額，他家藝人可不可以不要隨便這樣笑，定力不好的血槽要空掉的啊！再一看尉遲杳杳，還是愣愣的樣子，似乎完全沒有被由曦的笑容所迷惑。

「既然契約書已經簽了，那妳明天就來上班吧。這個是由曦的地址，等一下我會讓另外一個助理跟妳說一下由曦的一些性格喜好。」

Moore哥說完，杳杳才回過神來，問道：「等一下，剛才我簽的是藝人助理的合約？可是我是來跟你們公司的情感節目洽談合作的呀。還有，我叫尉遲杳杳，不是木木……」杳杳的聲音愈來愈小，她仔細回憶了一下剛才掃了幾眼的契約書，那份保密合約可謂苛刻。

「祝妳好運。」Moore哥走到門口，招招手，「小七，帶尉遲杳杳辦個入職，順便熟悉熟悉由曦的情況。」

「朱先生！」

Moore哥的腳步頓住了，身體有點僵硬。

杳杳嘆了口氣，她糊裡糊塗地簽了合約，如今似乎也只能接受。她想起自己出門之前，閨蜜說她這個人情商太低，得罪人都不知道，於是決定好好感謝這個人一番，並且說點好話。

杳杳輕輕咬了咬下唇，似乎下了極大的決心才開口說：「大壯哥，謝謝你，我會好好學習的。」

大壯……哥？大壯？大……壯……

Moore哥的臉瞬間黑了，他心裡彷彿有一萬隻草泥馬呼嘯而過，不停地吶喊。

這丫頭是怎麼知道的，她到底怎麼知道自己的中文名字的？由於這個奇葩的名字，Moore苦惱了很久，但是他改名非常麻煩，不但所有的個人資料更新很麻煩，名下的產業也有一些麻煩，所以他只能頂著這個名字。但凡是圈子裡有一點常識的人，知道他金牌經紀人名號的人，都不會這樣叫他的中文名字，這是他的逆鱗，最大的逆鱗。

因此，面對非常喜歡跟自己作對的自家藝人由曦欽定的全職助理，他微微一笑說：「小七，寫個地址給她，讓她明天早上八點去接由曦開工。」

小七打了個哆嗦，看了看Moore哥燦爛的笑容，對尉遲杳杳深深表示了同情。

「謝謝大壯哥。」尉遲杳杳又來了一句。

Moore哥推了推鼻子上的黑框眼鏡，整理了一下銀色的西裝，再一次對杳杳露出了溫潤如玉的笑容說：「不客氣。」

然後，轉頭走了，步伐穩健、瀟灑如風。

杳杳回到家，爸爸出差訪問別的學校仍舊沒回來。她自己煮了一碗麵，然後開始看書。

杳杳非常喜歡看《傲慢與偏見》，幾乎沒事閒下來的時候就翻幾頁，手上的這一本是二〇〇〇年買的那一版，已經過去十幾年了，儘管她很仔細地保護書籍，但仍舊留下了破舊的痕跡。殷舊送過她一本新的，算起來那是殷舊唯一送過她的禮物了，杳杳愛不釋手，珍藏起來，翻都捨不得翻。

杳杳經常想，她和殷舊，或許就像《傲慢與偏見》的男、女主角一樣，一開始並不互相喜歡，然而經歷一些事情之後，一定會相愛在一起，然後廝守到老的。超脫所有世俗的觀念，被很多、很多人追捧的那種崇高的愛情。

拍了拍臉頰，看完書十點整，杳杳盥洗完畢上床睡覺。第二天早上六點一過，杳杳起床，收拾好自己，換了件不是那麼學生氣的衣服，打算出門去找……誰來著？哦對，他叫由曦。

杳杳停頓了片刻，上網搜尋了一下由曦是誰。

百度百科顯示，由曦二十六歲，亞洲唱作小天王，二〇〇八年中國夢工廠選秀奪冠，從此出道。演藝經歷足足有兩頁，出道這六年來，國內所有能獲得的音樂獎項他都拿過了，真的就是拿獎拿到手軟，是當代歌壇最看好的一位小天王。由曦的演唱會一直以來都是爆滿的，女粉絲多得就像是散落在整個銀河系裡的星星一樣。

今年，超級偶像由曦跨行影視，接拍大製作偶像劇《不小心愛上你》，引發粉絲尖叫狂潮……

杳杳眉頭微蹙，她的第一份工作，竟然是要當一個超級明星的助理嗎？可是助理都做什麼呢？應該是跟協助爸爸做學術研究差不多吧，總之就是幫別人做事情。

再看看由曦這個人的評價，脾氣非常好，陽光暖男一枚，即便是天使也沒有他這麼和煦的笑容，如同陽光一樣照耀在別人身上。在粉絲心裡是口碑最好的超級偶像，平易近人，關心粉絲，會在演唱會的時候幫忙維護秩序，保護自己的粉絲不受傷。在開簽售會的時候，看到學生蹺課來簽名，會嚴厲批評，讓學生粉絲回去好好上課；會在出席商業活動的時候，為主辦方和工作人員考慮周全。各種活動從不遲到，不耍大牌，更是在各種非正式場合，表現出完美的紳士氣質。杳杳粗略地看了一遍，足足三千多字的好評，各種粉絲站出來發帖[1]、樹洞[2]有多麼好、多麼愛他。

杳杳的眉頭舒展開了，評價這麼高的一個人，應該是不難相處的。她的運氣，似乎是不錯的。出門，搭計程車，到由曦家門口剛好八點。

由曦住的地方在北京北邊的別墅區，獨門獨戶三層樓的別墅，旁邊有一個很大的車庫，正門前鋪著一塊草坪，草坪上有一條蜿蜒的石子路。坦白來說，由曦這棟房子很漂亮，有點義大利的風情。抬頭看上去，二樓有一個很大的露臺，上面擺放了不少花草，有一些杳杳認識，是非常名貴的品種，照顧起來非常麻煩，需要足夠的耐心。杳杳不由得對由曦的印象更好了一些，這是一個有情懷和高雅情調的超級偶像！

她準時按響門鈴，三次過後，沒人回應。

杳杳傳了一則訊息給小七，詢問了一下由曦是否在家，小七回覆她：『如果按，請狂按』。

儘管這樣瘋狂按人家門鈴的行為很不禮貌，但是為了工作不遲到，杳杳只好在由曦家門口瘋狂地按著門鈴。

十幾分鐘過去，大門仍然沒有打開的意思。杳杳懷疑，由曦是不是已經自己去片場開工了，她遲到了嗎？

正在懷疑之際，大門猛然間打開，一個頭髮亂糟糟、穿著卡通睡褲、上身赤裸的人出現在杳杳的視線裡。儘管烏黑的髮絲遮擋了他一部分的視線，但是仍然能看出那是一雙充滿血絲的眼睛。幾乎是打開門的那一瞬間，伴隨著振聾發聵的怒吼咆哮而來：「大清早按門鈴，妳想死是嗎！」

杳杳被他嚇了一跳，但好在，她以前參加過各種演講比賽，心理素質是非常好的，在片刻之後調整好心態，謹慎地對由曦說：「由老師[3]您好，我是尉遲杳杳。」

面前這個人顯然還處於沒睡醒的狀態，似乎意識到自己方才有點失態，瞇了瞇眼睛，語氣明顯比方才好了很多：「粉絲？喜歡由曦？」

杳杳一時不知道怎麼回答才好。

也就是她遲疑的那麼一瞬間，門內的人瞬間將門關上了，並且大喊了一聲：「我不是由曦！妳等一下，我去喊他！」

緊接著是一陣腳步聲，杳杳站在門口，有點迷茫。

過了大約十五分鐘，大門再次打開。

一個穿著整齊家居服的年輕男人出現在了杳杳面前，他的頭髮很整齊柔順，整個人精神煥發，好看得就像一本時尚雜誌的封面。他微笑：「妳好，我是由曦，抱歉、剛才開門的是我的助理，他脾氣有點暴躁，我替他道歉。是怎麼找到我家來的？」

杳杳瞥了一眼由曦腿上的那條卡通褲子，跟剛才那個人穿的一樣。杳杳搖頭：「我是您的新助理，昨天見過的。」

由曦的臉色瞬間變了，就像一幅美麗的畫突然被撕開了一樣，他怒吼一聲：「妳不是我的粉絲？妳早上八點來敲老子的門！誰給妳的勇氣早上來敲門的！」

杳杳澈底被他給嚇到了，這前後變化，也太……驚人了吧？

杳杳頓了頓說：「由老師，是大壯哥讓我來找您的……」

由曦呆愣了一秒，然後……

「哈哈哈哈哈……大壯，朱大壯……」

杳杳莫名了。

由曦笑了一會兒，笑容垮了下來，微微扭了扭頭示意杳杳進來。

「由老師，我們接下來去片場嗎？小七給了我今天您的行程。」

由曦盯著跟著他進來的尉遲杳杳，皺緊了眉頭：「行程拿來我看看。」

杳杳掏出手機，舉到由曦面前，他真的好高啊！

由曦：「尉遲木木妳是文盲嗎？這上面寫的是下午三點的戲，妳八點來按門鈴，是想死嗎？」

又是一頓咆哮，毫無徵兆。

過了好一會兒，杳杳弱弱地反抗了一下說：「由老師，我叫尉遲杳杳，木日杳。」

由曦俊俏的臉微微發紅，翻了個白眼說：「以後就叫小木木了！」

杳杳忍了，問：「那我們現在做什麼呢，由老師？」

「睡覺！」

由曦堂而皇之地上樓睡覺去了，把杳杳一個人扔在客廳裡，她有些坐立不安。

老闆睡覺去了，她這個助理要做什麼？

杳杳打量了一下由曦的家，每一件家具、每一個角落，都打掃得一塵不染。房子裡所有的擺設都很整齊，CD架上每一張CD都按照出版的日期排列起來。一樓還有一間規模不小的酒吧，吧檯上方倒掛著上百個杯子，每一支杯子都能映出人來，沒有任何一個指紋。

整個二樓是個大倉庫，一共有四個房間，每個房間都擺滿了粉絲送給由曦的禮物。按照不同的種類擺放，有的是玩具之類，有的是樂器，有的是卡片、本子。由曦都收拾得很整齊，每個禮物上甚至還有一個標籤，上面寫著什麼時候在什麼地方收到的。

杳杳有些傻眼了，這裡的禮物少說也有幾萬個，都分門別類，不累嗎？

中午十二點，杳杳在由曦的書房門口徘徊，她實在無聊，對這裡面的幾本書產生了一些興趣，然而主人睡了，她不知道該不該拿來看看。

正在思考之際，三樓傳來了由曦的咆哮：「助理！助理呢！死到哪裡去了！快點給我上來！」

杳杳立即向三樓狂奔，推開了由曦的房門。只見由曦全身只穿了一條四角內褲，坐在那張大床上，頭髮有些遮擋他的視線，一抹微光透過窗簾縫隙灑在他身上。他看到杳杳之後，一個翻身鑽進了白色的被子裡。

「啊！」杳杳尖叫。

「妳叫什麼！老子還沒叫呢！妳誰啊？」

「尉遲杳杳……您的助理，早上我們還見過的，由老師。」

「去幫我選一套衣服，等一下去片場。」由曦抱著被子坐在床上發號施令。

杳杳只好打開他的衣櫥，整個衣櫥大得驚人，比她家的主臥還要大上幾坪，裡面掛滿了各種各樣的男士衣服、配飾。

由曦努了努嘴：「喏，那裡有個遙控器，妳按一下。」

杳杳從由曦床邊的櫃子上拿了遙控器，按了一下。

衣櫥裡一排衣服突然緩緩滑動出來，她嚇了一跳。

由曦瞥了她一眼，搖了搖頭說：「再按一下。」

杳杳接著按，原先出來的那一排衣架緩緩地回去，第二排又滑動出來。

每排五套衣服，都是平面展示。遙控器上四個按鈕，按前、後就會有整排的衣服出來，按最右，這一排衣架就會各自轉動三百六十度，讓你看清楚每一件衣服的細節。

選了整整半個小時，由曦說：「好累，嘴巴都乾了，妳去幫我倒杯水，回來繼續選。」

杳杳腹誹，你不口渴才怪，你說那麼多話，自己按遙控器不好嗎？

等杳杳倒水回來，由曦已經自己選好了衣服，並且去浴室洗澡了。她看了看由曦睡過的床，只有一個淺淺的印記。並且十分規矩，這個人睡覺的時候，連翻身都不翻嗎？

下午兩點，由曦帶著杳杳準時出門，準備去片場。

由曦在車庫裡選了一輛休旅車，自己開了車門坐在了後座；杳杳將由曦今天要用的東西都放在後車廂裡，然後開車門，坐在了副駕駛座上。

由曦翻了翻劇本，愈看眉頭皺得愈緊。

由曦：「怎麼還不開車？」

杳杳：「司機還沒來。」

啪！由曦看到一個強吻的橋段，實在是受不了這劇本了，直接將其扔到一邊，然後抬頭瞥了杳杳一眼：「哪來的司機，妳就是司機。Moore 哥沒跟妳說嗎？」

杳杳腦袋一片空白，大壯哥他什麼都沒有說啊，怎麼辦？

由曦：「妳不會開車？」

杳杳點了點頭，她曾經想等上了大學再考駕照，後來殷舊告訴她「妳這麼蠢，還是不要當馬路殺手了，我當妳的司機就好了」，所以她就沒有學車的打算。

由曦有點火大，直接打了個電話給 Moore 哥：「你怎麼給我找了一個不會開車的助理？我的司機被辭退了你不知道嗎？現在怎麼辦？我去片場要遲到了！」

Moore 哥看了看錶，笑著說：「是你自己說看這個助理順眼的啊！怎麼了？不然再幫你找一個？」

「不、用！老子自己解決！」由曦掛了電話，氣不打一處來，他今天起了個大早，難道要趕個晚集，浪費時間嗎？

「由老師，我有辦法，您下車吧。」杳杳說著已經將車門打開，並且把由曦今天要帶的東西都扛在了自己身上。

「妳真的能搞定？」

杳杳堅定地點頭。

十分鐘後，別墅區的公路上。

由曦：「尉遲木木！這就是妳想的鬼辦法！老子的頭髮都被吹亂了！吹亂了！」

杳杳：「由老師，我叫尉遲杳杳，對不起、由老師，今天風有點大。」

十五分鐘後，環狀道路主要幹道上。

由曦：「老子要下車！妳真的會騎摩托車嗎？」

杳杳：「對不起、對不起，由老師。」

杳杳轉頭跟他道歉，紅綠燈正好變了，一輛貨車駛來，由曦尖叫一聲：「妳看路！看路啊！妳看老子幹什麼！」

「對不起、對不起，由老師不好意思。」杳杳只能不停地道歉，後來由曦乾脆閉嘴了。他仔細回想了一下，自己買了多少錢的保險，夠不夠下半輩子用。

可是，當他們的摩托車在市區內轉了三圈之後，由曦終於忍不住暴怒了：「小木頭！妳不認識路？妳是路癡嗎？」

杳杳無奈地點頭。

「妳還好意思點頭！」由曦咆哮。

杳杳的耳朵好疼。

由曦掏出手機，打開百度地圖，快速定位，然後搜尋他們要去的地方，路線圖計算出來，他們現在所在的位置，居然比他家到片場還要遠。由曦咬牙切齒，迫切地想要開除這個木頭，然而也不能讓Moore哥看自己笑話，所以只能繼續忍……

「妳照著手機導航走，快一點，注意安全。」

由曦將自己的手機塞到了杳杳的手上，杳杳一手拿著手機，一手握住摩托車的一個車把手，正打算發動，突然聽由曦說：「妳準備單手騎車？妳不會把手機固定在摩托車上嗎！」

杳杳無奈道：「我有點近視，太遠了看不清楚。」

「給我！」

公路上，尉遲杳杳將摩托車騎得風馳電掣，後座上的由曦左手捏著手機，右手抱著自己今天自帶的戲服，脖子上掛著專用的化妝包，背上是尉遲杳杳的麻布雙肩包，裡面裝著他的劇本，頭上裹著一塊絲巾，臉上是一個口罩……

由曦不斷地報路線給杳杳，一路上苦不堪言。由曦在心裡發誓，明天就炒掉這個蠢木頭！

三點，準時到達片場。

由曦是一個非常討厭遲到的人，自己也從不遲到，什麼耍大牌，在他這裡統統沒有，整個劇組都對由曦的印象非常好。這是由曦接的第一部戲，他以前雖然沒有演過戲，需要跟演員磨合很多次，但是由於他的態度實在是太良好，大家對他也沒有任何怨言。更何況，這個劇組誰能紅得過由曦呢？誰又能比由曦長得還……好看呢？

這是一部現代偶像劇，主要取景是在北京和巴黎兩個地方，投資方可謂大手筆，特地租了一整棟剛剛裝修好的大廈給劇組使用。由曦特意選擇了大廈的後院，火速跳下摩托車。

「趕快找個地方停車，然後火速過來接我！」由曦一邊說，一邊躲在柱子後面，開始迅速整理自己的外表。

北京最近風很大，導致灰塵很多，他摘下絲巾和口罩，整個臉上只有被口罩遮擋的部分是白皙的，其他的地方都髒兮兮的。他的髮型更是嚇人，簡直跟從大西北回來的一樣，他這個樣子如果被記者看到了，那他不要混了。

杳杳將摩托車停好，轉頭看到一個三十多歲的男人正在門口張望，並且試圖鑽進去看看，於是大聲喝道：「你是什麼人？為什麼在這裡鬼鬼祟祟的？」

「小妹妹妳好，我只是隨便看看，剛才過去的人是由曦嗎？我是他的粉絲，我能跟他合照嗎？」男子一邊說著，一邊試圖往裡面走。他被發現了，反倒是大方地選擇走門，而不是鑽空子了。

杳杳立即擋在門口，雙手抓著兩邊，昂首挺胸。

「小妹妹妳是劇組的什麼人？」男子並沒有硬闖，而是笑著跟杳杳聊了幾句，一雙細小的眼睛卻一直往門裡面瞟。

杳杳打量了他一下，身上還掛著相機，口袋裡有一支錄音筆，怎麼看都像是個記者。於是對他笑了笑說：「這位記者先生，想探班的話，請走正門，我只是放假打工來掃地的，請不要妨礙我的工作呀！」

杳杳將那人推了出去，然後將門一關，掏出自己的手機，假裝打電話說：「副導演，哦哦，知道了，我馬上就去前面接由曦的車。」然後掛了電話，一路小跑走了。

走到一個轉角處躲了起來，看方才那個記者已經毫不遲疑地往前門去，杳杳這才出來，回到由曦藏身的柱子前，提起他的東西，然後說：「由老師，我們上去吧。」

由曦「嗯」了一聲，內心開始掙扎，小女孩找個工作也不容易，看這個打扮就是半工半讀的，算了算了，不然再試用幾天好了，還是挺機靈的。

化妝間裡，幫由曦化妝的化妝師早就在等著了。由曦對她笑了笑說：「不好意思，路上有點塞車，我遲到了。」

化妝師是個三十多歲的姐姐，非常和藹可親，聽由曦這麼說，立即笑顏逐開，連忙說：「哎呀，北京這個交通就是讓人操心呀！時間剛剛好，你沒有遲到呢，是我來早了，我們開始化妝吧！」

由曦點點頭，坐在鏡子前，在開始化妝之前跟化妝師說：「張姐，我吹了一路的風，臉上有點髒，妳多擔待。」

「放心、放心！都交給我！」張姐說著，幫由曦做了一次臉部清潔，並用噴霧幫他吹掉頭髮上的灰塵。

「木頭，劇本幫我拿一下。」由曦面帶笑容，真是人畜無害。

杳杳險些就要揉眼睛了，她為什麼會覺得由曦現在非常親切呢？剛才一路上被咆哮帝附身的他難道是自己的錯覺？

杳杳從背包裡拿出劇本，遞給由曦。由曦卻沒有接，說：「幫我對一下臺詞。今天是第三十二場戲，我跟女主角的對手戲。」

杳杳粗略地看了一下劇本，這個劇本也太……瑪麗蘇[4]夢幻了吧！

男主角是一個家庭不幸福的富二代，道道地地的紈褲子弟，從來只知道遊戲人間，實際上內心也有著最脆弱的一面。女主角是一名外科醫生，三年前男朋友車禍去世，對她造成了非常大的打擊，她從一個熱心的年輕女醫生，變成了一個冷若冰霜的人。

這一天是女主角前男友的忌日，女主角喝醉了，正巧遇上了跟朋友來酒吧找樂子的男主角。男主角玩遊戲輸了，作為懲罰要來追求女主角，而男主角竟然跟女主角的前男友長得一模一樣，從此兩人展開了一段孽緣。

男主角是一個有著豐富泡妞經驗的人，經常讓自己受傷，去找女主角醫治。女主角一方面克制自己的情感，告訴自己這不是自己的前男友，所以對男主角大打出手，一方面又忍不住想要靠近男主角。

後來，自然是男主角漸漸愛上了女主角，而女主角也喜歡上了男主角。可是女主角知道了男主角是因為打賭才跟自己在一起，而男主角也知道了女主角的前男友事件，於是兩人分開，男主角各種受傷難過，還遭遇了車禍，女主角終於要正視自己的心時，男主角失憶了！後面還扯出了女主角前男友是男主角的親哥哥之類的劇情。

杳杳在看完以後，心裡直呼狗血！而且這個編劇是有多恨由曦啊，給他安排了這麼多受傷的戲！

今天要拍的這一場戲，是女主角跟男主角第一次在酒吧見面，強吻了男主角。

由曦：「你這樣喝酒，會喝醉的。」

杳杳：「內有猛獸，生人勿近！」

由曦：「猛獸咬人嗎？巧了，我是熟人。」

杳杳：「你算什麼熟人？」

由曦：「今天三十八度，我都被烤熟了，還不算熟人嗎？我叫林文浩。」

杳杳：「朱承！朱承，真的是你？我就知道你不會離開我的！朱承，我好想你，朱承……嗚嗚嗚……」

緊接著就是女主角宋佳佳強吻男主角林文浩的戲了。對詞到這裡也就結束了，杳杳看了看由曦問：「由老師，還要對下一場的臺詞嗎？」

由曦微微詫異：「妳竟然全都背下來了？」

「我對文字比較敏感。」

「嗯，不對臺詞了，妳刷刷微博，看看今天的熱點[5]，念給我聽。」

化妝師這個時候已經化好了妝，由曦道謝之後，化妝師離開了，休息室裡只剩下他們兩個人。杳杳拿著由曦的 iPad 開始刷微博，自動登錄了由曦的帳號。她快被這評論數和轉發數閃瞎了，竟然有幾十萬，微博這樣不會被卡住嗎？

由曦有四千多萬粉絲，關注了三百多個人，相對於其他藝人來說，他關注的算少的。由曦的頭像是一張白紙，整個微博的頁面很乾淨，不像大多數明星都喜歡用自己的美照來做背景。

杳杳找到了微博熱點開始念：「由曦整型前後對比。」

由曦拿鏡子照了照，不屑地哼了一聲，順便翻了個白眼。那表情分明就是，哥這麼帥，還需要整型，你們全家都瞎！

「網曝小天王由曦初中未畢業。」

由曦狠狠地拍了下桌子：「哪個王八蛋爆料的！老子像是初中沒畢業嗎？」

「由曦取關沈懿綾。」

「等等，點進去看看，我取關沈懿綾了嗎？」

杳杳點開了這個熱點消息，又找到了沈懿綾的微博，果然兩個人不是互相關注的狀態了。於是給由曦看了看，由曦一臉無所謂地說：「不是我取關的，不過算了，沒關係。」

「由老師，沈懿綾是誰？」

「算是我師妹，以前是同一個公司的，她合約期滿，跳到別的公司去了。」由曦咂舌，「妳怎麼連沈懿綾都不認識？她每天蹦躂在各種八卦論壇裡，妳沒聽過她的名字？」

杳杳誠實地搖頭。

「妳在學校的時候，妳同學都不追星？」

杳杳思考了片刻後說：「會追。」

由曦笑了笑，整理了一下自己的衣服，向杳杳投過去一個秒殺萬千少女的眼神。只聽她又說：「追孔孟之道。由老師，孔子和孟子您知道吧？」

由曦嘴角抽了抽，他怎麼那麼恨呢！

北京大學是全國第一高等學府，能考上北京大學的都是各所學校成績優異的學生，學海無涯尚且不夠遨遊，誰又有閒工夫追星呢？

由曦似乎不死心，又問：「那妳知道我嗎？」

杳杳點了點頭，由曦笑了，有那麼一點點暗爽，哪知杳杳又說：「我早上出門特地百度了一下你，以前還真不認識。」

由曦的臉黑了，表情稍顯不自然：「妳既然來做我的助理，以後娛樂圈的事，妳要有一定的敏銳度。繼續念熱點吧。」

杳杳只好又念下一則：「《不小心愛上你》首曝片花……」

「看看這條。」

杳杳點進去，導語寫的是：「偶像劇《不小心愛上你》首曝片花，小天王由曦首次觸電電視劇，期待期待！」

點開頭條下面的評論，杳杳不禁皺了一下眉頭。

由曦問：「怎麼還不念啊？」

杳杳咬了咬牙，直接開始朗讀：「由曦是什麼東西，頂著一張假臉，紈褲都能讀成紈誇！我大天朝的藝人，小學沒畢業就可以當演員了嗎？誤人子弟！由曦你滾去唱歌不好嗎？別汙染電視劇了，求你滾出娛樂圈吧！這個電視劇真的不需要後製配音吧，由曦的臺詞能聽？噁心……」

杳杳念得聲情並茂，彷彿評論的人就是她，活靈活現的樣子。

「啪」的一聲，由曦扔了劇本，杏杏也停止了朗讀。

「我靠！這麼黑老子？老子什麼學歷關你們屁事啊！老子滾不滾要你管啊！什麼叫滾出娛樂圈啊，你滾進來給我看看啊！」由曦暴怒了，杏杏默默地退後了一步。

由曦又看了一眼杏杏，像一頭暴躁的獅子，就差撲過去咬斷杏杏的脖子了。他說：「妳影視學院畢業的嗎？妳演員嗎？我讓妳念個評論，妳跟我在這裡演話劇呢？這是生怕我不知道別人罵我？」

杏杏愣了一下然後說：「由老師，我是漢語文學系的，在學校演過話劇。」

由曦瞪了瞪眼睛，被她堵得瞬間想撞牆——我為什麼要找一個這樣的助理？

過了兩分鐘，由曦稍微平復了一下心情問：「就沒有一個誇我的？」

杏杏迅速掃了一眼說：「沒有。」

「靠！那我的粉絲都在幹什麼？」

杏杏不知道哪個是由曦的粉絲，但是對於那些罵由曦的，有一大票人在跟他們對罵，從祖宗十八代開始問候，言辭犀利刻薄，雙方互不相讓。杏杏覺得，好好的一個電視劇宣傳片，讓這些人給毀了。網路上總是有那麼多口水罵架，明明誰也不認識誰，一言不合就能夠吵得面紅耳赤。

杏杏說：「你的粉絲大概在掐架[6]。」

「iPad 給我。」由曦拿過來自己刷了一會兒，果然有很多人在罵那些對自己出言不遜的人。可是大多數是小號，甚至什麼微博都沒發過，但是都關注了自己。這好像是有人僱的水軍，卻不是在洗白自己。

「靠！誰花錢黑我，妳打電話給 Moore 哥，讓他處理，我不想我的真粉幫這些人背黑鍋。」

「知道了，由老師。」

杳杳覺得，網上的評價至少有一點是說對了，由曦這個人很袒護自己的粉絲，他很珍惜任何一個喜歡自己的人。

杳杳去打電話給 Moore 哥，導演和幾個工作人員過來，由曦就順便跟大家介紹杳杳是自己的新助理。

杳杳跟 Moore 哥彙報了這件事情，得知那邊已經在處理了。過了不到十分鐘，杳杳再次刷新，就看到很多人在讚美這部電視劇了，誇了導演、編劇、演員，當然也誇了由曦一番，讚美聲終於蓋過了罵聲。

導演跟由曦講了講今天的戲，然後下午這一場 B 組正式開拍。

杳杳守在現場由曦的休息位子旁邊，跟工作人員一起看表演。杳杳第一次見到這部戲的女主角鄭嘉兒，長得很漂亮，很清純，氣質上看有點不像醫生。上網搜尋了一下她的資料，是新星娛樂力捧的新人，出道至今拍過四部電視劇，清一色是女主角。網上對她的評價褒貶不一，演技一般，又只演女主角，無數大牌女星跟她搭過配角，名聲被傳得不太好，都說是被潛規則上來的，有個非常有錢的乾爹。

杳杳對這些不置可否，娛樂圈的事情，是真是假，誰說得清楚呀。

畫面裡，由曦扮演的林文浩跟一群朋友在酒吧裡喝酒，搖骰子玩遊戲輸掉了，恰好看到正在喝酒的鄭嘉兒扮演的女主角，於是眾人讓他過去搭訕。由曦喝了一口酒，挑了挑眉，十分痞氣。他在鏡頭裡非常好看，杳杳只覺得賞心悅目。

由曦走到鄭嘉兒面前，伸手擋住了她正要去拿的酒瓶，說：「妳這樣喝酒，會醉的。」

鄭嘉兒看也不看他說：「這裡有隻猛獸，生人勿近哦。」

說著就推開了由曦的手，然後幫自己倒了一杯酒，正準備喝，又被由曦攔住：「猛獸咬人嗎？巧了，我是熟人。」

鄭嘉兒：「你算哪門子的熟人呀！」

導演：「卡！再來一遍！」

杳杳不明所以，他們兩個人分明演得很棒，由曦也不像外界說的完全不會演戲的樣子，為什麼就NG了呢？

鄭嘉兒也不理解，只得重新再來一次。然而說了幾句臺詞之後，導演又喊了卡，如此反覆三遍，鄭嘉兒有點惱了，走過來詢問導演：「導演，哪裡出了問題？要不然跟我們講講戲？由曦第一次演戲，難免……」

鄭嘉兒是正統科班出身，所以自然而然地覺得連累自己NG的人是由曦，於是就想幫由曦說情，實際上卻是在暗地裡表明自己演戲沒問題。

豈料導演一聲暴怒：「妳自己連續說錯三次臺詞，改我的劇本，還給我扯由曦？回去看看劇本重來一次！」

在場的人只有杳杳和鄭嘉兒嚇了一跳，其餘的人包括由曦在內，都好像對導演罵人習以為常。杳杳連忙上網百度了一下這部戲的導演，果然是大有來頭，國內知名的電視劇導演，拍什麼紅什麼，這一次是老東家邀請他回來操刀拍偶像劇。導演工作十分嚴謹，眼睛裡容不得半點沙子。

鄭嘉兒受了委屈，咬著牙回去又來了一次，由曦這一次表現得更為自然。

鄭嘉兒突然抬頭看了由曦一眼，整個人驚呆了，眼睛裡瞬間蓄滿了淚水，雙手顫抖著撫摸上由曦的臉：「朱承！朱承，真的是你？我就知道你不會離開我的！朱承，我好想你，朱承……嗚嗚嗚……」

由曦稍稍驚訝，下一秒，鄭嘉兒撲到了由曦的懷裡。由曦笑著擁抱了她，緊接著，鄭嘉兒勾住了由曦的脖子，頭湊了過去。鏡頭裡只拍到鄭嘉兒的後腦勺以及由曦驚愕的表情。

導演：「卡！過了，下一顆！」

鄭嘉兒放開由曦，對他笑了笑，然後起身去找自己的助理。

由曦在那裡石化了三秒鐘，然後狂喊杳杳的名字。

杳杳衝過去：「由老師怎麼了？」

由曦臉色蒼白：「去幫我買牙刷！快點！」

杳杳不明就裡，但還是去大廈外面的便利商店買了。回到休息室的時候，由曦一個人在裡面，正在瘋狂地漱口，整個人幾乎處於癲狂狀態。

「由老師，牙刷買回來了。」

由曦一把搶過來，然後開始漱口。

杳杳實在納悶：「由老師你怎麼了？」

「她親我！劇本上明明是借位！」

「噗……」

「尉遲木木！妳買牙刷不買牙膏嗎！我的牙膏呢？」

「我這就去買。」

1發帖：在論壇或者百度貼吧發表文字、圖片、音樂、影片等作品內容，即發文。
2樹洞：一詞來源為《國王的驢耳朵》，意指可以傾訴祕密的地方。
3老師：大陸對有資歷、有影響力的人的尊稱，亦有表示尊敬的意思。
4瑪麗蘇：指對一個角色塑造過於理想化，身上毫無缺點，帶有貶意。
5熱點：指在網路上引人注目，比較受廣大群眾注意、關注的新聞或者訊息。
6掐架：網路用語，原指人因意見不合產生肢體衝突，現指觀點不一，互相反駁，甚至進行詆毀。

第2章　閨蜜和前男友是絕配

北京的交通時好時壞，塞車的時候能讓人想罵髒話。儘管杳杳和由曦已經提前半個小時出門了，可是目前這個地方距離片場還遠得很，遲到是在所難免的事情。

由曦原本就因為睡眠不足導致脾氣不太好，現在更加暴躁，就像一座活火山，隨時準備爆發。前排坐著的司機是Moore哥新配來的，跟由曦並不熟悉，三番兩次想要緩和車內的氣氛，但是由曦冷著一張臉，杳杳表情漠然，竟然讓他連半點說話的欲望都沒了。

在一條路上塞了四十分鐘後，由曦終於爆發了。

「能不能換一條路？」

「由先生，現在前後都塞著，換不了，只能等了。」司機抱歉地說道。

由曦一肚子的火，瞥了一眼坐在自己旁邊的杳杳，她正悠閒自得地傳訊息，也不知道傳訊息的對象是誰，反正面無表情，手指快速地打著字，打了幾行又修修改改，相當認真且重視的樣子。由曦推了推杳杳：「發什麼呆呢？這麼塞，妳想想辦法！要遲到了！」

杳杳收了手機，抱歉地點了點頭，然後問：「不如我騎車……」

由曦連忙將頭轉了過去，一副完全不想搭理杳杳的樣子。

杳杳低下頭，繼續傳訊息。她跟殷舊已經很久沒有聯絡了，殷舊去外地做學術研究，已經有整整兩個月了，這期間，殷舊都以學術研究太忙為理由，跟杳杳很少聯繫。她想起爸爸的話：「殷舊是個好孩子，為人穩重，是我的得意門生，有擔當能照顧妳一輩子，所以你們要好好相處，早點結婚。」

所以，也別管什麼矜持了，既然他忙，就換她多聯絡一些好了。

她一連發了幾則訊息過去，反覆斟酌句子，從不曾這麼小心翼翼。

好半天殷舊才回覆了一封：『在忙，杳杳我有空再跟妳說件事情。』

杳杳原本打了一半的話，就這麼停頓下來，剛準備按下刪除鍵，將新寫好的一首詞刪掉，手機就被搶走了，抬頭看到由曦玩味的神色。

「在發什麼？這麼入神？嘖嘖，夠酸的。月半圓缺不見兮，念君不知安否……嘖嘖，妳怎麼不說君住長江頭，我住長江尾呢？再來句日日思君不見君，共飲長江水？但是我們這裡離長江有點遠，妳可以寫共飲壩河水。嘖嘖，壩河現在汙染嚴重，妳不會真的喝過吧？」

杳杳被搶了手機，也不惱怒，只是平靜地看著由曦然後說：「由老師，楚辭跟宋詞是不一樣的。」

由曦生氣了，他最煩別人鄙視自己的知識水準。當即哼了一聲說：「妳發這個給妳男朋友？看看他回了什麼，有事在忙。小木頭，妳不覺得這裡面有什麼問題嗎？」

杳杳搖了搖頭：「殷舊說在忙，那就是有事情要忙，他忙完了會跟我聯絡的。有問題嗎？」

「當然有問題！問題大了！小木頭，妳男朋友是不是外面有……」

「有什麼？」

由曦頓了頓說：「外面有事。小木頭，聽哥一句，沒事別發這些酸兮兮的，妳就打個電話過去，直接跟他說，想他了，再不濟，妳發個微信說一句，想他了，問個好，都比妳這酸酸的宋詞好得多！」

杳杳糾正道：「是楚辭。」

由曦瞪了瞪眼睛：「妳有時間糾正我，不如多想想妳男朋友為什麼對妳這麼冷淡！哥是為妳好！」

「嗯，謝謝由老師。」

由曦又生氣了，他有一種皇帝不急太監急的感覺，當一個男人對自己的女朋友冷淡成這個樣子，那一定是感情出了問題。換成聰明一點的女人，早就察覺了，要麼補救，要麼大鬧一場。哪有幾個像尉遲杳杳這樣子的，他都把話說得那麼露骨了，她還聽不懂嗎？

由曦哼了幾聲，靠在椅子上閉目養神，一邊叨念著關我屁事，一邊又恨不得給尉遲杳杳多灌輸一點談戀愛的經驗。

車子龜速前進了許久，終於到達了片場。今天一共要拍五場戲，其中兩場是比較重頭的，分別是由曦出車禍、由曦被打……

先把前面鋪墊的三場戲拍完了，由曦回去化妝間化妝，道具組在現場布置道具。

杳杳陪在由曦身邊，想了一會兒，便去跟副導演溝通了一下。

「車禍的戲準備得怎麼樣？安全嗎？」

副導演笑了笑說：「放心吧，杳杳，我們請的是業內非常有經驗的團隊，絕對不會讓由曦受一點點傷的。」

杳杳對特技不是很懂，在現場檢查了一圈，又回去找由曦。打算問問他，又想起這也是由曦第一次拍戲，他肯定也不懂的，只好打電話給 Moore 哥詢問。

由曦笑她：「妳怎麼比我還緊張，搞得好像等一下被撞的人是妳一樣。」

杳杳眉頭深鎖，等待電話接通的空檔回了一句：「我眼皮跳，總覺得有不好的事情要發生。」說完，電話接通了，她到旁邊講電話去了。

「小木頭妳敢咒我！」由曦在裡面咆哮狂飆，嚇了化妝師姐姐一跳。

男神你怎麼了，你是由曦嗎？

電話接通的時候，Moore 哥正在公司與公司中層管理們開會，大致內容是年初定下的目標，如今完成的情況。原本是處於不接電話的狀態，然而杳杳用的是由曦的手機，全公司的人都知道由曦得罪不起，絕對不可以讓他等，所以直接拿了電話給 Moore 哥。

會議被迫中止，所有中層管理都屏氣凝神地聽到了電話擴音裡那一聲：「大壯哥……」

Moore 哥瞬間變了臉色，從椅子上跳起來，撲過去抓起自己的手機，灰溜溜地跑到外面去接電話了，留下一屋子憋笑憋到內傷的管理人員。

Moore 哥保持著良好的教養，強忍著沒有飛車過去幹掉尉遲杳杳，再三強調要相信專業團隊，以及他們是有幫由曦買過保險的，不用太擔心，但是最後也表揚了尉遲杳杳心思縝密。

即便如此，杳杳還是有點不放心，由曦沒經驗，萬一出事呢？買過保險就沒事了嗎？那也只是賠錢而已啊，人要是受傷還是會痛的啊！

由曦見杳杳一臉擔憂，反倒有點詫異：「妳幹嘛比我還緊張？」

「我要對你負責啊！」

由曦微微一愣，旋即笑了起來，是那種發自內心的笑容。

「別緊張，沒事的。」

下午正式開拍，第一場是由曦的車禍戲份。這是一場公路戲，女主角逃跑，男主角去追她，路上遭遇了車禍。跟導演溝通之後，由曦需要在公路上狂奔一段路程，然後被突然駛來的卡車撞飛。

導演的設定是，由曦在公路上奔跑，然後鏡頭特寫人和車，緊接著換上替身演員，吊威亞彈飛，再然後就是由曦躺在地上渾身是血的鏡頭。整個安排安全性非常高，導演知道由曦是第一次拍戲，也盡量講解得很細緻，以求寬心。

正式開拍之前，先過了三遍，都是慢動作，人、車、威亞，配合得非常有默契。

然而正式開拍的時候，為了鏡頭的真實感，雖然只有那麼一秒，但是也能拍到替身演員的臉跟由曦真是相差甚大，導演跟由曦一起坐在監控前看重播，均不滿意。

女主角鄭嘉兒在拍了幾顆之後，明顯也跑累了，乾脆跟導演建議：「不如讓由曦自己上吧！」杳杳和副導演異口同聲說：「不行！危險！」

倒是由曦皺了皺眉，頗為不悅，將杳杳拉回到自己身後，然後說：「替身演員就不危險了嗎？我自己上，這個鏡頭不難。」

導演思索了片刻，副導演在旁邊用力地拉導演，小聲說：「由曦保險太貴了，出了點事，賠不起啊，太貴了、太貴了！」

導演愈聽愈煩，直接推開了副導演，拍了拍由曦的肩膀說：「你是個好演員！全體準備就緒，檢查一遍道具，開拍！」

副導演默默流淚，彷彿看到無數鈔票飛走了。

杳杳勸說無門，只好也去檢查一遍道具。

由曦翻了翻白眼，怪這些人小題大作。

杳杳走到卡車面前，沒什麼問題，又去看了看威亞，兩條線，也沒什麼問題。

「哎呀！尉遲助理真的是很細心啊，我們合作了那麼多藝人，也沒有遇見妳這麼負責任的助理！由曦他真是好福氣呀！由曦的新專輯什麼時候出啊，我外甥女可是他的粉絲呢。到時候能給幾張簽名照不？」道具師一邊弄東西，一邊跟杳杳聊天。

杳杳皺了下眉，說：「您還是好好檢查東西吧。對了，那邊那個是誰，我前幾天在劇組沒見過這個人。」

道具師碰了一鼻子灰，心想這個助理可沒有由曦本人好說話呀，順著杳杳指的方向，看見有個年輕男子在威亞那邊晃了一圈，然後說：「特技演員，正在檢查威亞呢。小女孩不要這麼草木皆兵，我們幹這一行都十幾年了。」

杳杳還打算說什麼，就被由曦叫了回去。

由曦指著杳杳的鼻子一頓罵：「哥是瓷做的嗎？妳能不能不要這麼丟人，搞得人家覺得我們很不專業！Moore哥為什麼派妳來跟我！」

他剛吐槽完，猛然想起，這個助理是自己挑的，還真怪不到別人頭上，只能嚥下這口氣，就當吃個啞巴虧吧。

很快正式開拍，鄭嘉兒飾演的女主角一把推開了由曦飾演的男主角，然後開始在公路上狂奔，由曦連忙去追她，正巧一輛卡車過來，將由曦撞飛。拍攝的確很安全，卡車行駛的速度很慢，幾乎是只貼了一下由曦，然後由曦被威亞拉起來，卡車緩緩前進，由曦倒地，身上準備的血漿擠爆。鄭嘉兒尖叫一聲，然後狂奔過來。

「卡！」導演喊了一聲，「再來一遍！」

第二遍、第三遍都很不理想，不是卡車配合得不好，就是鄭嘉兒哭的點不對，要麼快了、要麼慢了，哪有男主角還沒被撞呢，就被畫面捕捉到女主角掉眼淚的，這也太未卜先知了。

第四次拍攝。

鄭嘉兒奔跑出畫面，由曦狂追，然後卡車駛來，由曦被威亞拉走，緊接著他竟然又撞在了卡車上，形成了反彈現象，然後再一次被威亞拉走，重重地摔在了地上。鄭嘉兒跑過來，抱著由曦哭得昏天暗地。

導演喊了一聲卡，然後這場戲過了。

「辛苦了！由曦和鄭嘉兒都表現得不錯！」導演說道。

鄭嘉兒起身，一邊笑一邊流淚，大抵是還沒從方才的情緒中走出來。只有由曦還躺在地上，道具組的一個新人問了句：「男神，你不起來嗎？」

杏杏突然感覺不對，推開身邊的幾個人衝到了由曦身邊，叫了他幾聲，由曦絲毫沒有反應。

鄭嘉兒也嚇壞了，連問：「由曦，這場拍完了，戲過了，你別裝了。」

導演也發現了現場的不對勁，大聲問：「怎麼了！」

一群人呼啦一下圍了過來，杏杏趴在由曦身上聽了聽心跳，翻了一下他的眼皮，然後朝工作人員說：「叫救護車！由曦昏倒了。」

現場更混亂了……

女工作人員尖叫著：「男神出意外啦！男神你挺住啊！」

男工作人員奔走著，打電話的打電話，抬人的抬人。

副導演和現場製片人躲在後面默默地哭泣：「天啦嚕！小天王受傷了，頭牌受傷了！好多錢，好貴啊！」

這些人嚷嚷得實在讓杏杏心煩，她當即大喊了一聲：「都冷靜點！導演，現場所有的東西可不可以都先別動？」

導演愣了一下，這有點保護現場的意思，旋即點頭，吩咐道：「後面都拍C組的戲，這邊保持原樣！」

副導演和現場製片人一聽差點又哭抽搐過去：「公路封鎖費，又要租好久，好多錢，好貴啊！」

二十分鐘後，救護車來了，將由曦送往醫院。

杳杳跟劇組眾多工作人員在急診室門口等，十分鐘後，Moore哥跟公司的副總也趕過來了，可見對於由曦受傷這件事情相當重視。

副總在得知由曦的助理曾經打電話詢問過拍攝危險的事情之後，當即臭罵一頓Moore，完全沒有給他這個金牌經紀人留面子。雖然Moore哥平時並不把副總當一回事，但是此刻也無話可說。挨罵之後，Moore哥冷靜詢問了當時的情況，然後吩咐底下的人封鎖消息，一定不能讓媒體知道由曦受傷的事情。

一個小時後，由曦被推出來，送到了VIP病房。當醫生說由曦並無大礙，只是右手骨折之後，大家都鬆了一口氣。

劇組的工作人員噓寒問暖，由曦醒來後精神不是很好，還是強打起精神跟大家聊了一會兒，最後還是醫生下令趕人。

嘩啦一片人離去，病房裡只剩下杳杳、Moore哥和公司的副總。杳杳將Moore哥拉到一邊小聲說：「我覺得不是意外，大壯哥你要不要找人查看一下？現場我已經跟導演說暫時不要動了。」

Moore哥雖然對大壯哥這個稱呼很不滿意，但是對於杳杳的細心負責還是很欣慰的，安排好由曦住院的事情又安撫好媒體，跟由曦交代了幾句，才和副總匆匆趕去現場調查情況。

當大夥都散去，由曦強行下了床。

「由老師，你做什麼？」

「妳回家把我的被子、床單拿過來，我不蓋別人蓋過的。」

「這個是新的，特地幫你準備的，沒有別人蓋過。」

由曦嘴巴一癟說：「我不蓋沒有我的味道的被子！」

杳杳：「你滾一下就有自己的味道了。」

由曦狠狠地瞪了她一眼：「妳去不去？」

杳杳皺了一下眉說：「這裡只有我一個人照顧你，我離開了你怎麼辦？由老師你將就一下吧。」

由曦呆愣了一秒鐘，然後一字一頓道：「我、不、要！」

杳杳今天也很累，緊繃的神經頓時就崩潰了，對著由曦喊了一句：「你怎麼事情這麼多？你處女座啊！」

由曦：「嗯！」

杳杳頓時啞口無言，只好妥協說：「我讓司機回去拿可以嗎？你一個人在醫院我不放心。」

由曦瞪著她：「我讓妳去妳就去，哪來的那麼多廢話！我是妳老闆，還是妳是我老闆？妳不想幹了？試用期都沒過，我把妳的實習報告打個差評好不好？」

杳杳咬了咬嘴唇，最終無奈道：「那你自己小心，我等一下就回來。」

杳杳出門又去護士站跟護士交代了幾句，請多多照看。護士緊緊地握住了杳杳的手，一副看恩人的表情，然後撒歡似的跑向了由曦的病房，高喊著：「男神！我來啦！」

杳杳一陣惡寒，真有這麼紅嗎？

奔波了半座城市，終於將由曦要的東西都拿好了，等她回到病房，由曦臉都要綠了。

幾個小護士正圍著由曦，千方百計地想要跟他合照，由曦一副要被強了的表情，避之唯恐不及。然而他這個樣子是無論如何也不能合照的。

杳杳試著請護士們出去，然而沒有人理她。

杳杳放下東西，拍了拍幾個護士的肩膀，然後搶走了那幾個護士的手機，一甩手，手機順著窗戶飛到了樓下，只聽見下面傳來「哐噹」一聲。

小護士傻眼了，杳杳略微紅了一下臉說：「不好意思，我不是故意的，你們的手機由曦賠給妳們，明天來拿，現在請出去。」

小護士們敢怒不敢言，都沉浸在嚇傻了的狀態，跌跌撞撞地跑出去撿自己的手機 SIM 卡了。病房門關上的那一剎那，由曦爆出了一陣陣大笑，活脫脫像個男神……經病。

杳杳幫由曦鋪床，由曦站在一邊好不容易不笑了，又開始板臉訓人：「妳就不會幫我帶點吃的？」

「你並沒有告訴我，由老師。」

「我倒是想告訴妳，妳拿著我的手機！妳這個破手機還有密碼，我猜了一個小時也沒猜對！」

杳杳鋪床的動作稍頓，回頭看了看他說：「由老師，你為什麼不找別人借個電話打給我？」

「妳傻啊！那樣別人不就知道我的電話了！老子那麼多腦殘粉，萬一遇到黑的怎麼辦？」

杳杳：「我的手機密碼是 0515。」

對於杏杏這麼直接告訴自己密碼這件事，由曦有點震驚。手機這個東西向來是非常隱私的，這說明她傻還是很信任自己？最後他得出一個結論，這女孩是個神經病。

「密碼我明天試試。」由曦說。

「為什麼是明天？」杏杏迷茫，過了片刻問，「連續輸入密碼錯誤，我的手機被鎖了？要到明天才能解鎖？」

由曦點了點頭：「嗯哼！」

「嘀嘀！」杏杏的手機響了，是一封簡訊。

雖然手機被鎖了，但是在簡訊過來的那一瞬間，即便是不解鎖也能看到簡訊內容。

寄件者是殷舊，內容為：「杏杏，我很開心妳能找到一個喜歡妳的人，對不起，祝福妳。」

杏杏茫然了，這是什麼意思？

由曦一把搶過手機：「妳發什麼呆，趕快鋪床，老子要睏死了！」

「由老師，能不能借你的電話用一下，我打個電話給我男朋友。」

「不行！」由曦一口回絕了。

「那我去外面用公用電話。」

由曦一下子竄到門口，攔住了她：「妳現在是上班時間，需要我教妳什麼是職業道德嗎？妳要打電話，最起碼也要等到妳的私人時間才可以，知道嗎？」

「那什麼時候是我的私人時間？」

「妳是全職助理。」

全職等於不休息……也就是說，她所有的時間都是由曦的？杳杳要崩潰了，哀求道：「這個電話對我來說很重要，由老師通融一下可以嗎？」

由曦正打算反對，病房門被人用力推開，一個穿著白色T恤牛仔褲且戴墨鏡的男人進來了，摀著左臉，語氣不悅地說：「也不知道哪個鱉孫，往樓下扔手機，正好砸在我車上，碎玻璃直接飛到我臉上了，大哥要毀容了！還好大哥是實力派，要是跟你一樣，大哥就完蛋了！」

由曦翻了個白眼，言下之意是老子也是實力派！

「什麼手機還能砸碎擋風玻璃？」由曦「嘁」了一聲，明顯不屑。

「諾基亞啊！真得買一個防身！」

「噗……」由曦笑了，杳杳恨不得找個地縫鑽進去，因為她就是扔手機的那個鱉孫。

「超哥你怎麼來了？」由曦問。

齊超：「聽說你拍戲受傷，正好在附近辦事，順道來看看你。看你中氣十足，沒什麼大事吧？」

由曦瞬間變了臉色，受傷不過才三個小時，齊超都知道了，看來是沒能瞞住這個消息。

杳杳在仔細看了齊超之後，表現出了異常激動的情緒，圍著齊超轉了好幾圈，聲音都有些顫抖地問：「您是齊超老師？真的嗎？」

齊超這才發現，房間裡還有一個人，由曦介紹說是自己的助理。

「妳好，妹妹，需要簽名嗎？」齊超墨鏡下的眼睛眨了眨。

由曦笑了笑說：「簽什麼名啊，她肯定剛才百度了才知道你的。我這個助理完全是個圈外人，連我都不認識。」

齊超頓時像看熊貓一樣看杳杳。

杳杳連忙搖頭否認：「我沒百度，我認識齊超老師！我小時候非常喜歡齊超老師的電影！」

齊超在聽前半句的時候，很開心，自己的名氣比由曦大很爽。聽到後半句，很崩潰，大哥有那麼老嗎？

齊超跟由曦恰恰相反，齊超早年是個演員，拍了很多大製作的電影，後來突然轉行當了歌手，跟由曦就是音樂上的合作才認識，進而發展為狐朋狗友一類。當年炙手可熱的影帝齊超，為什麼一下子當了歌手，並且再也沒有碰過影視，這一直是個謎，只有齊超自己才知道答案。

「超哥，拍個照唄！」由曦說。

「我搗左臉，你搗右臉，一二三賣個萌！」

杳杳完全不忍直視，一個被玻璃劃傷了左臉，一個因事故導致右臉腫脹，即便這樣還要用生命來賣萌，當藝人也是滿拚的。

由曦發了條微博：「@齊超粉絲全球後援會 快把你們家超哥領回去，我好不容易在醫院休息兩天，這廝一定要來醫院跟我唱 KTV，醫生護士已瘋，我也快了！」搭配的是他們的賣萌照，還能唱 KTV，顯然傷得不重，讓一些打算危言聳聽的人打消了造謠的念頭。

「大哥還有事，妹妹妳好好照顧由曦，別什麼都聽他的，也別什麼都不聽他的。」

杳杳點了點頭，送走了自己童年時代的偶像。

Moore哥做事很有效率，第二天就查出了由曦受傷的主要原因。有人在威亞上動了手腳，將幾顆主要受力的螺絲故意擰鬆了。起初幾次拍攝是沒有問題的，但是反覆使用威亞，導致意外發生，幸好當時由曦反應快，側身用右臂撐了一下，否則脊椎也要受傷。

這一場人為的事故不能讓太多人知道，因此由曦只能先吃個啞巴虧。由曦受傷，著實耽誤了一些劇組的進度，導演決定先把別的戲份拍完，等由曦傷好了以後繼續拍，也不會換人，而由曦也跟公司強烈要求先休息一陣子看看情況。

《不小心愛上你》的製片人經常來探望由曦，表達了最誠摯的問候，噓寒問暖，讓杳杳非常感動，讓由曦非常反感。

由曦說：「小木頭妳到底是幹什麼吃的？老子是什麼人都能見的嗎？下次他再來，妳直接說我在動手術行不行？別讓他進來了行不行！」

杳杳頗為憤怒：「人家好心好意，你不領情也就罷了，為什麼如此不禮貌？」

由曦用那隻好手將iPad摔到了地上，緊接著暴怒道：「他不過就是看我死了沒，能不能趕快回去拍戲，耽誤一天就浪費他很多錢！尉遲木木，妳別把所有人都想得那麼善良，這不是聖母圈，這是娛樂圈！」

「是尉遲杳杳……」

由曦滿腔怒火，頓時堵在了胸口。尉遲杳杳這個人，永遠抓不住重點，簡直是個木頭！

兩個人大眼瞪小眼好久不說話，杳杳後來乾脆拿了書出來看，由曦悶得要瘋掉，拿手指戳了戳杳杳：「什麼書？」

「你要看嗎？給你。」

由曦拿過來一看——《紅樓夢》，還是文言文版的，瞬間就沒了興趣。

「別看了，出門買東西。」

「醫生讓你靜養。」

「妳聽醫生的，還是聽妳老闆的？」

十五分鐘後，由曦被杳杳全副武裝帶出了醫院，繞過醫生和護士的視線，沒有人發現由曦不見了。地鐵站裡，由曦黑著一張臉，頂著亂糟糟的頭髮，腳上一雙人字拖，臉上戴著口罩，被杳杳護在身後。

乘坐的是北京年代最久遠的一條地鐵，因此月臺上還沒有安全門。週末等車的人非常多，杳杳只能像個老母雞一樣將由曦護在身後，時時刻刻盯著周圍的人，不讓旁人靠近半分，以免由曦出了點什麼意外。

由曦感覺十分好笑，拍了拍杳杳的腦袋，然後轉過她的身體，讓她看一眼自己：「我這個樣子，我媽都認不出來，妳在擔心什麼？」

杳杳笑了笑，並沒有說話，由曦覺得她的表情有點古怪。沒多久車來了，身後的人呼啦一下擁過來，推著他們兩個往前走，由曦只感覺身後像浪一樣，自己只是一朵浪花，被拍上了岸。而面前，車廂內的人如開閘的洪水一般傾瀉而出，杳杳是他的一塊浮板，讓他在這波濤洶湧中成功踏入了地鐵，沒受半點傷害，反倒是她，馬尾都被擠歪了。

「人很多，你忍耐一下，我們三站就下車。」杳杳拉著由曦找到一個角落站穩，自己扶著扶手，讓由曦抓住自己的衣服。

由曦拉過她的手，讓她抱著自己的手臂，然後用那隻沒受傷的手去抓扶手。

地鐵加速行駛，杳杳一個不穩，臉貼在了由曦的胸口，聽著他有力跳動的心跳聲，鼻間是由曦特有的淡淡香味，臉一下子就紅了。她還是第一次跟男生這麼親密，儘管她以前有個相戀多年的男友。

由曦咳嗽了一聲：「想什麼呢，我是讓妳看好我的右手。」

「嗯。」

過了一會兒，有人喊了一聲：「大叔，您坐我這裡吧。」

一連喊了三聲，由曦正納悶的時候，有人戳了戳他，回頭看見是一個高中年紀的女生。

「謝謝妳。」杳杳拉由著曦打算去坐下。

由曦反抗了一下，小聲跟杳杳說：「大叔？我像大叔？她幹嘛讓座給我？我是老人嗎？我是孕婦嗎？」

杳杳搖了搖頭說：「你是殘。」

由曦狠狠地瞪她一眼：「妳以後敢再帶我坐地鐵，妳就不用幹了！」

由曦發誓，他回去一定要幫杳杳報名駕訓班！

地鐵進站，杳杳又一路護送由曦下車，等出了地鐵站，由曦簡直要瘋了。

外面烈日炎炎，兩個人直接殺進了商場。由曦已經很久沒來購物，他紅了以後，他的吃穿用度都有品牌廠家直接送到他家裡，讓他直接挑選。

由曦的人字拖出地鐵的時候被人踩壞了，首要任務是幫他買雙鞋。找到了以前經常穿的專櫃，由曦一眼看上了一雙夏季穿的皮鞋，在腳上試了試非常合適，都沒等服務人員將這雙鞋誇獎完畢，就讓杳杳去付款。

杳杳看了看價格，然後小聲跟由曦說：「買不起，能不能換一家？」

「買不起？」由曦暴怒一聲，意識到別人在看自己之後，又將分貝降了下來，跟杳杳說，「老子幾千萬身價，會買不起一雙鞋？小木頭妳在開玩笑嗎？」

杳杳攤了攤手，給他看自己的錢包，一共也就人民幣幾百塊錢，而且一張卡都沒有。

「我不是說你買不起，是我買不起呀！」

「Moore 哥沒給妳備用資金？」

「什麼是備用資金？」

由曦拍了拍頭，只覺得頭疼。Moore 哥怎麼會出現這麼大的失誤，沒給助理備用資金，那麼他這些天吃的、喝的，都是尉遲杳杳在掏錢？換句話說，他被她養了好幾天？

「回去給妳我的副卡。」

「那這雙鞋怎麼辦？」

由曦甩了甩頭髮，特別瀟灑地說了句：「妳老闆我去刷個臉！」

「啊？」杳杳茫然，視線掃了一圈，發現了一張由曦的海報，這個品牌竟然是由曦代言的？她懂了，難怪那麼多人都想當明星，原來做代言人可以買東西不給錢！

由曦走到服務小姐面前，理了一下自己的頭髮，對她露出了一個傾國傾城般的笑容，順便還眨了眨眼睛，服務小姐明顯身體晃動了一下，摀住了自己的胸口，滿臉紅暈。

由曦：「小姐，這雙鞋，我今天沒帶錢，刷個臉可好？」

服務小姐臉上的紅暈瞬間消散，笑容也一下子僵硬了：「您的意思是，讓我把您的臉放到刷卡機裡面嗎？不好意思啊、先生，您的臉太過於龐大！」

由曦的嘴角抽搐了一下，但是他仍舊保持著偶像的包袱：「我是這個品牌的代言人，試穿一雙，晚點送錢給你們。」

服務小姐一把將由曦推到椅子上，按住他的腿，直接動手：「先生，今天不是愚人節，這雙鞋請您換下來可以嗎？」

十分鐘後，由曦跟杳杳坐在商場內設置的椅子上休息，一人手裡一杯紅豆珍珠奶茶。由曦狠狠地嚼著珍珠，杳杳看他氣鼓鼓的樣子，忍不住發笑。

那雙壞掉的人字拖，最後還是杳杳去買了個三秒膠黏好了，就讓由曦將就著穿。原本由曦是打算出來買個 iPad，現在計畫全都泡湯了，他就沒遇到過這麼倒楣的事情。

「回家。」由曦說。

「不逛街了？」

「老子回家收購了這個牌子！」由曦說完，就將杳杳從椅子上拉起來，打算回家。剛走了幾步，杳杳手上的奶茶一下子掉了下來，正巧砸在了由曦的腳上。

「木頭妳……」由曦發覺杏杏正直勾勾地盯著對面的一對男女，眼睛裡滿是震驚。她鬆開了扶著由曦的手，然後快步走到了那一對男女面前。

對面的女孩親密地挽著男孩的手，而男孩摟著女孩的腰。那個女孩長得非常豔麗，化著精緻妖嬈的妝容，一雙鑲鑽的恨天高，比杏杏足足高了一個頭；旁邊的男孩很斯文，書生氣十足。

由曦觀察了一會兒，不得不承認，那兩人站在一起很相配，自家的小助理多半是個炮灰。

「殷舊……童錦，你們怎麼在一起？是……來找我的嗎？」杏杏幾乎有些艱難地說完了這句話，她甚至不敢抬頭看他們兩個。她心裡在極力否認著什麼，可是眼前的一切又讓她不能無視，那緊緊摟在一起的身體，如此親密，如此刺眼。

殷舊：「杏杏，還好嗎？」

童錦：「我們隨便逛逛，沒有打算找妳。要一起逛街嗎？杏杏？」

「不不……不了，我還有事。」

童錦握住了杏杏的手，滿臉歡喜：「杏杏，我真開心，我們還能做朋友。我以為妳不會理我了，還是殷舊瞭解妳，他說妳不會計較。」

「我……不會計較？什麼事？」杏杏緊張地去抓殷舊的手，被童錦擋了一下，杏杏的手抓空了，好像心裡也有什麼空了一樣。

「有空再敘吧，杏杏，我們還要去買結婚用的東西呢。」童錦笑了笑，居高臨下地看著杏杏，挽著殷舊的手離開。

「等一下！」杏杏大喊，並且快速抓住殷舊，「這到底怎麼回事？你們要一起買我們結婚的東西嗎？我有空一起買不好嗎？不要麻煩童錦了……」

殷舊露出了非常驚訝的表情：「杳杳，我們不是分手了嗎？妳現在……」

「分手了？我跟你分手了？你那天說晚一點跟我說事情，是要跟我說分手嗎？」

童錦皺了一下眉頭，小聲跟殷舊說：「她怎麼一副不知道的樣子？這裡人多，出去談談，我不想惹麻煩。」

三個人相約出了商場，由曦身無分文，只得跟在後面。最後三人在商場外的一個花壇後面站定，由曦就找了一個樹蔭處站著喝奶茶。

殷舊拿出手機，遞到杳杳面前：「這是那天我們的簡訊，妳答應分手了。我以為事情都過去了，杳杳、是我對不起妳，我們結束了。」

螢幕上是兩個人的簡訊記錄，前面幾則還是自己發給殷舊的詞，緊接著就是他說「我們分手吧，是我對不起妳」，然後自己竟然回了一則：「分手也是我甩你，是你配不上我。」

可是這則訊息杳杳根本就沒有發過，並且發這則簡訊的時間，好像正是由曦發生意外的那天，手機並不在自己身邊。難道是由曦？可是，他不是不知道自己的密碼嗎？

「這不是我發的，當做沒有發生過可以嗎？」杳杳迫切地看著殷舊，他的目光卻一直看著童錦，這個自己這麼多年來唯一的知心朋友。

她怎麼都不能相信，初戀跟閨蜜在一起了，自己成了外人。

殷舊：「我只能說對不起，我們真的不合適，杳杳，妳放過我吧。」

放過……他說的竟然是放過。杳杳一下子紅了眼眶，拚命地不讓自己哭出來，拉著他衣角的手指更加用力，已經泛白。

「我們不是說好了，一畢業就結婚的嗎？我們說好的，你怎麼能反悔呢？我爸爸都答應我們在一起了，你跟他保證過，會一直照顧我的，你說過的……」

殷舊閉了閉眼睛，童錦輕輕地擁抱著杳杳，一抬頭竟然是童錦痛哭：「對不起，都是我的錯，杳杳，我真的太喜歡殷舊了，妳成全我們吧。我們這麼多年的感情，妳讓我一次好不好？妳看上我的什麼東西了，妳都可以拿去。」

第3章　處女座天王惹不起

杏杏被童錦抓著雙手，一雙眼睛裡充滿了悲戚：「我……我……我不會搶妳的東西，妳又怎麼能搶我的呢？」

「殷舊不是物品！」童錦激動地說。

殷舊的臉色變了一下，由曦一口奶茶險些嗆著，他有點看不下去了啊！

「尉遲杏杏，殷舊跟妳在一起這麼多年，他從來沒有開心過！妳爸爸是他的導師，拿著自己手上博士生的名額要脅著他，讓他跟妳在一起甚至是娶妳！妳從來沒有盡到一個女朋友的責任，妳關心過他，哪怕是只有一次嗎？妳只會拿著妳那些酸詩給他看，妳以為這是古代嗎，誰還喜歡這些啊！妳和妳爸強加給他的東西太多了……」

「這位先生，請問大學畢業了沒？」由曦突然出現，看似禮貌地問著殷舊，輕輕地拍了拍杏杏的肩膀。

童錦：「我男朋友都博士畢業了！你誰啊？」

「哦呀！所以說，你要跟女朋友分手的原因是，你博士畢業了，再也不需要她跟她爸爸的幫助了，是嗎？」

「你！」童錦柳眉倒豎。

殷舊皺了一下眉頭：「已經結束了，杳杳，別再糾纏了，好嗎？」

「殷舊……」

由曦掐了一下尉遲杳杳，示意她住嘴。

「的確結束了。抱歉，那封答應分手的簡訊是我幫她發的，因為她也實在不好意思跟你說，我們已經在一起了。對吧，尉遲杳杳？」

杳杳震驚了！首先是因為由曦說他們兩個在一起了，這是什麼時候的事情啊？第二是，由曦這個文盲終於念對了自己的名字！不知道為什麼，杳杳竟然覺得無比開心，只因為他念對了自己的名字！

「所以說……你們是一對？」殷舊帶著有點不敢相信的神態。

童錦更加震驚：「杳杳妳搞什麼？妳跟殷舊分手，就找了這個男人？妳眼光也太差了吧？我不同意你們兩個在一起！」

眼！光！太！差！了！吧！

晴天霹靂！

這絕對是晴天霹靂。由曦白皙的臉一下子紅了，呼吸都變得急促了，他瞪了童錦一眼：「妳認不出我是誰？好……」

由曦開始摘口罩。

童錦萬分期待，等由曦的臉露出來之後，又萬分失望：「這右臉是整型失敗了嗎？杳杳，妳不能跟他在一起。這種整型失敗的臉，一看就是因為沒錢去小醫院做的，妳怎麼能跟一個窮鬼在一起呢？」

他最討厭別人說他整型了！由曦生氣了，真的生氣了。

杳杳看著盛怒的由曦，連忙拉了拉他，又對童錦說：「阿錦，其實他很帥的，他只是拍戲出了點意外，受傷了而已，妳不要說他。」

「拍戲？妳怎麼找了一個臨時演員？杳杳，這樣的男人沒前途的，妳別自暴自棄。」臨！時！演！員！

杳杳看著由曦怒紅的眼睛，一下子連待下去的心情都沒了，只想快點離開。

「那個……劈腿的事情，我們改天再說，我們先走了。」杳杳強行將由曦拽走。

由曦一副隨時準備戰鬥的狀態，掃了一眼童錦之後說：「暴發戶，以後再見。」

「你才暴發戶，你全家都暴發戶！」童錦發飆了，殷舊無奈地將她也拖走了。

周圍原本圍觀的人見到這種莫名其妙的場景之後，小聲嘟囔了一句：「沒意思，還以為能打起來呢！」

「剛才那個奶茶哥，怎麼有點像由曦呀？」

「你這麼一說，左臉好像哦！」

「這人一定是太喜歡男神了，所以去照著男神整型，但是幹嘛只整半張臉啊？」

由曦臉色一變，杳杳看了他一眼，然後兩個人撒腿狂奔。

杳杳這回總算是大方了一次，叫計程車跟由曦回到了由曦的別墅。

由曦仰躺在沙發上，杳杳安靜地坐在一邊。

沒過一會兒，由曦發現杳杳的眼睛跟兔子似的，於是湊過去看她：「怎麼了？難過嗎？要不要出去哭一會兒？」

杳杳搖了搖頭，猛然間想起什麼似的說：「由老師，你千萬不要生氣，你是很俊朗的，童錦說的話你不要太在意。不過，你也算報仇了，她最討厭別人說她是暴發戶了。」

由曦笑了笑說：「因為說對了是嗎？」

「你是怎麼知道的？」

由曦聳肩：「全身上下都是帶標誌性『Logo』的名牌，也就是暴發戶喜歡做的事情，生怕別人不知道她有錢。真正的有錢人，都比較低調，比如妳老闆我啊！」

杳杳點了點頭，然後就看見由曦沙發上那條圍巾，一個很大、很明顯的愛馬仕商標，然後就閉嘴不說話了。

「尉遲杳杳妳的重點是不是不對？要是難過，真的可以哭，反正妳是女生。」

杳杳的眼圈更加紅了，十分酸澀。

「我還能忍。由老師，你這話說得好像只有女生能哭一樣，你如果難過，也是可以哭的。」

由曦輕笑，然後踢掉了拖鞋，轉身上樓，一邊走一邊說：「我為什麼會難過？我是超級偶像啊！無數雙眼睛盯著我，隔壁還曾經埋伏過三個多月的狗仔隊，拍我吃飯睡覺上廁所，我敢哭嘛我！」

杳杳心想，明星也不是這麼好當的。

過了沒多久，樓上傳來由曦慘叫的聲音：「小木頭！上來幫我脫衣服！」

「呃……男女有別！」

「助理和老闆沒有性別之分！膚淺！」

杳杳只好上去，幫由曦把衣服換好了，然後兩個人看了一眼浴室，由曦咳嗽了一聲：「出去啊，愣著幹嘛，妳還想幫我洗澡啊？」

杳杳下樓，一週沒回來，這裡依舊乾淨得纖塵不染。過了沒多久，聽到樓上一聲怒吼，杳杳又連忙上去，隔著浴室的門問怎麼了。

由曦幾乎是青筋暴起：「沐浴乳被換了！」

「將就一下吧。」

「我從不將就！」

杳杳無奈地說：「要我出去幫你買嗎？這裡去超市，最起碼要半個小時，還不一定有賣你用的這一款，你要在浴室裡泡一個小時以上，由老師，要我去買嗎？」

浴室裡的人氣焰一下子滅了：「我將就一下……」

等由曦洗完澡出來，整個人清爽了許多，因為手不方便，所以他也洗了很久。杳杳已經在沙發上睡著了，臉上還掛著淚痕，所以是哭過了？

由曦看著沙發上有眼淚的痕跡，心裡無比掙扎，要不要擦乾淨？

他糾結了很久，還是決心要把這一塊擦乾淨，剛一下手，杳杳就醒了，抬頭看了看他，聲音軟軟地問：「由老師怎麼了？」

由曦像觸電一樣，扔掉了手裡的毛巾，然後若無其事地坐在她旁邊說：「刷微博，看看有沒有黑我的。」

杳杳坐直了，先是念了幾條有趣的粉絲評論，又幫他念微博熱點。今天的熱點，竟然有四條是關於由曦的。由曦笑了笑，一副得意的表情，好似在說，妳看哥多紅。

總的來說，微博上一片祥和。

由曦：「再上天涯和豆瓣、貓撲什麼的看看，有沒有黑我的。」

杳杳登錄了天涯，頭條熱點竟然是黑鄭嘉兒的。

「算了不刷了，換衣服逛街去，去剛才那個商場，把鞋都給我買回來。」

杳杳：「是熟人呢，真的不看看嗎？」

由曦一笑：「難不成妳還要幫她去掐架嗎？每天都有人黑鄭嘉兒，習慣就好。萬一哪天沒人黑她，把她遺忘了，那才真該慰問一下。」由曦想了一下又說，「算了，妳點進去看看，這次黑什麼。」

杳杳點進首頁，樓主第一層竟然放了一張由曦跟鄭嘉兒接吻的照片，看樣子是那天拍戲被偷拍到的。拍攝的角度正好能拍到兩個人的側臉，跟電視劇拍攝的角度完全不同。

「鄭嘉兒與由曦疑似熱戀，可憐小天王撿了雙……」杳杳念不下去了。

由曦湊過來一看，說鄭嘉兒是破鞋。他頓時來了精神：「拿來我看看。」

樓主似乎是個劇組的知情人士，爆了很多《不小心愛上你》的猛料，包括鄭嘉兒耍大牌、跟導演嗆聲，還踩低由曦來襯托自己的演技等等。這樣一來由曦的粉絲哪能接受，於是大量的由曦粉絲上天涯掐鄭嘉兒。

然後，另外又有疑似鄭嘉兒的粉絲或者水軍的人在天涯開了其他的帖子，專門黑由曦。沒一會兒，齊超的粉絲也出現了，幫由曦的粉絲一起掐鄭嘉兒。天涯上可謂水深火熱，直看得杳杳目瞪口呆。

由曦倒是不怎麼在意，只是有點不開心。

「要不要打電話給大壯哥處理一下？」杳杳問。

「不用了，這消息就是他炒的。妳開幾個小號上去幫我罵那幾個罵我最凶的，記得用代理伺服器，免得被人查出IP，代理會用嗎？」

杳杳搖頭。

「我來。」

由曦去開了電腦，隨便設置了一下家裡的網路，然後示意杳杳可以了。

「由老師，你電腦很好？」

「大學學電腦的，我以前以為自己會做個工程師。」

杳杳頗為讚嘆地看了看他：「不是科班出身，還唱歌這麼好聽，你很有實力，由老師。」她腦袋一閃又問，「你是學電腦的，那麼手機密碼也會破解？故意鎖了我的手機是……」

由曦沒想到小木頭還挺聰明，正打算說「是的，我不想妳看了難過」的時候，就聽杳杳接著說：「是覺得好玩？展示高超的技巧？」

由曦翻了個白眼，然後判定，這個人智商很高，情商負數。

杳杳用由曦給的帳號登錄天涯，然後想了一番措辭，掐了那幾個帶頭辱罵由曦的人，但很快被回擊了。

『妳幫由曦說這麼多好話，好像妳跟他很熟似的！妳該不會是由曦的小號吧？』

樓下緊接著有人回覆說：『不可能！由曦那小學水準，能說出大學水準的話嗎？』

「黑我！妳讓開，我來！」

一整個黃昏，由曦都沉浸在一場罵架當中。雙方都竭盡全力在辱罵對方，罵得非常難聽，卻不帶一個髒字，損得人啞口無言。雙方就這麼你來我往地讓一個罵架的帖子成了天涯熱點，並且在很久以後，這個帖子成了掐架的教學帖。

看得杏杏瞠目結舌，當明星可真難啊！

杏杏正式搬進了由曦的別墅，開始照顧由曦。原本由曦有八個助理，被媒體曝出來炒了一番，都說由曦架子大之類，公司才決定辭退那幾個助理，招聘了杏杏這個全職助理。

杏杏對助理這份工作也漸漸適應得不錯。由曦這段時間受傷在家養著，她的工作就很悠閒了。但是他們回家的第一天，劇組就派人送來了劇本，說是編劇根據這次事故，已經修改了部分劇情，配合由曦的手受傷，將原本男主出車禍腳斷了改為手斷了。然而一個嚴密的劇本，改動一個地方，就要改動很多地方來配合，不然就會出現漏洞，這東西就好像是多米諾骨牌一般。

經紀公司在看了劇本之後表示很滿意，讓由曦儘快復工。

這邊由曦外出回來帶了一份報名表給杏杏，以及一本小冊子。

「你讓我考駕照？」杏杏驚呼。

「作為一個全職助理，不會開車怎麼行？我還得為了妳僱一個司機嗎？趁著這幾天還有時間，妳趕快學！我已經跟離家最近的一個駕訓班打好招呼了，晚上都是妳的練車時間。交通法規多久能背下來？」

杳杳翻了翻說：「這種厚度的兩個半小時。」

由曦頗為震驚：「行！學霸，妳去背書吧。我去做飯了。」

「那個……偶像，這樣不好吧？」

「少廢話！老子認識妳之前，已經八年沒坐過摩托車，六年沒擠過地鐵了！」由曦一陣咆哮。

杳杳微微一愣：「由老師你百度百科的年齡該不會是假的吧？八年摩托？六年地鐵？」

由曦順手丟來一個沒削皮的馬鈴薯，怒吼道：「尉遲木頭妳不想幹了是不是？老子我是富二代，富二代妳懂嗎！」

杳杳吐了吐舌頭，乖乖地回房間看書了。

由曦看著沙發上自己親自拿馬鈴薯砸的汙痕，頓時懊惱萬分，憤憤地拿起毛巾，蹲在沙發面前開始用力地擦。

背完了交通法規，當天晚上由曦就讓杳杳去駕訓班了，自己的身分並不方便露面。

但是杳杳剛去兩個多小時，由曦就接到了駕訓班的電話。

「什麼？開除了？為什麼？」由曦聽到電話那邊幾乎也在咆哮，眉頭愈皺愈緊，最後說，「對不起，是我們的錯。我馬上去醫院，請稍等。」

由曦的手還沒好，別墅區半夜很難叫車，只好打電話給齊超讓他來當司機。兩個人喬裝打扮一番，到了醫院。

再一看，尉遲杳杳就跟一個犯了錯的小朋友一樣，蹲在牆角，十分可憐。

由曦走過去：「怎麼了，木頭？」

杳杳抬頭看了由曦一眼，眼圈又紅了，說道：「由老師，你說我練車第一天就撞了教練，還有拿到駕照的希望嗎？」

由曦只覺得腦袋嗡的一下：「妳！妳是豬啊！」

齊超去跟門口守著的其他教練溝通了一下，然後回來跟由曦說：「晚上小妹妹去駕訓班，所有教練都服務她一個人，她可能有點緊張，車上的教練跟她聊了幾句，小妹妹可能覺得教練說得不對，就跟人辯了幾句。後來教練讓她往前開，結果她打檔打錯了，直接退了幾步，車後面站著幾個圍觀的教練就都被撞了，一共三個人。」

「三個人？妳還撞了三個人！」由曦狠狠地戳著杳杳的頭，「行啊妳，小木頭！妳之後在我這裡被開除了，也不愁沒工作啊，直接當殺手就行了啊！我還真沒看出來，妳一個女孩子平時挺文靜的，怎麼殺起人來不眨眼啊，一下就幹掉了三個！馬路殺手也不像妳這麼熟練的啊！妳還跑到駕訓班去跟人辯論，辯論賽啊？」

「對不起……」道歉的聲音細若蚊蚋，「這件事情，我自己會處理好。」

由曦狠狠地瞪了她一眼：「老實待著！妳老闆我還沒死呢！超哥看著她，這件事交給我。」

由曦走到駕訓班負責人的面前：「您好，我是尉遲杳杳的……監護人。」

駕訓班的負責人原本處於盛怒之中，但是看了由曦一眼之後，氣消了三分，他仔細端詳了一會兒問：「你是不是那個……」

由曦點了點頭，心想粉絲真是好眼力，我打扮成這樣都能認出來。

只聽那個負責人一拍大腿說：「何炅！我很喜歡你主持的《快樂大本營》，說得可真好啊！你什麼時候能主持春晚啊？」

由曦的表情瞬間僵硬了，他跟何炅從本質上不是一類藝人好不好，身高、身材也差很多好不好！但是他不能生氣，由曦心平氣和，規規矩矩地跟人鞠躬然後說：「您認錯人了，我是來道歉的。」

駕訓班負責人又仔細地看了看由曦，然後經過旁邊人的指點大抵是覺得自己真的認錯了，忙道：「對不起，我都是聽聲音，不看人。」

緊接著，駕訓班的負責人開啟了碎碎念模式，把尉遲杳杳狠狠地數落了一遍。

由曦這輩子紅了以後頭一次這麼裝孫子，讓人罵了個狗血淋頭。他只能一再道歉表示：「對不起，我們家孩子給您添麻煩了，領回去一定好好教育。所有的醫藥費和誤工費，我來賠償。」

對方見由曦態度誠懇，便說：「算了，尉遲杳杳這個女孩還是別開車了，我是為國家好，真心的！我們的教練那可是青年才俊！」

「是是是，您費心，都是我們的錯。」

在確定了被撞的人並無大礙，繳納了各種費用以後，齊超載著由曦和杳杳回去。

「由老師，這一次的開銷從我的薪水裡面扣吧。」

由曦瞥了她一眼：「妳的薪水才多少錢！趕快給我把車練好了！」

「我可能不是開車的料。」

由曦：「曾經還有人說我不是唱歌的料呢！」

杳杳：「所以你現在拍戲了？」

由曦暴怒：「尉遲杳杳妳不想幹了是不是！」

「對不起……」

齊超哈哈大笑，由曦抬手就給他後腦勺一擊。

齊超大罵：「你謀殺啊！」

由曦哼了一聲，又問杳杳：「妳跟人家教練辯論什麼？」

「他問我杳杳這個名字是不是出自《楚辭》，『眴兮杳杳，孔靜幽默』。我說不是，是出自唐代詩僧寒山的作品《杳杳寒山道》，有詩曰：『杳杳寒山道，落落冷澗濱。啾啾常有鳥，寂寂更無人。淅淅風吹面，紛紛雪積身。朝朝不見日，歲歲不知春』。然後就吵起來了。」

由曦頭疼。

齊超狂笑：「由曦你這個助理比你有水準，遇到一個教練還這麼有涵養。」

「開你的車吧！」由曦轉而對杳杳說，「這種事情很重要嗎？需要到辯論的地步？妳知道妳當時在開車嗎？妳知道多危險嗎？」

杳杳：「這當然很重要！學術性的問題，不能馬虎！」

由曦：「那生命安全妳就能馬虎了？撞了三個人開心了？」

杳杳：「撞人並非我本意，但是學術知識價值觀，遠遠比生命還要重要！」

由曦：「妳腦子有洞啊？」

杳杳：「由老師，我們有代溝，還是別聊下去了。」

由曦愣了：「代溝？妳說我們兩個有代溝？」

杳杳點頭：「三歲一代溝，你大我五歲，都快兩代溝了。」

由曦氣絕，憤恨得想一頭撞死，我為什麼要聘一個這樣的助理？

第二天，由曦醒來決定親自教杳杳開車，好在他家有個很大的花園。他家只有一輛手動打檔的車，是從慈善拍賣會上買來的。他的偶像林諾拍攝電影時開過的車，他花了人民幣八百萬買下來了。

由曦坐在副駕駛座上盯著杳杳，跟她講解了一遍車的原理構造，聽得文科生頭暈眼花，然後正式教她開車。

「由老師，不然你下去打電話指揮我吧，我怕出意外。」杳杳尷尬地說。

由曦想起醫院裡躺著的那三個人，於是堅決要求坐在車上指揮。

「左轉左轉，尉遲杳杳！妳打了幾檔？快點左……啊……」

「啊……」

兩聲尖叫，車撞在了樹上，車蓋凸了起來，杳杳大驚失色。

「由老師你還好嗎？」

由曦滿頭是汗，咬著牙說：「扶我下去。」

杳杳下車，開了副駕駛的車門，扶由曦下來。由曦動了一下，「嘶」了一聲。

「由老師先別動。」她探進車裡，仔細觀察，發現由曦的腳卡在了剎車那裡，想來是剛才想要幫忙的緣故。她神色凝重地說，「由老師，我們去醫院吧，你的腳可能骨折了。」

「尉遲杳杳！妳別幹了，立馬給我滾蛋！」由曦咆哮，他到底是造了什麼孽！

一小時後，Moore 哥知道了由曦再次住院的消息，但慶幸的是，由曦的腳只是比較嚴重的扭傷，並非骨折。

「這到底怎麼回事！」Moore 哥發飆了。

由曦皺眉說：「不小心而已，沒有大礙，你就別發火了，我也正煩呢。」

Moore 哥坐在由曦的病床前嘆了口氣，滿眼都是關心地說：「由曦，你現在情況並不樂觀，我們不能放鬆下來。要趕快把這部戲拍完，堵住那些酸民的嘴。」

「嗯，知道了，我坐輪椅拍吧，跟劇組溝通一下。」

《不小心愛上你》的編劇接到導演的電話，失聲痛哭了起來。她又要改劇本了，男主角這一次不僅手骨折，還要坐輪椅！

為了讓劇情合理，後面又進行了大幅度的修改，編劇改完劇本之後，險些瘋癲。

由曦在拿到最新的劇本之後赫然發現，自己後面多了幾場淋雨以及很多冬天的戲，現在可是三伏天啊！這一定是報復！

對於超級偶像由曦受傷這件事，杳杳非常內疚，並且一直在找機會彌補。所以她再三跟由曦保證，一定去學會開車。由曦聽了卻直搖頭：「我真是傻，我為什麼要讓妳開車，尉遲小木頭，以後爺開車，妳是我大爺！」

由曦復工了，先是去找造型師做了個非常帥氣的造型，然後又把齊超的司機給抓來頂替。

「由老師，你要是睏了就瞇一會兒，到了我叫你。」杳杳好心提醒道，她實在是看著由曦一大早就起來，然後現在正襟危坐的樣子很累，才開口的。

豈料，由曦根本就不領情。

「我要是睡一覺，這造型就白做了！等一下我到片場肯定有很多工作人員來迎接我，也會有記者來拍，老子的形象還要不要了？」

原來如此，杳杳明白了，這頭髮吹了以後竟然靠一會兒都不行，做藝人可真辛苦。

「那由老師你閉目養神一會兒吧。」

「嗯。修改後的劇本拿出來，念念今天拍什麼戲。」

杳杳翻了翻劇本，今天要拍的是男主角失憶之後的第一場戲。男主角在醫院醒過來，面對陌生的世界有些茫然，但是那種霸道總裁的性格還是沒有丟失。男主角在醫院認識了一個病重的女孩，女孩給了他很多鼓勵和安慰，兩個人惺惺相惜。男主角的家人也找到了男主角，男主角漸漸想起了一些過去的事情。

男主角出院後，還是跟病友女孩保持著聯繫，得知她轉院了，前去探望，遇到了女主角，他完全不認識女主角，女主角很痛苦，努力地喚醒他的記憶。可是男主角對女主角並沒有什麼感覺，就像是對待陌生人一樣，並且喜歡上了病友女孩，兩個人相約病好之後一起去環遊世界。男主角的家人得知了女主角和男主角的故事，出面阻止，讓女主角離開，男主角是女主角前男友的哥哥這個祕密也被揭露出來……

由曦皺緊了眉頭，愈聽愈覺得睏。

杳杳問：「由老師，故事修改後的劇情就是這個樣子了，今天要拍您跟病友女孩一起的戲，我再跟你對對臺詞？」

由曦想了一下，突然笑了：「這個病友女孩是誰演出啊？怎麼感覺突然加了個女二進來，帶資進組？」

杳杳翻了一下資料說：「並沒有帶資進組，要非說為什麼突然加這個進來，我只能說是帶人進組了。」

由曦：「什麼意思？」

杳杳拿演員履歷給由曦看了一下，這個出演病友女孩角色的女演員叫潘朵，聖果娛樂旗下藝人，Moore 親自帶的新人。

由曦笑了：「帶人進組，妳這意思是說我囉？Moore哥真是打得一手好算盤，我剛受傷復工，他就給劇組插這麼一號人物，劇組也不好意思不接納。妳幫我看看這新人什麼來頭，有什麼過人之處，能讓Moore哥親自帶。」

杳杳打開了百度，然而對於這個新人，百度百科的資料非常有限，這部戲是她的第一部作品。

杳杳攤了攤手：「沒查到。」

由曦湊過來一看，戳了戳杳杳的腦袋：「誰讓妳上百度了！妳怎麼就這麼笨！」

杳杳不解道：「由老師，你不是說外事問百度，房事問天涯嗎？」

由曦臉一沉，後照鏡裡借來的司機明顯也是臉色一變。杳杳意識到自己說錯了話，車廂內一陣沉默。過了許久由曦才說：「那個，我上天涯其實是看看有沒有人掐我，你別誤會。」

到達劇組的時候，整個劇組的人都出來歡迎他，場面相當盛大。真的跟由曦說的半點不差，就連鄭嘉兒都帶著幾個助理出來圍觀了，助理手上還抱著一束鮮花。

由曦先是表現出了受寵若驚，一一跟劇組的工作人員打招呼，他幾乎能叫出每一個工作人員的名字，謙虛禮貌地回應大家的問候，在工作人員面前狠狠地刷了一波好感，又在眾多記者面前刷了存在感，真是個雙贏的局面。

等由曦跟大家打完招呼了，鄭嘉兒才過來，接過了助理手上的鮮花，遞給由曦：「恭喜出院。我們都在等著你回來呢，我的男主角。」

由曦對她禮貌地笑了笑，並沒有接她的花，暗地裡掐了杳杳一下。杳杳立即過去接了鄭嘉兒的花，道歉道：「不好意思、鄭小姐，由老師他對滿天星過敏，這花我幫他拿。」

鄭嘉兒的花被拿走了，她有些尷尬地笑了笑：「呀，我還不知道由曦你對滿天星過敏呢，早知道就不配滿天星了。」

由曦淡淡道：「我對玫瑰花也過敏。」

鄭嘉兒：「真是可惜，玫瑰花很好看啊。」

「不可惜，我一個大男人也不怎麼喜歡花。先去化妝了，別讓化妝師等我，抱歉失陪了。」

由曦自始至終都跟她保持著朋友間的友好距離，既不親密，也不疏遠。

回到個人的休息間，由曦臉上的所有笑容都垮了下來：「趕快把那花弄到我看不見的地方去！啊啾……」

「由老師你該不會是真的過敏吧？」

「廢話！老子有必要撒謊嗎？」由曦一聲暴怒，連續打了幾個噴嚏，又對杳杳吼道，「妳能不能稍微關心我一點啊！我是妳的老闆好嗎？」

杳杳吐了吐舌頭，趕快跑出去，把花送到了道具組，特意吩咐了，改變造型，不能讓人看出來這是鄭嘉兒送的，避免打臉。

等杳杳回到由曦的休息室，發現有個陌生的女孩在，由曦手腳不便，抱著 iPad 自己刷，刷得一臉鬱悶。女孩就站在他旁邊，滿面笑容地跟由曦打招呼：「師兄你好！我是潘朵，今天我們有對手戲哦，Moore哥說帶我來認識你，但是我等不及啦，先自己來認識你啦，你跟電視上一樣帥，真的好帥哦！」

由曦頭也不抬地說了句：「我知道我長得帥，妳可以出去了。」

冷冰冰的毫無溫度，跟在外面的時候完全不一樣。他在人前笑得那麼溫柔，聲音那麼溫柔，潘朵懷疑自己聽錯了。

「師兄，我是潘朵。」

由曦啪的一下丟了iPad：「妳就是潘朵拉，妳也得給我出去，我要換衣服了！」

潘朵眨了眨眼睛，一雙水靈靈的大眼睛頓時有了霧氣，由曦一皺眉，心道，妳跑到我這裡打擾我休息，妳還有臉哭？妳怎麼比尉遲小木頭還要煩呢？

提起自己的助理，由曦這才發現，尉遲杳杳已經回來了，正站在潘朵身後看熱鬧呢。

由曦頓時黑了臉：「小木頭，妳傻愣著幹嘛？還真把自己當木樁了嗎？還不快點過來幫我看看這玩意怎麼回事！怎麼下不了單啊！」

杳杳只好繞過梨花帶雨的潘朵，順便看了她一眼，長得十分可愛，身高一百六十公分左右，非常瘦，皮膚很白皙。根據杳杳做助理的經驗來看，這樣的女孩上鏡非常好看，也非常討喜，但是顯然地她撞了由曦的槍口，由曦並不是很喜歡這個自來熟的小師妹。

杳杳拿過iPad一看，由曦正在淘寶。自從上一次商場刷臉失敗後，杳杳教會了由曦淘寶，由曦每天奮鬥在淘寶的世界裡不亦樂乎，還跟各種淘寶店主砍價，賣萌求包郵。由曦自然不差那個錢，但是包郵總能讓他開心好一陣子，為了證明自己的魅力無限。

「這個是預售，凌晨才能搶呢，所以不能下單。」

由曦一臉震驚的樣子：「凌晨才能搶？有錢不賺？這麼奇葩的規定？」

杳杳無奈地點頭。

由曦很鬱悶，明顯不高興了，有小情緒了，要玻璃心了。

杳杳更加明白了，潘朵真是運氣不好啊，由曦有錢沒地方花鬱悶呀！

但是，都是女孩，杳杳也不忍心看著潘朵在這裡哭，於是抽了面紙給她，安慰道：「由老師對待自己人說話才會比較隨意的，妳別介意，他把妳當自己人呢，畢竟是小師妹呀！」這話杳杳說完，自己都覺得不可信。

然而潘朵頓時收住了眼淚，瞪著大眼睛天真地問由曦：「男神，你把我當自己人嗎？」

由曦瞥了杳杳一眼——妳幹嘛要亂說話啊，小爺我需要妳來打圓場啊，妳真是多管閒事啊，我就不爽隨便塞人給劇組啊，是我師妹又怎麼了呀！

但是，他還是抽了一盒巧克力出來，遞給潘朵：「拿去吃吧。」

潘朵連忙接過去，一張臉笑開了花，完全是粉絲得到偶像青睞的樣子。她說：「Moore 哥他真喜歡嚇唬人，我說要自己來認識你，他不讓，說你脾氣不好會罵人，可是男神還給了我吃的！」

由曦心道，他可真沒嚇唬妳，小爺我就是脾氣不好，妳吃了東西趕快走！

杳杳說：「由老師他有時候脾氣很好的，有時候有些急躁，愛罵人，但是總的來說是個好人。」

潘朵一邊嚼巧克力一邊說：「這麼奇怪，該不會是雙子座吧！」

由曦：「我不是。」

杳杳弱弱地問：「雙子座……怎麼了？不好嗎？」

潘朵哈哈大笑：「沒有不好啊，就是精分[7]嘛，神經病呀！」

杳杳鬱悶了，由曦也笑了起來，他想起杳杳就是雙子座的。

然而潘朵緊接著又說：「不過就算男神你是雙子座我也不嫌棄，只要不是處女座就好了。」

由曦的臉瞬間僵硬，杳杳連忙將潘朵推了出去，以免受到傷害。由曦的百度百科生日是自己發片的紀念日，並不是他真正的生日，所以粉絲都以為他是溫暖的天秤座，實際上他是個處女座，當初這樣寫資料，也是他私心想自己過生日。

他們正說話間，休息室有人敲門，竟然是Moore哥來了。

杳杳見到Moore哥其實很是激動，然而她性子淡然，激動也表現得不明顯，往前踏了一步，溫柔地喊了一聲：「大壯哥！」

Moore哥頭上頓時三條黑線，由曦方才因為處女座被黑的那點不快瞬間煙消雲散了。他笑意盈盈地看著自己的經紀人，又看了看潘朵，等著Moore哥給個解釋。

潘朵看見了Moore哥非常高興，一下子躥到他面前，拍了一下Moore哥的肩膀說：「二舅！你騙我，男神他這麼和藹可親，你還在我面前說他脾氣不好，就跟臭石頭一樣。二舅你再黑我男神，我就告訴我媽！」

Moore哥汗都下來了，自己究竟是造了什麼孽啊！

「嘖嘖——」由曦撇了撇嘴，「大壯哥，帶新人了？」

Moore哥笑了笑，鏡片下那雙細長的丹鳳眼微微瞇了一下，他略一思量，對由曦道：「是外甥女，以後算是你的小師妹，第一次拍戲，由曦你多多照顧。說起來，也算是你的外甥女呢，潘朵，過來叫三舅。」

潘朵看了看自己的二舅，又看了看由曦，咧嘴笑了笑，甜甜地喊了一聲：「三舅！」

由曦險些從輪椅上掉下來，這是什麼鬼，誰要當什麼三舅啊！

Moore 哥陰了由曦一回非常開心，一轉頭對上了杳杳遞過來的杯子：「大壯哥，喝口水，我有點事情想問你。」

Moore 哥接了杯子之後，杳杳就緊緊盯著他，就等著他喝完了好問話。這種感覺讓 Moore 哥十分不爽，他可是金牌經紀人啊，公司有股分的啊，都是他逼別人啊！

「大壯哥，可以問了嗎？」杳杳滿懷期待。

Moore 哥澈底被她打敗：「妳問吧。」

「上次車禍意外，查清楚了嗎？我覺得這個劇組裡有安全隱患，由老師復工會不會有危險？」

由曦受傷的確是人為的，Moore 哥已經調查清楚，由曦自己也知曉，杳杳這個助理卻是不知道的。Moore 哥也不方便將這件事情說出去，只跟杳杳說是意外。

杳杳哪裡肯相信，據理力爭，甚至還拿出了一本小本子，上面是一張她畫的圖紙，還有計算公式，她拿著筆一點一點地演算，跟 Moore 哥講解。

按照力學、物理學、槓桿原理等知識的推斷，這一定是個人為的事故。她運用了大量的科學知識，滔滔不絕講了十五分鐘，直把那三個人說得目瞪口呆。末了畫了個句號，抬頭看了三個人一眼問：「懂了嗎？」

由曦：「妳不是文科生嗎？」

杳杳點頭：「我自己看書瞭解了一點，又找高中同學問了一下，大部分是國中和高中的知識，也不難理解，你們要是沒聽懂的話，我再講一遍？」

由曦連忙擺手，Moore哥搖頭。

開玩笑，要是說沒聽懂的話，豈不是直接告訴她，我們沒知識嗎！

潘朵直接跳過去，撲到了杳杳身上：「助理姐姐妳太厲害了！妳懂好多啊！簡直是我的女神！」

杳杳搖頭：「這沒什麼的，好好讀書、學習就都懂了。」

由曦十分自豪地將杳杳拽了過來，然後對另外兩人說：「聽見了嗎？不懂就問，好好學習。」

沒一會兒，副導演過來請由曦去拍戲，看見潘朵也在，就兩個一起叫去了，導演來說戲。

---

7 精分：精神分裂的簡稱，多指調侃人性格多變。

第4章　男神也愛逛貼吧818[8]

正式開拍的時候，杳杳和Moore哥都在旁邊看著。潘朵進入狀態非常快，對角色拿捏得非常好，由曦這樣的半吊子，在她的帶領下也漸入佳境，兩個人的配合竟然說不出的默契。Moore哥在一旁看著不斷點頭微笑，監視器前的導演也露出了難得和顏悅色的表情。

潘朵和由曦的這幾場對手戲都是一次過，拍攝進度快了不少。還剩下不少時間，導演和副導演共同商議，直接把由曦在醫院跟女主角重逢的戲也拍了，於是有人去請了在休息室等候的鄭嘉兒。

鄭嘉兒姍姍來遲，見到Moore哥明顯一喜，小碎步跑過來：「Moore哥！好久不見呀！最近還好嗎？」

「天哪！鄭嘉兒！女神，我好喜歡妳，幫我簽個名吧！」潘朵瞬間撲了過去，由曦一把揪住了她的領子，將她拽到了自己旁邊，小聲責備道：「妳怎麼什麼都敢撲，咬了妳怎麼辦？」

鄭嘉兒的臉瞬間綠了，心裡將由曦的娘親罵了十八遍，但是表面上還得對由曦客客氣氣的，只得橫眉冷對這個不知道從哪裡冒出來的丫頭：「工作時間不簽名，粉絲嗎？這裡不讓人隨便進來的，妳是什麼人啊？沒人管嗎？」

「咳，不好意思，我的人。」Moore哥招了招手，由曦放開了潘朵。

鄭嘉兒打量了一下兩人，瞬間會意地笑道：「呀！竟然是Moore哥的女朋友，長得真可愛。」

潘朵似乎深受打擊，癟了癟嘴說：「二舅。」

「嗯，還不趕快過來。」Moore哥澈底黑了臉。

由曦笑了笑說：「潘朵，叫人啊，這是鄭阿姨。」

「鄭阿姨？」

「她叫你二舅一聲哥，妳不應該叫阿姨？」

鄭嘉兒的臉綠了，咬了咬牙，狠狠地跺了下腳走開了。

休息片刻，由曦過去跟鄭嘉兒拍戲，片場頻頻傳來導演的咆哮，把鄭嘉兒罵了個狗血淋頭，說她還不如一個新人演得好。鄭嘉兒敢怒不敢言，整個片場都在看她的笑話。

天色不早，導演直接宣布放飯，下午再拍。

潘朵火速衝過去拿餐盒，在人群中擠來擠去，還轉頭大喊：「二舅！快來拿飯啊！」

Moore哥幾乎要迎風落淚，造了什麼孽啊！

杏杏拍了拍Moore哥的肩膀道：「大壯哥，我去幫你拿。」

沒一會兒，杏杏和潘朵拿了餐盒過來，四個人找了張道具桌子，打算吃飯。由曦看了那桌子良久，很是糾結，眉宇之間都是難以抒發的情懷，他覺得自己要忍不下去了，非常難受。

Moore哥嘆了口氣，從上衣口袋裡拿了一條手帕出來，弄了點礦泉水沾濕了遞給由曦，由曦感激地看了他一眼，接過去蹲在旁邊開始擦桌子。

潘朵悄悄過來問杏杏：「男神他這是幹嘛？」

「處女座。」

潘朵臉色驟變，呆愣地看著由曦，似乎難以置信，她那雙水汪汪的大眼睛盈滿了淚，竟然是一副泫然欲泣的樣子。她掏出手機，打開了由曦的百度貼吧，瀏覽著由曦的美照，又看了看眼前這個撅著屁股擦桌子的人，長長地嘆了口氣：「罷了，我還是喜歡你，誰叫你是我男神呢！」

由曦莫名其妙。

一陣風過，杳杳提醒道：「由老師，今天風沙大，擦不乾淨的，我們還是趕快吃飯吧，不然等一下餐盒都髒了。」

由曦一看，自己方才坐過的椅子也被吹得有塵土，他整個人都不好了。

杳杳趕緊安慰道：「沒關係，我們四個蹲著吃吧。」

潘朵：「好好好，我要陪男神蹲著吃飯！」

Moore 哥：「我為什麼要蹲著吃？」

由曦一腳踹壞了 Moore 哥坐的凳子，笑了笑道：「哎呀，不結實，小木頭幫忙買一個新的。」

無奈，四個人開始蹲著吃飯。

片場突然爆發出一陣尖叫聲，無數女場記似要昏過去了，圍觀群眾更是圍得水泄不通。

由曦哼了一聲：「誰來了？這麼大排場，比我紅？」

相機喀嚓喀嚓拍個不停，保鏢開路，給那人讓出了一條路來，這才讓人看清楚，那是個年輕男人，有著修長的身材，帥氣的面龐，好看程度竟然跟由曦有得一拚。然而不同的是，他有一種生人勿近的氣場，而由曦十分親切。他看了這邊一眼，慢慢走了過來。

杳杳聽到大家在喊宋且歌，於是問：「這位宋老師很紅嗎？」

潘朵率先道：「影帝啊！剛跑去美國拿了個什麼獎，今年還入圍了奧斯卡。不過有什麼了不起啊，根本就跟我男神沒法比！」

Moore哥說：「我帶過的藝人，好像是比由曦紅了那麼一點，所以我讓你拍戲是正確的，你要是早點出來拍戲，影帝哪裡有他的份。路公司已經幫你鋪好了，男神！你別擔心。」

由曦滿不在乎，「我還真不擔心，他長得有我帥？」

他一邊說著話，一遍蹲著，手裡還抱著個餐盒。潘朵沉默了一下，Moore哥咳嗽了一聲，杳杳仔細看了看然後「嗯」了一聲。

三個人齊刷刷地看向了杳杳，杳杳還不知所謂，又說：「他大方得體，是人中龍鳳的樣子。」

由曦怒摔餐盒，是誰讓老子蹲著吃飯的，現在還要嫌棄老子？

「Moore哥、由曦，好久不見。」說話間，宋且歌已經過來。

杳杳先人一步，擋在了由曦面前，對宋且歌以及他帶來的那些媒體道：「不好意思，由老師的新戲目前處於保密狀態，不是很方便採訪，不如找一天，約大家聊聊吧。」

Moore哥看了一眼剛才怒扔餐盒，沒扔準，由於潔癖和強迫症，正打算去把餐盒撿起來的自家藝人，也站出來說：「今天私人小聚，改日約記者朋友們喝茶。」

Moore 哥在圈內的地位可是首屈一指的，他站出來說話，原本想要偷拍的人也就不敢再造次了。

宋且歌抱歉地笑了笑：「是我疏忽了，忘了這邊也是在拍戲，大家改日見。」

圈子裡有點內幕的人都知道由曦和宋且歌之間微妙的關係，然而今天眼看著兩人相遇了，卻拍不到什麼新聞，這委實讓人懊惱，但是又不得不放棄離開。

記者散去，只剩下這幾個人，杳杳頓時感覺到了劍拔弩張的氣氛。

宋且歌瞥了由曦一眼，問：「聽說你出車禍了，看起來沒什麼事，還能蹲著吃飯，腳受傷是裝的？看來是的，我怎麼忘了，你這個人就是喜歡博取同情。」

由曦靜默，最終還是將那個丟在外面的餐盒撿了起來扔進垃圾桶，一身輕鬆的樣子。隨即轉頭朝宋且歌笑了笑說：「關你屁事。」

「的確不關我的事，作為曾經的同門師兄，關心你一下而已。我看了你的戲，還挺讓我驚喜的，有一種看兒童頻道的感覺，由曦你這是要走鄰家大哥哥路線了？偶像當得很累吧？畢竟你全靠裝。」

宋且歌一邊翻著白眼，一邊把由曦奚落了一遍。杳杳和潘朵聽得目瞪口呆，Moore 哥早就已經習慣了這兩個人的廝殺。

由曦還是微笑著看宋且歌，然後對宋且歌說了句：「醜貨。」

「你說什麼！」宋且歌瞬間惱怒，方才高大上[9]的男神氣質瞬間沒了，伸開手臂就要過來掐由曦。

由曦後退了幾步，招了招手讓杳杳過去扶住自己，Moore 哥也將宋且歌攔住了。由曦又說：「你做了個假臉之後耳朵也是贗品了？聽不見老子說你是個醜貨？那我再說幾次？醜貨醜貨醜貨，你高興了？真欠虐。我們走，小木頭。」

杳杳扶著由曦回了自己的休息室。她有些莫名，按照由曦的脾氣來講，被人這樣罵肯定要大吵一架的，然而他並沒有。

「妳想問什麼趕快問。」

「你們兩個關係不好？」

由曦拿手指狠狠地戳了一下杳杳的腦袋：「我都說了讓妳平時多看看娛樂新聞，我跟那貨怎麼可能是關係不好呢？」

「哦……」杳杳剛想表達什麼，就又聽由曦說：「分明是死對頭，有我沒他，有他沒我。」

杳杳趕快拿出手機開始百度，想瞭解一下二人到底有什麼過節，卻被由曦一把搶走了手機：「網上那些捕風捉影的都不可信，妳倒不如問我。」

緊接著杳杳就知道了一個非常不得了的大祕密，是各家娛樂記者都想知道可是沒機會知道的事情。

由曦曾經有一個青梅竹馬的異姓妹妹，這個妹妹在國中的時候認識了宋且歌，暗戀十年，終於在大學的時候跟宋且歌在一起了。然而宋且歌是個渣男，在占了一切便宜以後，甩掉了由曦的妹妹。當真是經歷了一場黑暗的青春，劈腿、分手、出國。

後來由曦簽約經紀公司，發現宋且歌是自己的師兄，而且那時候宋且歌也還是個歌手，在發唱片。由曦盡了一切努力，打壓宋且歌，在公司不遺餘力地排擠宋且歌，最終擠走了他，可是宋且歌搖身一變簽約了別家公司，逐漸開始拍戲，竟然還成了影帝。

由曦怎麼能不恨他呢？

宋且歌對於自己渣妹子這件事絲毫不覺得內疚，所以對於由曦的排擠，他一直是懷恨於心的。

杳杳聽完後唏噓不已，正想怎麼安慰一下由曦的時候，休息室的門被踹開了，撲進來一個發瘋似的宋且歌。

身後是萬分無奈的 Moore 哥，他攤了攤手示意──我攔不住。

宋且歌：「由曦你天天當縮頭烏龜，有種出來把話給我說清楚！」

由曦拿著 iPad 刷來刷去，明顯就不想理他：「跟你說話丟臉，渣男！」

宋且歌繞過了跑過來想要阻擋的 Moore 哥，伸手就揪住了由曦的衣領，逼問道：「你說誰渣男！」

由曦推開他：「你是不是耳聾？」

「你知道渣男兩個字怎麼寫嗎你？」

由曦登時將 iPad 砸了過去，正巧砸在了宋且歌的臉上，宋且歌一聲哀號，由曦大罵一聲：「你說誰文盲？」

「老子就是說你了！你還敢動手！」

杳杳覺得萬分頭疼，一個是小天王，一個是影帝，吵起架來怎麼跟女生打架一樣？她圍觀了一會兒，兩個人已經撕扯在一起了，然而由曦畢竟受傷了，處於劣勢，到底是比宋且歌高了不少，一時之間也不知道誰能打贏。

「老子打你怎麼了？老子為了打你專門去學了跆拳道！」由曦飛起那隻完好無損的腳踹向宋且歌。

宋且歌劇組混得久了，打戲也拍了不少，身體靈活地閃過，轉過身來一把揪住了由曦的頭髮，啪啪啪對著臉開始打。

杳杳再也忍不下去了，抄起旁邊的「兇器」砸在了宋且歌的腦袋上，大喊著：「君子動口不動手！」

宋且歌被砸暈了，鬆開了由曦，搖晃了幾下，一屁股坐在了沙發上，一邊搖腦袋一邊問：「妳誰啊！」

「宋先生你好，我是由老師的助理。你今天不請自來，並且破門而入，本身就是有錯在先，你還出言不遜，引誘由老師出手跟你對抗，你這種行為讓人不齒。縱觀古今，像你這樣的人都沒有好下場……」

然後她開始舉例子，從春秋戰國時期開始，每朝每代的奸詐之徒都列舉了一遍，聽得一干人等昏昏欲睡。宋且歌好幾次打斷她，都被杳杳吼了一句：「你到底懂不懂禮貌？」

「你說我們由老師沒有常識，那麼請問，剛才我說的這些歷史名人，哪個是儒家的，哪個又是法家的，抑或哪個是墨家的，你都知道嗎？看你雙目呆滯，如此茫然的神色，顯然是不知道的吧？那你覺得五十步笑百步很有意思？彰顯自己有知識？你知不知道有句古話叫人外有人？國學大師尚且不敢輕易嘲笑他人，你憑什麼嘲笑別人？更何況，由老師他的理科非常好，電腦尤其出色，能寫代碼會程式設計，還能做各種安全軟體，能寫歌，唱歌又好。不是專業演員怎麼了？他對待劇本認真負責，每一場戲都好好演，導演都給他一次過了，你憑什麼指手畫腳？」

宋且歌被杳杳文縐縐的咒罵給繞暈了，明顯是說不過杳杳這個最佳辯手，然而又不能輕易認栽，憋了好半天說了句：「唯女子與小人難養也！」

杳杳就笑了：「你知道這句話什麼意思嗎？」

宋且歌明顯又是一愣，杳杳喝了口水，搬了張椅子坐下，打算跟他好好解釋一番，宋且歌連忙找個機會逃了。

由曦把手臂搭在杳杳的肩膀上，對著狂奔而去的宋且歌大喊一聲：「你個文盲！」

這一場世紀罵架，在杳杳單方面的教育中結束了，Moore 哥叮囑了幾句明天有通告就離開了，休息室只剩下了杳杳和由曦。他的臉有點擦傷，杳杳拿了藥箱來幫他處理。

「由老師疼嗎？」

由曦「嘶」了一聲，問：「妳幹嘛替我出頭？」

「你是我老闆啊，而且，我比較喜歡你，不喜歡他。」杳杳見他沒說疼不疼，心想是力度不夠，就又用力揉他的臉頰。

由曦：「對吧，我也覺得我這個人比他受待見。我這個人呢，不僅僅會程式設計，改天我跟妳講講我別的技能，讓妳以後好好誇我。」

「嗯、好。由老師，疼不疼？」

由曦笑了笑，又問：「尉遲杳杳，妳這麼瘦小，剛才砸他的時候，想什麼了？對了，妳拿什麼砸的？」

杳杳納悶了，這樣還不疼？她都已經很大力了，看來還是不夠用力嗎？她噴了點酒精，揉著他的臉隨口道：「新華字典啊！」

「新華字典？我的休息室裡為什麼會有這個東西？」

「我怕你看劇本遇到不認識的字，我又不在，你念錯了會被人笑，就幫你買了一本字典。」

由曦握緊了拳頭，咬著牙道：「尉遲木頭！」

杳杳完全無視了他的怒吼，問：「由老師，這樣還不疼嗎？」

由曦對著鏡子一看，他方才擦傷了一點皮，此刻臉上竟然瘀青了！

「尉遲木頭！妳到底是在幫我治療還是在掐我！」

烈日炎炎，由曦的手臂逐漸好轉，各項工作也多了起來。杳杳陪著由曦去拍攝廣告，是一款花露水的廣告，廣告導演選了個鳥語花香的郊區。

在來之前，由曦是非常抗拒的，因為一來一回就要一整天，有可能會耽誤劇組的拍攝進度，其次是，他特別不喜歡到野外去，他的潔癖讓他看什麼都覺得不爽。

工作人員跟杳杳再三保證環境非常乾淨，風景非常美，簡直是國家5A風景區[10]。這一番美言下來，杳杳不好再拒絕，不然會顯得耍大牌，只好去幫由曦做心理建設。

「妳別這樣看著我，不去，換個地方，去跟他們溝通。」

「由老師……我們去吧。」杳杳睜著一雙水汪汪的大眼睛，一眨不眨地盯著由曦。

由曦看了她好幾眼，無奈地嘆了口氣。

「行行行，妳是我老大！」

最後由曦來了，一下車就傻眼了。

國家5A的風景區，為什麼連樹都沒有啊？只有這茫茫的草原和野花，這得有多少蚊蟲鼠蟻啊？這是要曬死他嗎？由曦不高興了，在保姆車裡化妝，臉都是皺的。他早上六點起床，八點出門，滿臉都寫著我現在起床氣很重。

「太熱了！小木頭，你老闆我要熱瘋了。有刨冰嗎？」

「出門的時候沒準備，冷凍櫃裡有冰塊，要不然拿一點你咬著吃？」

由曦臉一黑，又問：「有冰毛巾嗎？我要熱死了！」

「有的，但是你用了冰毛巾，妝花了怎麼辦？」

由曦深呼吸了一口氣，氣壓更加低了，隨手扔了廣告腳本。

「那就讓老子熱死吧，我死了，也拉妳一起！」

杳杳：「殉葬這種封建制度現在已經不允許了。」

由曦瞪了她一眼，怒吼道：「還能不能好好聊天了！」

杳杳莫名其妙，翻了翻自己的背包，找出來一把紙扇，嘩啦一下抖開，幫他用扇子搧風。

由曦感受到絲絲涼意，抬眼看了看她，發現她手裡的扇子，扇面上寫了一首詩，龍飛鳳舞的，他認不出是什麼，背面畫了一幅蘭竹。

「扇子給我看看。」

杳杳小心翼翼地遞過去，由曦打開一看，這扇子非常舊，紙都已經泛黃，但是保存得很好，看得出杳杳很愛惜這把扇子，他盯著那首詩瞧了很久。

「由老師，這寫的是，『咬定青山不放鬆，立根原在破岩中，千磨萬擊還堅勁，任爾東西南北風』。」杳杳聲音清脆，她在讀詩的時候跟平時說話聲音是有些不同的，有一種說不出的韻味。

由曦瞥了她一眼說：「我看得懂，妳寫得不錯。」

杳杳「噗哧」一聲笑了：「由老師，這可不是我寫的，是鄭板橋的詩，題竹石。」

由曦一張俊臉紅了紅，又說：「我是說妳的字寫得不錯！」

杳杳連忙搖頭：「這不是我寫的，我的書法難登大雅之堂。」

由曦一連兩次丟臉，外加起床氣，一瞬間就暴怒了，「啪」的一下扔了杳杳的扇子，結果扇子正好落在水杯裡。

「呀！」杳杳一聲驚呼，連忙過去搶救，撈起自己的扇子，寶貝似的拿在手上小心打開，扇面竟然濕了，她想擦又不敢，一雙手不知道該如何是好了。

由曦也沒想到會這樣，心裡後悔，卻又拋不開面子，於是問：「壞了嗎？我賠妳新的。」

杳杳盯著扇子許久，一言不發。

由曦有些慌了，她低著頭，他就彎腰湊過去，看她的臉：「小木頭？生氣了？我幫妳買一個新的，妳別哭啊。」

「不用了，你買不到的。」杳杳將扇子攤開晾著，語氣冰冷得讓由曦都顫抖了。

「這年頭還有小爺買不到的東西？妳儘管說是在哪裡買的！」

「殷舊送的，鄭板橋真跡。」

由曦只聽了前半句，當即大怒：「我還以為是什麼這麼寶貝，前男友送的哈，初戀哈！他就一個渣男，妳還睹物思人？還想著他？尉遲杳杳妳腦子進水了吧？」

杳杳抬頭，突然瞪了他一眼，那雙眼睛竟然有點泛紅，一張口竟然是強忍著哭腔：「由老師！你真是什麼都不懂！這是鄭板橋的真跡！」

說完，杳杳就下車了，用力地摔了車門，把由曦嚇得哆嗦，直覺得這三伏天要下大雪了。這個溫順的小助理發脾氣了？她剛才是對他發脾氣了？由曦自從有記憶以來，還沒有人給他過臉色看呢！

由曦一腳踹翻了自己面前的酒櫃，沒喝完的酒瓶嘩啦嘩啦全倒了，其中一瓶紅酒正好灑了他一身，由曦簡直想罵娘。他脫了上衣，拿毛巾擦著，擦了一半又掏出手機，打了個電話給齊超：「鄭板橋你認識嗎？我想買他的扇子。」

電話那頭的齊超一愣，然後說：「認識啊，你買扇子想幹嘛啊？」

由曦一拍大腿：「太好了！他在哪？我親自去，花多少錢都願意。」

齊超：「這不是花多少錢的問題。」

由曦：「那不然我求他？」

齊超：「你就是磕頭也沒用！」

由曦：「還得下跪？對了，他到底是誰呀？我怎麼聽著那麼耳熟呢？」

齊超終於忍不住了，爆笑：「鄭板橋，康熙秀才，雍正十年舉人，清朝的書法家、文學家，由曦你說你是不是磕頭也求不到？」

由曦握著電話靜默了，頭一次沒跟齊超對罵。他默默地掛了電話，意識到自己似乎犯了個大錯，杳杳這種書呆子，肯定對這種古物非常重視，怎麼辦，他該怎麼哄她？

由曦陷入了沉思，工作人員來請他兩次，他破天荒地沒理人，第一次對工作人員不禮貌。他在百度貼吧、天涯上，發了帖子——我是個藝人，我惹助理生氣了，怎麼辦，急，線上等。

沒多久，天涯的網友熱情回應，但是有些跑偏了，紛紛問他，你是哪個藝人啊，你是歌手還是演員啊，你知道娛樂圈的祕密嗎，能不能爆料啊？由曦看得心煩，這都什麼亂七八糟的，能不能給點實際的建議啊？

對於八卦的，他一概不理，但是又不得不透露一點娛樂圈的擦邊球新聞，吸引住目光，博取同情，尋求幫助。沒多久，有網友問他：「你助理生氣了就生氣了唄，你作為一個老闆為什麼這麼緊張？你是不是喜歡你的助理啊？」

喜歡……小木頭？

由曦渾身一個激靈，將手機扔了出去，正好砸在了擋風玻璃上，「喀嚓」一聲，玻璃裂了，車外面的人齊刷刷地看向了由曦，他咒罵一聲：「靠，我怎麼扔了一臺諾基亞出去！」

杳杳嘆了口氣，急急忙忙跑過來，跟工作人員交涉：「不好意思，由老師手滑了，這保姆車多少錢我們賠。」

一整天的廣告拍攝，杳杳公事公辦，沒有不理由曦的任何要求，可是也沒有對由曦多說一個字，整個人冷得像一塊冰。

由曦好幾次想跟她道歉，但是一想起網上說的那個可怕猜想，他就有點怕。過了沒多久，由曦想通了，網上是亂說的，他並沒有喜歡任何人。

然而，廣告的拍攝並不順利。廣告導演賠著笑臉，跟由曦又重複了一遍這個廣告要怎麼拍，要怎麼表現。由曦都聽進去了，可就是沒做出來。其實廣告內容很簡單，只需要他在綠野裡奔跑，要帥就可以了。他卻笑也不會笑了，以往那些秒殺萬千女性的笑容，彷彿都不會了，由曦很鬱悶。

拍了半日，導演決定休息。

由曦口渴了，遍尋不到杳杳，咒罵了一聲：「到底誰是老闆啊！」然後自己灰溜溜地去車裡倒了杯冰水，喝了，又倒了一杯，端著杯子四處找那個淡然的身影。

他找了很久，終於在一棵樹下找到了杳杳。

她正睡著，擰著眉，似乎很累，卻睡得很不舒服。由曦盯著她看了一會兒，不忍心叫醒她。

杳杳動了一下，抓了抓脖子，又抓了抓身上。由曦一愣，順著她的手看去，裸露在外的皮膚上，竟然有很多蚊子包。由曦當即就震驚了，肉眼能看見的竟然就有十多個，她這樣也能睡著？

由曦皺眉，轉頭去找工作人員要來一瓶拍攝用的花露水，順便叨念了幾句：「這什麼地方啊，怎麼那麼多蚊子啊，咬死人了。」

幸虧他這次代言的是花露水，不然小木頭得癢死了。

由曦歡快地跑到杳杳身邊，擰開花露水，輕輕地塗在她的紅包上。涼爽的花露水一碰到皮膚，杳杳就醒過來了，正看見由曦慢慢地幫自己塗抹腫包，不由得一愣，往後縮了縮。

由曦抓住她的手說：「馬上就好，妳脖子上還有。妳很招蚊子？」

杳杳點了點頭：「住宿舍的時候，有我大家都不點蚊香。」

由曦一頓，抬眼看她，桃花眼裡竟然有點心疼：「那妳就這樣忍著？怎麼沒跟我說？早知道不來這種地方拍攝，蚊子多得要命。妳還在樹底下睡覺，怎麼不去車裡？」

「車裡很悶熱。」

「妳發動車子，然後開空調啊！怎麼那麼笨！」由曦嘴裡埋怨著，手已經到了她的脖子，扯了扯她的衣領，杳杳躲了一下，由曦皺眉，「我是誰？」

「我老闆。」

「那不就得了，妳躲什麼？」

杳杳沒躲了，由曦解開她的一顆扣子，慢條斯理地幫她塗腫包，從脖子塗到了鎖骨。杳杳腦袋放空，好半天才想起來，是她老闆跟她躲不躲並沒有必然的關係啊！

然而，由曦已經塗完了。

他咳嗽一聲，站起身，眼睛看向另一邊：「好了，我去拍攝，妳去車裡等我。」

杳杳「嗯」了一聲：「由老師，你熱嗎？」

「不……不熱啊！」

「那你為什麼臉紅？」

由曦張口就來了句：「精神煥發！」

杳杳微微發愣，覺得這話耳熟得很，忍著笑意問：「怎麼又黃了？」

由曦也是一愣，然後說：「防冷塗的蠟。」

杳杳露出一個非常驚訝的表情，她顯然是沒想到由曦能對上。片刻之後，由曦反應過來，笑罵道：「妳真當我小學沒畢業啊？跟我對智取威虎山的臺詞呢？」

「是有點沒想到，由老師聽過這齣京劇？」

「不，我看過這個電影，徐克拍的。」

她果然還是高估了他。

「那個，小木頭，之前……對不起，我不知道那扇子那麼貴重……」
杳杳呆住了，活火山由曦竟然道歉了？

廣告繼續拍攝，由曦工作狀態明顯好了很多，拍攝了兩顆，導演直接給他過了，然而由曦自己看了不滿意，又拍了一顆，這次才算澈底拍攝完畢。
劇組收工，由曦歡快地跑去車上找杳杳。
跑了幾步他覺得不對，我幹嘛這麼高興啊？
由曦在車前調整自己的狀態，對著玻璃車窗做了一個笑臉，又覺得不妥，恢復成一張冷酷的臉，又在想覺得會不會太凶？他糾結了許久，車窗突然降下來，由曦的臉對上了杳杳的臉，她納悶地問：「由老師，你臉抽筋嗎？」
由曦咆哮：「妳才抽筋！讓開，老子要上車，熱死了！」
杳杳讓了座位去副駕駛座，由曦爬上去，兩個人又開始無話。休息了一會兒，由曦開車，二人回市區裡的別墅。好在由曦今天自己也開了車過來，不然廣告劇組的那輛車砸壞了，他開著一輛玻璃有裂縫的車會渾身都不舒服的。
華燈初上，拒絕了大家要聚餐的邀請，由曦默默地開車回家。
杳杳已經睡著了，他脫了件外套幫她蓋上，杳杳睡得很香甜，蜷縮在椅子上看起來小小的一隻，由曦忍不住多看了幾眼，笑意正濃。他不知怎地又想起了網上那猜測，猛然間將那外套給扯了下來。

杳杳被他弄醒了，揉了揉睡眼，呢喃著問了句：「到了嗎，由老師？」

由曦瞬間火大：「沒有！」

「哦……」她縮了縮，覺得有點冷，抱緊了自己的肩膀，轉頭瞥了一眼由曦，看見他身上有件衣服。

由曦：「看我幹什麼？我冷，蓋著不行啊？」

杳杳沒說話，扭過頭去。

由曦又沒好氣地說：「妳拿去吧！可別睡著了，感冒誤工！」

「謝謝由老師，到家了你叫我好嗎？」她就真的拿了衣服閉著眼睛繼續睡了。

由曦這座小火山瞬間就爆發了，他猛然間一個轉彎，杳杳直接撞上了車門。他停下車，看著被撞得莫名其妙的杳杳，無限委屈道：「別人請個全職助理什麼都能幹，我找妳回來，老子還得自己開車！老子拍了一天廣告，累死了好嗎！」

杳杳試探著問：「要不然，我來開？你睡一會兒？」

由曦沉默了，他想起了現在還在醫院裡躺著的那幾個駕訓班教練，火氣立刻就熄滅了。他嘆了口氣，瞥了杳杳一眼，卻冷不防被杳杳嚇了一跳，她的脖子和手臂之前被蚊子咬的包不僅沒有消退的痕跡，反倒是腫成了一片，由曦一把抓住她的手。

「怎麼回事？」

杳杳也嚇了一跳，看了看鏡子，這兩條手臂足足腫了一圈。

由曦發動車子，直接去了醫院。做了個全方位的檢查之後得出結論——花露水過敏。

由曦很抑鬱、很內疚，所以他請了幾天假在醫院裡照顧自己助理。

《不小心愛上你》導演接到電話的時候是贊成的，製作人一臉崩潰，他又看到了很多錢飛走了，很難過很難過。

Moore哥接到請假電話的時候表情是錯愕的，過了一會兒問：「你們兩個到底誰是助理？」

在得知杳杳沒有什麼過敏史之後，由曦將那瓶沒用完的花露水交給自己的朋友去化驗，幾天後得出的結果讓他很是震驚，花露水中含有有害物質。

由曦和杳杳均是一愣，片刻後由曦打電話給Moore哥：「幫我跟清涼一夏花露水解約，我不代言這個了。」

Moore哥震驚了，他不曉得自家藝人又在鬧什麼脾氣，他握著電話，靜默了片刻，似乎是在等那邊的由曦發脾氣，發完了脾氣他好安慰由曦幾句，這件事情就算過去。

然而，他等了許久，並沒有等到預想中的情況發生。他意識到這件事情不那麼簡單，於是連忙問了一句：「出什麼事了？總得給我一個理由吧？」

「面談吧。」

Moore哥當晚披星戴月而來，身後還跟著小尾巴潘朵。

由曦正巧從廚房出來，潘朵尖叫了一聲：「男神你穿圍裙也這麼帥！男神你還會做飯！男神我簡直愛死你了，我要給你生猴子[11]！」

面對撲過來的潘朵，由曦一巴掌拍在她腦門上，直接把她推了出去，面不改色道：「妳是不是文盲，人怎麼能生出猴子來。」

Moore哥原本緊張的情緒一下子鬆弛了不少，自家藝人竟然說別人是文盲。

潘朵十分不服氣，跳起來還想往由曦身上衝，由曦按住她的頭，看她扭動著身體。Moore哥實在看不下去了，咳嗽了一聲：「說點正事？潘朵妳再鬧就滾回妳媽家去。」

潘朵瞬間不鬧了，訥訥地說：「那我去找杳杳玩。」

「不行，妳去廚房幫我看著火，燉著湯呢。」

由曦跟Moore哥去了書房，由曦拿出了朋友私下幫忙做的檢驗報告，但是由於這一份報告並不是出自正規途徑，所以他不能公布於眾。

Moore哥看完了非常震驚，思考了片刻之後深刻地認為，由曦的決定是正確的。萬一這個產品上市之後出現了受害者，那麼代言人首當其衝會被群眾攻擊。他甚至不敢想像這件事情發生之後對由曦的事業有多麼大的影響。

「合約你帶了嗎？違約金是百分之兩百對吧。違約金，我個人承擔。」

Moore哥略一沉吟：「解約金先不談，廣告拍攝已經過去十多天了，應該已經準備投放了，我立刻去聯繫對方，不能讓廣告投放出去。」

Moore哥轉身去打電話，在走廊裡足足待了二十分鐘，再回來的時候一臉凝重。

「沒攔下來嗎？不要緊，想想後續的應急措施。」

「對方雖然有些莫名，但是答應我會嘗試阻攔，不投放電視臺。」

由曦鬆了口氣。

門外突然響起急促的敲門聲，杳杳推門進來，也是一臉凝重：「看電視了嗎？」

「妳怎麼起來了，回去休息。」由曦不悅道。

杳杳直接拿了 iPad 過來給由曦看，微博二十四小時熱點頭條就是由曦的新廣告影片，鋪天蓋地的宣傳席捲而來。

Moore 哥只覺得一陣頭暈，由曦皺緊了眉頭。

「你不是說這個花露水有問題，現在怎麼辦？」

由曦沉思片刻，忽然問：「Moore 哥，這個代言是怎麼找上我們的，你有印象嗎？」

「你是覺得……這有問題？」

由曦點頭，「只希望是我猜錯了。解約的事情還是要馬上進行，明天你親自去一趟吧。」

Moore 哥：「我們一起吧。」

由曦：「不行，我有要緊事。」

Moore 哥：「劇組我幫你請假，你馬上也就殺青了不是？」

由曦：「我已經請假了。」

Moore 哥有點惱了：「那你還有什麼要緊事？」

「我助理病了，你沒發現啊？我得在家照顧她！」

Moore哥澈底跪了，下樓叫上自己的外甥女，離開了。

杳杳被由曦拽著回房間休息，他則是下樓去廚房。過沒多久杳杳聽到了由曦的一聲怒吼，她擔心地下了樓，只見由曦拿著鍋蓋，目露凶光。

「發生什麼事了？」杳杳詢問，發現廚房裡多了一副洗過的碗和湯勺，由曦拿著那鍋蓋，但是湯鍋不見了。

由曦怒道：「潘朵這個小禽獸！」

「潘朵怎麼了？」

「我讓她在廚房看著鍋……」

杳杳又瞥了一眼問：「用我們家的碗了？」

由曦頓了頓，我們家的碗，這個說法他有點喜歡。隨即點了一下頭，杳杳又說：「碗沒洗乾淨？所以你生氣？」

由曦怒道：「我是那麼小肚雞腸的人嗎？」他說完生怕杳杳用力點頭，又趕緊說，「我根本不是好嗎？她這個小禽獸把我要燉給妳的湯全喝了！還把鍋偷走了！」

「呃……」杳杳也不知道怎麼辦才好了，不過她總不能說不過是一只鍋子而已啊，你幹嘛這麼大驚小怪。

由曦顯然是對杳杳的反應非常不滿，當即就對杳杳大吼一聲：「妳沒發現嗎，妳的晚飯沒有了，我燉了一下午的湯沒了！連帶著還損失一只鍋！」

「哦……」這不還是因為鍋丟了嘛。

由曦瞪了瞪眼睛，呼吸急促，一腔怒火無處發洩，感受到了雞同鴨講的痛苦。由曦踹了一腳餐桌，疼得一抖。杳杳趕緊扶住他：「由老師，你的傷才好沒多久。」

「別管我！自己叫外賣吃！」

又過了幾天，杳杳的紅腫消退，也不癢了，由曦復工拍戲。

《不小心愛上你》已經接近尾聲了，剩下的部分都是修改之後由曦跟女二、女主角之間的糾葛，劇組也轉戰到了其他的城市拍外景。

劇組選了一個寧靜的度假村，拍攝部分是男主角陪著女二度過女二餘下的生命，女主角作為女二的醫生默默陪伴。這一部分戲裡面有大段大段的情感戲，以哭戲為主，十分考驗演員。

臨行前一天，由曦非常緊張，在家裡指揮杳杳收拾東西。

由曦躺在床上，杳杳坐在他旁邊，按著衣櫥的遙控器，由曦張了張嘴，杳杳送過來一口西瓜，他滿足地說：「衣服要帶夠了，我們大概要去十天，這期間能不回來就不回來了，太麻煩了。」

「嗯。」

「保養品帶了嗎？」

「帶了。」

「鍋碗瓢盆帶了嗎？」

「帶這些幹嘛？」

「去十天呢，不吃飯了？」

「劇組管飯啊。」

由曦翻了個白眼：「想吃餐盒妳自己吃，老子不吃，老子就要開小灶。」

杳杳只得答應。

沒多久由曦接了一通電話，換了一套衣服，讓杳杳去書房取個錦盒，然後兩人一起開車出去了。

約在一家茶樓，三樓雅間裡，齊超已經在了，還有一位不認識的老先生。齊超打扮得非常低調，帽子、墨鏡，跟由曦一樣都是明星出行必備套裝，再看那個老先生，一身唐裝，身材挺拔，在這兩個大明星面前，也沒有失了氣勢。

「來跟你介紹一下，這位是魯先生，這位就是由曦。」

---

8 818：即扒一扒別人的八卦新聞。

9 高大上：高端、大氣、上檔次（有層次）的簡稱。

10 國家5A景區：中國大陸依國家標準與評分標準劃分風景區之等級，5A為最高等級。

11 我要給你生猴子：即我要幫你生孩子。

第5章　尾巴搖起來，好想好想談戀愛

兩人交談了一番，杳杳不由得咂舌，由曦竟然跟這位老先生在談論繪畫和書法，他什麼時候懂這些的？

在杳杳錯愕之際，老先生去洗手間，由曦癱軟在椅子上，仿若剛才談笑風生的人不是他。他十分疲憊，連喝了幾口茶。

在杳杳探尋的目光中，由曦說道：「百度找了點資料，我背了一個晚上，妳別多問，現在不想說話，累死了。」

杳杳只好閉嘴，她本來也不是喜歡刨根問底的人。

老先生回來落座，表示歉意，又聊了一會兒方進入正題。老先生拿出一把扇子，給由曦和齊超賞鑒。由曦哪懂這個，全靠百度學習了一點知識，煞有介事地看了一番遞給杳杳說：「妳也看看，當心點。」

杳杳接過去，打開一看，抬頭有些呆愣地對由曦道：「鄭板橋的真跡？」

由曦一聽，杳杳可是行家，如此這東西是真的了。於是對杳杳點了下頭，笑得十分燦爛：「那是自然。錦盒給我，杳杳。」

杏杳將錦盒遞過去，由曦交給了魯先生，裡面是一幅畫，魯先生頓時眼前一亮，對由曦道謝，然後帶著錦盒離開了。

由曦把扇子遞給杏杳：「喏，賠給妳的，別生氣了。」

杏杳尚在震驚之中：「剛才那幅畫……是不是唐伯虎的真跡，孤本？」

由曦自豪地仰起頭：「妳還挺識貨的。」

「哪來的？」

「拍賣買來的。」

齊超痛心疾首，罵道：「一千七百萬，由曦哥你真土豪啊！我要是早知道你拿畫換扇子，我絕對不幫你！我說魯先生怎麼跑那麼快啊！」

杏杳心口好疼，她更加喜歡唐伯虎啊！早知道那錦盒裡是唐伯虎的真跡，她就打開看看了，一想到那麼一件無價之寶在自己手上流走，她都沒機會看上一眼，她就難過。

這一難過，杏杳病了。

杏杳在風景秀麗的度假村躺了整整兩天，這期間由曦沒讓她做什麼，杏杳登錄了由曦的微博，發現他好多天沒有更新，粉絲都在呼喊著男神快出來。她只好順手發了一條，拍了一張度假村盛開的鮮花，配了一句還算文藝的話。

等到中午，由曦拍完了戲回來休息，掏出自己的手機一看，上萬條留言，十萬次轉發，他手機險些死機。按理說他最近也沒發什麼微博，也沒有什麼在宣傳啊？他點開一看，評論鋪天蓋地圍繞著一句話：男神你讓我們心疼！

微博頭條竟然又都是他的消息。

#給由曦捐款#

導語：男神由曦竟然開始用山寨機了！他一定是遇到了困難，姐妹們，不要大意地捐款給男神吧！最起碼讓他買個蘋果啊！

接下來是幾條熱門微博。

騎豬找驢：據爆料，男神他跟某公司打官司解約，欠下天價賠償金，男神這是你用山寨機的原因嗎？手機都賣掉了嗎，男神我挺你！我要捐款給你！

下面一窩蜂的人在問，由曦跟聖果解約了？不要 Moore 哥了嗎？

由曦看得頭疼。

下一個頭條還是他，「#由曦打官司#」。由曦皺眉，怎麼突然讓他想起了秋菊打官司呢。

他又上了一下天涯和貼吧，大家都在議論，各種莫名其妙的爆料帖子。最後大家一致得出了一個結論，由曦現在很窮，揭不開鍋[12]了，經濟危機了，他破產了！

由曦哭笑不得，一條微博用戶端引發的血案。他非常好奇，查查到底用什麼樣的手機發微博。記得上一次，她手機壞了，他答應再買一部給她，後來忙忘了，她自己買了一部新的手機，他還沒有注意過。

由曦點開自己的微博，找到了杳杳發的那一條，頓時臉都綠了，只見那用戶端寫著：「環宇酷炫超大螢幕震撼土豪用戶端」……由曦跪了，怒吼一聲：「尉遲杳杳！」

「在！由老師怎麼了？」杳杳聞聲出來，她穿著一件棉麻的白色上衣，下面一條果綠色裙子，清新脫俗，長髮飛揚，許是跑得太急了，臉上有一抹紅暈，眉目如畫，唇紅齒白，由曦看得一愣。

「咳咳。」由曦清了清喉嚨，張嘴開始罵人，「妳老闆我是什麼身分？我多少身家？我這種咖，會用山寨機嗎？這用戶端什麼鬼啊，這麼LOW！妳發的時候沒看看嗎？這麼土的用戶端，妳發這麼文藝的話，年度最佳搞笑獎明年就是妳老闆我的了！」

杳杳被吼得一片茫然，好半天才說：「由老師，我不知道你有多少存款，你並沒有告訴我，我是助理，不是財務。」

由曦啞然，片刻後一聲爆喝：「妳還頂嘴！」

杳杳咬了咬嘴唇，無奈道：「對不起，下次我會注意。」

杳杳也很挫敗，她做助理真是失敗，她的情商果然是太低了，又或許，她根本就沒長這個東西吧。怎麼總是惹由曦生氣呢？她其實非常想做一個合格的助理，能幫由曦打點好一切工作和生活，讓這個超級偶像繼續光鮮亮麗，無後顧之憂。

可是擔任由曦助理的這段時間，還真是……失敗啊！

兩個人悶悶不樂地一起吃了餐盒當午餐，由曦再次去拍攝，下午要拍一場跟潘朵飾演的女二看日落的戲，劇情很簡單，畫面很唯美，臺詞不多，主要在意境。

杳杳陪著由曦拍戲，看潘朵和由曦的表演。潘朵非常專業，也順帶著能讓由曦這個半路出家的很快進入角色和情景。

由曦的戲拍完了，接下來是潘朵和女主角鄭嘉兒的戲份。由曦走過來找杳杳，杳杳遞給他剛簽收的快遞。

「這麼快，我還以為要明天到。」兩人並肩走著，有一搭沒一搭地聊天。

「由老師買了什麼？」杳杳問。

回到由曦的套房，他將快遞盒子拆了，竟然是兩部手機，他推了一部到杳杳面前說：「妳的，以後用這個吧。」

「我不能收你的禮物。」杳杳看也不看就拒絕了。

由曦說：「不算禮物，妳就當作是工作用吧，以後替我發微博什麼的也方便。」

杳杳這才收下，說了聲謝謝。

由曦在盒子裡找到了他托人去辦的手機卡，iPhone6 是小卡，杳杳的手機原本用的是大卡，他是從公司調了杳杳簽勞動契約書時候的身分證影本，才辦了這一張卡出來。

由曦讓杳杳換上，開機，註冊，存自己的號碼進去，然後由曦又把自己的手機關機，拔卡，將卡插在了新手機裡面。

杳杳仔細看了看，由曦兩部手機的區別只在於一部大、一部小，原本用 6Plus，現在用了 6 而已。

杳杳：「由老師你也換手機？」

由曦：「嗯，我的舊了。」

杳杳：「不是才買了半個月嗎？」

由曦額頭上三條黑線：「這款手機第二部半價，我就順便買了兩部，妳一部、我一部不行嗎？」

杳杳目瞪口呆，手機也流行第二部半價了嗎？她無從驗證，只能由他說了。

由曦存了杳杳的號碼，又變戲法一樣拿了防塵塞出來，是他的粉絲送的，親手捏的軟陶，是一對娃娃，他插了一個在自己的手機上，另外一個給了杳杳，一努嘴：「插上。」

「呃……」

「工作需要，都是道具、道具！我們兩個到底誰才是老闆啊？」

杳杳只好插上這個防塵塞，但是總覺得哪裡不對！

在度假村拍攝的第四天，網上爆發了一件驚天地泣鬼神的娛樂新聞，當紅小天王由曦廣告解約，天涯和微博再一次被由曦的消息搶占了。

由曦趴在床上，杳杳正襟危坐，兩個人拿著 iPad 刷新聞。

由曦勾著嘴角：「妳看妳老闆多紅，全在議論我，趕快看看他們都說什麼。」

杳杳念了幾個天涯熱帖的中心思想：「天涯有一半的人在罵你不負責任，要大牌。還有個工作人員爆料帖，說你脾氣非常差。」

由曦抬頭看了看杳杳問：「我脾氣差嗎？他竟然黑我！」

杏杏接著念：「因為場地選擇不滿意，由姓藝人砸壞了劇組的保姆車。」

由曦又是一愣：「有這件事嗎？我沒事砸人家車幹嘛？」

杏杏表示自己也不理解，但是車的確是砸了。

由曦：「賠錢了沒？」

「我已經聯絡了保險公司，在走流程了。」

由曦「嗯」了一聲：「妳抽空催催。」

「好的。」她又刷了幾條，還有一部分由曦的粉絲在幫由曦罵架，刷由曦的美圖，無數人站出來說由曦對身邊的工作人員多好，還有幾個明顯就是《不小心愛上你》劇組的人，紛紛幫由曦說話，可見他平時的人緣是非常好的。

「發什麼呆呀，上微博看看。」由曦拿腳踹了踹杏杏，杏杏方回過神來，又上了微博。由曦微博下面很多人評論，跟天涯差不多，毀譽參半。

念了幾條給由曦聽，他覺得煩了，甩了甩手，「還是上淘寶吧，妳上次買給我的那個零食，再買一點吧。」

「什麼零食？」

「衛龍啊！妳上次買給我的那個，妳忘了？」

杏杏想起來了，她前幾天回了一趟學校，返校早的學妹隨手給了她一包，她拿回來就忘記了，沒想到被由曦吃了。

「辣條[13]是吧，我找找。」

杳杳找了一家銷量最好、評價最好的店，問：「要買多少呀？」

由曦搖著尾巴湊到杳杳面前，恨不得流著口水說：「買四箱！」

「這麼多？」

「我一箱，給齊超一箱、老李一箱、孫姐姐一箱，三七和苦瓜在國外，就先不給了。」由曦說著又打開微信，在群裡吼了一聲，「你們幾個把地址傳給我，我寄給你們一個好東西，保證你們喜歡！」

杳杳瞥了一眼，雖說非禮勿視，但是這個群的名字真的是不忍直視，所以她才多看了幾眼。這個群的名字叫「我褲子都脫了你就給我看這個」，她默默地閉上了眼睛，這是什麼亂七八糟的啊！

杳杳只認識齊超，老李是某影視公司的老闆，常年投資一些只賠不賺的電影，都是些叫好不叫座的，他卻絲毫不在乎這些，由曦說，這就是敗家子的經典詮釋。孫姐姐是這裡面年紀最大的一位，跟娛樂圈沒有直接關係，自己創立了一個服裝品牌在經營。三七和苦瓜是兩個學生黨，一對小情侶。

任誰也想不到，他們這幾個人竟然是打遊戲認識的。當年大學的時候，由曦跟齊超一起打遊戲，虐殺了老李。老李喊來自己的幫手孫姐姐也打不過，孫姐姐一怒之下說：「等著，我去叫個小學生」，就叫來了自己的小表妹苦瓜。齊超也不甘示弱，世界上喊了一個小學生來，也就是三七，這幾個人打著打著，一見如故，從此結伴玩耍了。

齊超回覆道：『你還有心情買東西，看看網路上把你罵成什麼樣子了！』

老李回覆：『由曦哥哥寄的東西，想來是極好的，不如就送到我琴川府上吧。』

孫姐姐：『老李說人話！不說人話就滾！』

老李：『寄琴川公寓，謝謝由曦哥！』

苦瓜：『我也要我也要！哥幫我寄到美國來。』

由曦嘿嘿一笑說：『國外不包郵！其他人等著收吧，記得好評哦！』

杳杳對照著由曦給的地址，逐一下單。

沒多久，快遞找上門，送了一大堆瓶瓶罐罐，還有食材。

杳杳探究地看向由曦：「由老師，這是要做什麼？」

「做飯啊！妳看不出來？」由曦從床上跳下來，翻了翻送來的食材：「還挺新鮮的。妳可以開始做飯了，我下午要拍戲。」

「劇組有餐盒呀。」

「那玩意能吃？」由曦跳腳，敲了敲杳杳的腦袋。

杳杳吐了吐舌頭：「可是我……」

「可是什麼？」

「沒什麼……」杳杳認命般拿著東西去了小廚房。

半個小時後，由曦一聲怒吼，將杳杳趕了出去：「老子就沒見過妳這麼笨的助理！妳是做飯還是拆遷啊？一邊玩去！」

杳杳幫由曦圍上圍裙，由曦洗手做羹湯。四菜一湯，相當豐盛，香味四溢，從小廚房直接飄了出去，由曦這邊剛關了火，就有人敲門。

「喲！什麼這麼香？燉魚了！由曦，一起吃點唄？順便聊聊宣傳呀？」製片人如是說。

由曦不情願地答應了。

沒兩分鐘，又有人敲門。

「好香啊！來得巧來得巧，正好沒吃。」副導演如是說。

杳杳遲疑了一下說：「要不……一起？」

「好啊好啊！」副導演拿出自己的筷子，顯然是有備而來。

由曦忍了。

然而又有人敲門，化妝師姐姐出現在門口，拿著碗問：「由曦補妝嗎？」

由曦頭上三條黑線，這些人是狗鼻子嗎？

幾個人擠在由曦的房間裡吃飯，由曦強忍著沒發火，還要應付他們的讚美，他滿腦子都是——別弄髒我的地毯，別弄髒我的桌子，也別弄髒我！

這一頓飯吃得味同嚼蠟，由曦半點胃口也沒了。

下午一場哭戲，由曦本來沒什麼感覺，但是一想自己辛辛苦苦做了飯也沒怎麼吃到，被一群不速之客打擾了，心裡難受。再一看鄭嘉兒那張假臉，愈發難受，眼淚瞬間就來了。

由曦的哭戲，相當之精彩，十分之好看。也就早些年瓊瑤劇的男主角才能將哭戲演繹得如此唯美，自然咆哮帝除外。現在的男演員哭起來，整個臉都扭曲了，猙獰得可怕。

由曦的臉和眼淚在鏡頭裡一對比簡直成了天仙，杳杳亦被這眼淚所感染了。

「你曾經跟我說過，我們是天生的一對，你無論如何都要跟我在一起的。我們克服了那麼多困難，好不容易我又找到你了，你竟然告訴我，你已經找不到愛我的感覺了！你一定是失憶沒有恢復對不對？」鄭嘉兒扮演的女主角趴在由曦的腿上，號啕大哭。

由曦默默地流淚，抬手想要摸摸她的頭，最終又放下，他一句臺詞都沒有，所有的情緒都在一雙眼睛裡。

「為什麼，到底是為什麼，我們怎麼就走到了這一步！」鄭嘉兒搖晃著由曦的身體。

「卡！」導演皺著眉頭，「再來一遍！」

鄭嘉兒和由曦又開始哭，導演再一次喊了卡，一連三次，鄭嘉兒有了些怨言：「導演，哪裡不好你說呀，這一遍一遍的，我也不是水龍頭。」

潘朵哼了一聲，小聲跟杳杳吐槽：「她這是翅膀硬了，都敢跟導演叫板了！我二舅說她的金主幫她拿下了三部電影的女主角！看她這個演技，演什麼賠什麼！」

杳杳愣了愣：「妳不是很喜歡她？」

潘朵咧嘴笑了笑：「我那是少不更事，二舅已經教訓過我了，以後我只喜歡男神了！她演技差也不是我說的，我二舅說的！」

杳杳心想，大壯哥一定是非常討厭鄭嘉兒。

「不過我二舅說得挺對的，妳看這場戲挺重要的，都在眼睛裡呢，男神表現得就很好，鄭嘉兒的眼睛裡只有放大片，什麼也看不到。」

這邊潘朵剛吐槽完，那邊導演就大喊了一聲：「對！妳給我把放大片摳下來！」

鄭嘉兒整個人愣住了，不要摘放大片，她不要啊！

雙方爭執不下，導演十分不買帳：「妳要是不摘，這場戲我改一改，讓潘朵演。」

潘朵冷不防被點名，渾身一個激靈。

鄭嘉兒鬆口了，去找化妝師補妝，順便摘放大片。等她再回來，是被助理扶著回來的。

鄭嘉兒瞇了瞇眼睛，走入鏡頭內。

導演喊了一聲開始，繼續拍攝。

鄭嘉兒揮舞著手臂，哭出聲來：「你曾經跟我說過，我們是天生的一對，你無論如何都要跟我在一起的……」

「卡！鄭嘉兒，妳抱著一根柱子哭什麼啊？妳抱著由曦啊！」

由曦蹲下，拿手在鄭嘉兒面前揮了揮，鄭嘉兒瞇起眼睛。

由曦問：「妳近視？多少度啊？」

鄭嘉兒委屈地吸了吸鼻子：「一千。你們以為我願意戴放大片啊，我看不見啊！」

由曦頗為無奈，剛有點同情她，就又聽她說：「我喜歡藍色的，但是他們只讓我戴黑的，說什麼黑的顯得眼睛大。我眼睛還小嗎？我眼角都開了！就差換個眼眶了！」

「呃……」

鄭嘉兒自知失言，咳嗽了一聲：「你就當沒聽見，大家都是整的，就不用在那邊嘲笑誰了。」

由曦不爽，老子這麼帥，還需要整？

第二遍再來過，由曦就提前伸出手接了她一把，免得鄭嘉兒出醜。一場戲順利拍完了，鄭嘉兒連忙接過助理遞來的隱形眼鏡，對著鏡子戴上。跟由曦一起走出畫面時，她拉了拉由曦，小聲說：「看在你剛才幫我的份上，提醒你一下，你那解約可不是不可抗力因素，自己小心點吧。」

「謝謝。」

晚上吃飯，由曦特意將門和窗戶關緊了，又是四菜一湯。

「吃飯吧。」由曦剛一落座，門響了。

由曦開門，迎來工作組的五人，各個笑容滿面：「男神一起吃個飯啊！」

第二天中午，由曦結束了拍攝，累得半死，還是回來做飯，杳杳打下手，菜剛出鍋，門響了。

門外站著十來個工作人員，笑靨如花：「男神！給一口吧！」

由曦無奈。

到了晚上，由曦發現小廚房的食材變多了，也沒多想就都做了，飯剛好，門口聚集了幾乎整個劇組的人，他們每個人帶著一副碗筷，可憐巴巴地看著由曦：「男神……」

「我不管飯！」由曦怒吼一聲。

眾人淚流滿面：「男神你的飯太好吃了，導致幫劇組做飯的那人自慚形穢辭職跑了！男神，給一口吧！」

「你們再這樣我找導演了啊！」

只見人群閃開一條縫隙，導演拿著筷子走了過來，對由曦笑了笑：「一起一起啊？」

由曦淚奔，他由衷地感覺到，做一個演員可真難，還是歌手比較好，最起碼不用給全劇組的人做飯啊！他這個男主角當得可真是委屈！

但是好在，拍攝進行得十分順利，於八月底全部殺青。殺青宴上齊超竟然來了，原來他唱了這部偶像劇的主題曲，由曦在看見齊超在臺上深情款款地唱主題曲的時候，只有一種想上天的感覺。

偏偏杳杳覺得好聽極了，潘朵也整個人聽得如癡如醉。齊超一下臺，就跑到由曦這一桌來，搖頭晃腦地說：「怎麼樣怎麼樣？哥哥唱得動人不？」

杳杳點了點頭，潘朵一下子撲了過去：「男神我要給你生猴子！」

還沒等她撲到齊超身上，由曦就抓住了她的衣領，一把拖了回來，沒好氣地說：「叫什麼男神，妳得叫大爺！」

齊超臉都綠了：「我有那麼老？」

杳杳趕緊搖頭：「偶像你不老，叫大爺委實不太妥當，不如叫叔好了。」

由曦不置可否：「我是叔叔等級，他可比我大，怎麼能還叫叔呢？」

杳杳反駁：「然而潘朵的父親一定比偶像的年紀大一些，叫叔叔是正常合理的。」

由曦：「妳怎麼就知道潘朵她爸比齊超大呢？」

杳杳：「如果百度百科上的資料都是真實的，那按照推理，就是這個樣子的。」杳杳頓了一下，問齊超，「偶像，你沒偷改年齡吧？」

齊超臉更綠了，有一種欲哭無淚的感覺。我為什麼要跟這對像神經病一樣的人說話？早在尉遲杳撞了教練的時候，就該遠離她啊！

「他沒改，三十四是實際年齡，妳跟我說說，怎麼推理的？」

杳杳拿出筆記本開始羅列計算：「我國法定的結婚年齡男子為二十二，假設潘朵的爸爸結婚後一年就生了潘朵，那麼潘朵今年十九歲，她的爸爸今年應該是四十二歲左右。」

由曦吃癟了，還不死心，轉頭問潘朵：「妳爸和妳媽不是未婚生子吧？」

潘朵被嚇到了，看著那爭吵得面紅耳赤的二人，只搖了搖頭，沒再說話。

齊超淚奔了：「你們兩個神經病沒吃藥啊！」

杳杳和由曦一起看向齊超，回了個「你才神經病你全家都神經病」的眼神。

殺青宴結束，齊超喝醉了，助理不在身邊，潘朵便強烈要求送他回去。

因為要開車，由曦沒喝酒，杳杳喝了幾杯。劇組的人抱頭痛哭了一番，杳杳雖然對傷別離這種事看得很開，但是面對那一群熱情洋溢、曾經幫助過自己的人，心裡還是有些不捨，以至於，她喝醉了。由曦只好把她扛回家，幫杳杳綁好安全帶，走到一半路程的時候，杳杳覺得胃不太舒服，乾嘔了幾聲。

由曦嚇得險些踩錯了剎車：「妳別吐在車裡啊！」

杳杳意識已經模糊，胡亂地「嗯」了幾聲。

由曦連忙把車窗打開，讓她透透氣，同時加快了速度飛奔回家。

「嘔……」

「尉遲木頭，妳給我堅持住啊！」

由曦跳下車，飛奔過去，打開了杳杳那邊的車門，想將她抱下去，豈料，她頭一歪，哇一下吐了由曦一身。吐完了她抬頭笑了笑說：「由老師，我沒吐在車裡。」

「尉遲杳杳！妳明天不用來了！」由曦暴怒一聲，車庫裡其他幾輛車同時叫了起來。

由曦強忍著酸臭將杳杳抱上樓，然後把她丟到了她自己的房間，自己轉身回去洗澡。一邊走一邊脫衣服，走到浴室門口，正好脫得一絲不掛。他用力沖洗了一番後，趴在床上準備睡覺。

可是半點睡意都沒有，他腦袋裡一直迴蕩著杳杳嘔吐的樣子以及她的髒衣服。他輾轉反側，默念著，老子才不幫她洗澡。念了三百多次之後，還是沒能睡著，他在考慮要不要去吃點安眠藥好了。

然而，安眠藥也不管用。由曦長嘆一聲，掀開被子，直奔杳杳的房間。他輕手輕腳地開門，掀開她的被子，將床單、被單都扯了下來，然後伸手去解她的扣子。成功地解開了上衣的扣子，他開始扯她的袖子，脫掉了一邊，杳杳白皙的皮膚便暴露在空氣中，香肩半露，鎖骨精緻。

由曦有那麼一瞬間愣住了，然而緊接著他澈底慌張了。

「由老師，你在……幹什麼？」

由曦手裡握著杳杳的肩膀，在一瞬間仿若烙鐵一般，燙得他外焦裡嫩，迅速甩開了她。

杳杳原本坐在床邊，這麼一甩直接被甩了出去，出於本能她抓住了由曦的睡衣，兩個人一起摔倒在厚厚的地毯上。

由曦黑白分明的眼眸裡，有著杳杳疑問的表情。

「我……我幫妳換衣服，妳吐了！對，妳吐了，別說多噁心了！既然妳醒了……那妳就……」

杳杳睜著眼睛不明所以地看著他：「由老師，你臉紅了，很熱？」

的確，他很熱。由曦感覺渾身都在發熱，快要炸了一樣。他的腦袋裡開始浮現帖子上那個猜測——你喜歡上你的助理了，你喜歡你的助理，喜歡助理……

由曦的呼吸急促，杳杳的皮膚微涼，兩人貼在一起，由曦覺得這感覺非常微妙。他鎮定了一下，用最溫柔的聲音輕聲叫她：「杳杳。」

「啊？」

杳杳很高興，由曦叫對了自己的名字，然而她張口的剎那，她的高興煙消雲散，變成了震驚。她感覺到了一雙溫熱的唇貼在了自己的唇上，他竟然吻了下來。炙熱如火的吻，柔軟靈巧的舌，杳杳一瞬間覺得，要融化在他的唇舌之下了，這……就是親吻？

由曦以前真的非常難以想像，兩個人的口水混在一起是多噁心，然而這一刻他非常想跟杳杳的混在一起。身下的那人似乎很害怕，止不住地顫抖。

他突然被咬了一口，唇上吃痛，迷離的意識回歸了，由曦這才意識到自己親了杳杳。他不知道這樣做對不對，可是看著她幾乎裸露的身體，他想要更進一步。

杳杳卻被他嚇著了，她雙手抱住自己，眼睛裡似乎有了淚水。

由曦腦袋嗡的一下，他迅速從她身上彈開。

杳杳委屈異常，好半天才說了一句：「由老師，你剛說我吐了，我還沒漱口……你……你怎麼能……這樣……由老師，我……」

由曦落荒而逃。

杳杳一陣失神，果然是有潔癖，他嫌棄？杳杳惱怒了，該生氣、該嫌棄的是她好不好！

由曦逃回房間，仔細回憶剛才的情景。他跟一個剛吐過的女人接吻了，然而他沒有半點覺得噁心，這肯定是愛啊！

可是等他想明白了，再回到杳杳的房間找她的時候，杳杳把門反鎖了，門口還掛著「請勿打擾」

的牌子。

由曦在門口等了一會兒，想敲門又有點不敢，最後他在杳杳的門口睡著了。等第二天醒過來，杳杳房間裡空蕩蕩的，他找遍了整個房子，都沒見到人影。

由曦打了她的電話也沒人接聽，由曦很暴躁，後果很嚴重。

所以當杳杳下午回家，推開門的那一剎那，就看見一頭暴躁的獅子跳起來對著自己大喊：「妳去哪兒了！我找妳一天了，妳曠工啊？我可是妳的老闆，妳是不是不想幹了！」

杳杳渾然不覺由曦是在發脾氣，將帶回來的一疊資料擺在桌子上，慢條斯理地說：「這是今天上午確定的代言解約合約，你看一下吧，如果沒問題就簽了，我送過去。」

由曦哼了一聲，坐下來直接簽字。

「你不看看嗎？」

「妳不是跟妳那大壯哥一起去的嘛，妳看過了，他看過了，肯定沒有問題。」

杳杳有些感動，信任是很難得的東西。

「那個，杳杳……昨天……」由曦欲言又止，還沒想好措辭，杳杳就打斷了他。

「我認為，不要和平簽約解決比較好，還是應該起訴。雖然大壯哥盡了很大的努力來平息這件事，讓我們的傷害降到最低，但是從網路上對你一片罵聲來看，還是影響很大的，你的形象需要緊急維護。這方面的法律我今天也去請教了一下學長們，由老師，我們起訴吧。」

由曦點了點頭，說：「我們先不談這個，昨天晚上，我們……」

「那你打算什麼時候談？由老師，逃避不是解決的辦法，你是個藝人，形象很重要！」

「哎呀，我知道、我知道，但是我們先談談我們呀！」由曦搖著尾巴，開始暢想美好的未來，他要談戀愛了！

可是杳杳一盆冷水潑了下來：「你是我的老闆，我是你的助理，為你工作，維護你的形象是我的義務，由老師，你難道不覺得當務之急是你的工作嗎？」

由曦被吼了，他怔了怔。

「算了，我去找大壯哥商量，今天你自己去錄節目吧！」

杳杳說完就走了，由曦癟了癟嘴，我們兩個誰是老闆啊？

聖果娛樂當紅一哥絕對非由曦莫屬，所以他的事就是整個公司的事，是Moore哥整個團隊的重要大事。

然而，Moore哥遇到了一個讓他很棘手的人，就是尉遲杳杳。他沒有想到，這個小助理這麼較真，就由曦公開解約事件的長微博，能跟自己掐一個上午。他很頭疼，拿什麼整死他的助理！

「大壯哥，我覺得這三個方案都不太好，方案A太過於強勢了，給人一種盛氣凌人的感覺，雖然表現得很『man』，可是不太符合由老師以往親切的形象。方案二，很謙卑，太謙卑了，有一種很懦弱的感覺，由老師可是男神等級的。這個方案三也不行，誰寫的，邏輯上一大堆問題，發這個出去，難免會被有心之人嘲笑我們的水準，落人口實，但是還算符合由曦這個人說話的方式。我們公司的文案都這麼……低水準嗎？」杳杳想了一個不那麼傷人的措辭。

然而……

稱呼「大壯哥」給了Moore哥會心一擊，造成一萬點傷害。

方案一和二寫得不好，再次給Moore哥會心一擊，他寫得有那麼爛嗎？他怕這次危機公關做得不好，親自上陣，熬了兩個晚上寫出來的，自認為非常完美、打動了公司三位大老闆的長微博，竟然被小助理罵得一無是處？他要崩潰了，他大喊了一聲：「保全！」

杳杳微微詫異：「保全寫的？大壯哥，我們公司果然人才輩出，保全都能寫出這麼聲情並茂的長微博，只是有一些不合適而已。」

Moore哥淚流滿面，他是不是應該報警？

就在雙方僵持不下的時候，由曦出現了，帶著風一般，所到之處，公司的女同事都在尖叫大喊「男神我愛你」。由曦對著大家微笑，一一招手，進入會議室，關上門，臉上的笑容瞬間垮掉，怒吼了一聲：「妳說誰邏輯有問題？我看誰敢嘲笑？老子寫了三天！都能當範文了好嗎！」

杳杳目瞪口呆，難怪覺得，脾氣上這麼像，原來是他自己寫的。面對由曦的咆哮，她非常不客氣地說：「由老師，能靠臉吃飯，為什麼還要自己寫文案呢？」

由曦的怒氣瞬間被堵住了，轉頭看了看Moore哥，問：「她什麼意思？」

「呃……字面意思。」Moore哥鬆了鬆領帶。

由曦也不管那麼多，拉開椅子坐下，對Moore哥說：「上次鄭嘉兒提醒了我幾句，這件事情並不是意外，而是人為。我查到這家花露水公司的幕後老闆，跟時代娛樂有很深的關係，也是沈懿綾的神祕男友。這是個局，花露水本身有問題，他們是個皮包公司，代言費也根本沒打算付全部給我們，我們頂多拿個訂金，然後因為花露水的品質問題，遺臭萬年。」

Moore 哥兀自心驚：「是我工作上的疏忽，沒有查清對方的底細，以後代言我會小心幫你接。」

「沒關係，他們捨得用一個公司、一個產品來布局，成本這麼高，一般有正常想法的人不會這麼做的。」

「你能確定鄭嘉兒說的是真的嗎？」

「當然，沈懿綾搶了鄭嘉兒的男友，她說的話可信。」

杳杳從他們的對話當中逐漸知道了事情的真相。時代娛樂先是簽走了聖果的宋且歌，近段時間又先後挖走了包括沈懿綾這樣的女星在內大大小小的藝人十個左右，這一場戰爭是時代對聖果，聖果最紅的由曦就被推到了風口浪尖之上。

杳杳很慶幸，好在她試用了，好在發現了問題，好在由曦看重品質和名聲高過代言費，好在這一場風波可以在開始的時候就結束。她忽然覺得，由曦是很睿智的，他能發現這麼多蛛絲馬跡，沒有完全依靠危機公關。

當天下午，他們三人制定了最後的方案。在各大論壇曝光花露水的品質問題，水軍推波助瀾一番，將矛頭指向該黑心公司，並且挖掘內幕。然後，由由曦撰稿，杳杳潤色，發一條聲情並茂的長微博，並且曬出解約合約，以及賠償金額的匯款。

頃刻間，微博和各大論壇上都出現了「給由曦道歉」這樣的話題帖子，並且讚揚由曦，稱他為最良心藝人，哪怕自己吃虧，也絕對不幫黑心企業代言，坑騙粉絲上當。幾乎是一個晚上的時間，由曦的名字再一次引發了狂潮，他成了最模範的偶像，讓人敬仰。

緊接著，各大貼吧論壇出現了這次由曦解約事件的推測，有人爆料是對手公司的陷害，然而點到即止，所有真實資訊都是隱去的，並且半真半假，引人遐想。

各路好友都開始挺由曦，微博站隊，形勢一片美好。

由曦在看到這些好消息的時候，嘴角微微勾起：「你看看，他們還要捐款給我，都在跟我道歉呢，罵過我的都認錯了。」

杳杳一邊翻記事本一邊說：「都是花錢僱的帶頭，就跟演出領掌的一樣。」

由曦怨念地橫了她一眼，默默地去牆角畫圈圈。

但是，仍舊有一些不明白真相的人對由曦有所誤解。杳杳很是鬱悶，她希望大家能看到由曦的優點。她想在離開之前，替由曦多做一些事情。

是的，她要離開了。

也因此，她沒有再提起那天晚上那個莫名其妙的親吻，一開始是太忙，後來她想要忘記了。

由曦也沒有再提起，他完全找不到任何機會，杳杳就是這麼一個不想說話能把你凍死，一說話能把你嗆死的人。

轉瞬，九月到來。

杳杳去公司找到了 Moore 哥，委婉地說了一大堆無關痛癢的話。Moore 哥聽得頭都疼了，最終打斷她道：「杳杳呀，妳有什麼事直說好了，我對詩詞歌賦不是很瞭解。」

他言下之意是，妳說這些誰聽得懂啊！

杳杳咬了咬嘴唇：「我要辭職，學校開學了，我必須回去了。謝謝你們的照顧，請幫我轉告由老師吧，大壯哥。」

「轉告我？妳為什麼不自己來告訴我？」

12 揭不開鍋：形容沒有糧食、沒有伙食費，窮得沒有錢吃飯。

13 辣條：由麵粉或者豆皮加上辛香料調味而成的零食。

第6章　學姐妳要對我負責啊

杳杳是被由曦從Moore哥的辦公室扛出來的，在一片「男神你好帥」的驚呼聲中離開了公司。

由曦直接將杳杳塞進了車裡，卻並沒有急著離開。他怒視著杳杳：「不喜歡助理這個職業？」

杳杳搖了搖頭。

由曦又問：「做我的助理讓妳丟臉了？有人要挖妳？」

杳杳再次搖了搖頭。

由曦有些氣急敗壞：「那妳幹嘛要辭職？我對妳難道不好嗎？這世上還有哪個藝人天天開車載自己的助理，幫自己的助理做飯，幫自己的助理洗衣服？老子就差侍寢了，妳還想怎麼樣！」

杳杳頭上三條黑線，緩緩說：「由老師，我開學了，我還是個學生呀。」

車裡有那麼一瞬間靜謐，緊接著由曦爆發出了一聲怒吼：「妳不是學霸嗎，妳怎麼還要上學呢！」

杳杳嘆了口氣說：「無論學霸還是學渣，開學了都得去學校，這有什麼好生氣的？」

由曦很暴躁，他勉強讓自己鎮定下來說：「妳去上妳的課，下課了以後來我這裡報到。平時照常回來住，我薪水照算給妳。」

杳杳猶豫了：「恐怕不行，我爸爸也要回來了，他還不知道我當了藝人的助理。」

「當藝人的助理很丟臉嗎？妳告訴妳爸爸，妳可是小天王由曦的助理！我的粉絲幾千萬！」

「我爸不知道由曦是誰。」

一盆冷水將由曦淋了個透澈，他怎麼就那麼恨，要是知道會演變成今天這種局面，他真應該早點開除這個助理，開除她！

杳杳和由曦冷戰了。

杳杳早出晚歸，在學校忙自己的事情，由曦這邊不放她走，她也只好晚上繼續回來。

由曦一個人去上通告，做《不小心愛上你》的宣傳，公司又幫他安排了新戲，他拿了幾個劇本在家看，愈看愈覺得煩躁。

他很納悶，現在的編劇為什麼那麼喜歡寫生僻字，他每日都翻杳杳買給他的字典，頭一次覺得杳杳是個很貼心的助理。

由曦消沉了那麼幾天，宣傳活動時也不那麼愛笑了，齊超那幾個損友也都發現了，紛紛來慰問他：「你有什麼心事，說出來讓大家踐踏一下啊？還有那個辣條在哪裡買的，再來點啊！」

由曦險些把這幾個人都封鎖了，他還不知道，因為他的辣條，那幾位已經把公司的節日福利改成了每人一箱辣條，吃得公司員工們苦不堪言，紛紛咒罵是哪個鱉孫想的損招。

直到 Moore 哥看不下去了，親自把他揪回了公司，一番促膝長談，由曦嗯嗯啊啊地聽了。

「我在說什麼，你有沒有聽啊？」

「聽了。」

「那我說了什麼？你同意嗎？」

「哦，你說了什麼？」

Moore哥簡直想給他跪下了，只好又重複一遍：「男神，有個真人秀節目邀請你，之前我幫你推了，我怕你暴露，粉轉黑，現在我覺得你可以去上一下。」

由曦愣了一下：「什麼真人秀？」

「《同桌的你》。」

「唱歌啊？這我行！」由曦笑了，緊接著就要吊嗓子。

Moore哥連忙讓他打住：「是重返校園的真人秀，第一季一共有十個藝人參加，在大學裡上課、住宿，發生一些有趣的事情。」

「你沒病吧？讓我去上課？」由曦簡直暴怒了！

Moore哥聳了聳肩：「選了京大。」

由曦沉默了片刻：「……杳杳的學校？」

「杳杳的學系。」

「所以……你讓我去讀漢語文學？你還說你沒瘋！」由曦暴跳如雷。

Moore哥四兩撥千斤地說：「考慮一下，杳杳是你的同學，她會在學校照顧你，她已經答應了，繼續當你的助理。這個節目每週錄兩天，你都可以在京大待著。真人秀節目已經是趨勢了，上這個能再紅一把，你也趁機找找靈感，寫寫新歌什麼的。」

「我考慮一下吧。」由曦說完就回家了。

當天凌晨三點，由曦打電話給 Moore 哥，第二天早上七點去簽了合約。

Moore 哥只想罵娘，還讓不讓人睡覺了！

九月十五日，由曦作為最後一位神祕嘉賓，加入了《同桌的你》節目組。官方微博放出最後一位嘉賓的時候，整個網路沸騰了。粉絲們迫切想要看到由曦，也有很多人想要看看由曦到底是不是文盲。

可以說，這一次的策劃是非常成功的，話題性非常強。

由曦到了節目組才發覺，好像上當了，這一大票師弟、師妹，他是來站臺的嗎？

原來，Moore 哥以簽約由曦參加節目為賭注，成功把自己手下帶的包括潘朵在內的幾個新人都塞進了這個節目。一共五人之多，三男兩女，剩下的是主辦電視臺力捧的五名藝人。

由曦當仁不讓是他們當中最紅的一個，節目組還準備了兩個插班生的名額，留給需要上通告宣傳的藝人，自然這也是節目組一種吸金的手段。雖然前期可能沒什麼效果，然而這個節目策劃得很好，整個團隊也都是精英，做紅這個節目只是時間的問題。更何況，有由曦在，隨便炒個緋聞，也能吸引一些眼球了。

節目組用了兩百臺機位拍攝這十位藝人在學校的情況，一切的一切就跟剛剛踏入大學的時候一模一樣。

上午十點，由曦開車來學校，帶著自己的行李，拿著錄取通知書報到。

新生報到處的登記人員有些眼熟，由曦過去一看，險些撲上去打他一頓，因為這個人是齊超。他面無表情地丟給由曦一張報名表：「填表啊，同學注意，要排隊啊！」

由曦拿過筆，在齊超面前的椅子上坐下，小聲問：「就我一個人報名，你還讓我排隊？我去哪排隊啊？你來這裡幹嘛？」

齊超面無表情地說：「怕你緊張，哥哥來給你加油打氣，你快點寫。哎、你字也太醜了，你家助理書法那麼好，你這是狗爬？」

由曦瞥了一眼旁邊拍攝的機位，對齊超笑著說：「滾蛋。」

齊超非常嚴肅地說：「由曦同學，你答對了我的問題，才能給你飯卡[14]，每張飯卡裡有人民幣五十塊錢，是你這兩天的飯錢。」

由曦：「五十塊錢？還兩天？」

齊超眨了眨眼睛：「小聲點，你家助理有錢。」

「唔……你問吧。」

「這裡五張卡牌，請隨機抽取一張，回答我的問題。」

由曦閉著眼睛拿了一張，什麼鬼。

齊超「噗哧」一聲笑了：「你手氣可真好，我準備了五個問題，其他四個都是理科的，就一個詩詞歌賦讓你抽到了。」

「我……」

陸續有人來找齊超報到，他們在看到齊超這樣的大明星之後，都爆發出了非常浮誇的表現，各種掉節操的求合照、求簽名、求抱抱，一下子將氣氛帶動了起來。

齊超對待這些年輕藝人都用一副和藹可親的面孔，對待由曦就完全變了，字幕組默默地在由曦臉上畫上了兩條寬麵條眼淚。

「好了！大家可以去拿自己的飯卡和宿舍鑰匙了！」齊超鼓勵了十位藝人，順便將他的許可權卡交給了除去由曦的幾個人。

一群人默默地步行去領飯卡，一路上有說有笑，節目組分別幫大家做了定位。其中三個男藝人長得沒有什麼特點，定位就是來搞笑的，負責烘托氣氛，兩個女同學潘朵和同公司的蘇星星負責可愛和性感，由曦只負責……帥。

大家到達了第二個地點，辦公室裡坐著一個由曦非常熟悉的人——尉遲杳杳，她烏黑的長髮披散在身後，一低頭有一縷頭髮掃下來，她抬手將其別到耳後，一張精緻的小臉不施粉黛。

「請大家排好隊，許可權卡給我一下，會發給大家飯卡和鑰匙。但是在這之前，要玩一個小小的遊戲。」

遊戲規則比較簡單，考驗大家的眼力，在一堆偏旁部首當中，可以組成一個詞語，先猜出來的獲勝，由杳杳來評分，有神祕獎品。

十個人開始摩拳擦掌，紛紛猜測獎品是什麼，當然他們都是用很綜藝的方式來猜。

「親[15]，送期末考試答案嗎？」

「送學妹嗎？」

「天哪，要把學校送給我們嗎？要不起！過！不搶！」

只有由曦弱弱地問了一句：「飯卡裡能送點錢嗎？」

潘朵率先發出了一聲爆笑，其他人也跟著笑了起來，杳杳看了他一眼，微微詫異。

杳杳成了監考，幾個人每人一張紙，上面都是不同的內容，蘇星星率先完成任務，她的詞語是論語。其餘的人陸續猜了出來，只剩下由曦和潘朵。杳杳巡視了一圈，發現由曦正伸長脖子往潘朵那邊看，於是走過去敲了敲他的桌子：「同學，請不要交頭接耳。」

由曦險些翻白眼，壓低了聲音問杳杳：「這題怎麼解？」

杳杳一副見了鬼的表情：「我還是第一次聽說，考試的時候考生問監考怎麼寫。」

由曦：「……」

杳杳又敲了敲他的桌子：「別發呆了，快點答題哦，只剩下你了、同學！」

由曦欲哭無淚，突然一抬頭看見潘朵在朝蘇星星賣萌，一副跪求答案的樣子，蘇星星探過身體看潘朵的考卷，由曦當即也往那邊看了看。杳杳一轉身，潘朵和蘇星星瞬間坐好，由曦還沒回過身。

杳杳皺眉：「不能作弊！」

由曦：「她們作弊！」

杳杳：「我就看見你作弊了。不說每個人的題目不一樣，就是抄襲你也找個答完了的呀，潘朵也是白卷呢。」

潘朵朝由曦眨了眨眼睛，雙手放在胸前：「男神對不起啦！我要交卷了。」

由曦的內心幾乎是崩潰的，他成了最後一名。

杳杳看了看手上的考卷，根據大家的成績發放飯卡。第一是蘇星星，成功拿到了五十塊的飯卡，往後四個名次都只少了一塊錢，還有一些是四十上下的，潘朵二十五塊，由曦……十塊。

十個藝人各自拿到飯卡之後，帶著行李去找宿舍。

京大有個剛建好的宿舍大樓，還沒有開始使用，非常現代化。這一次節目組經過溝通，學校將這棟宿舍樓分給了節目組暫時使用。

宿舍兩個人一間，經過抽籤，由曦跟同公司的一個諧星聞陌翾分到了一間房。

杳杳一看到由曦這個室友立刻就申請她來帶隊，一路護送由曦去宿舍。杳杳走在最前面，由曦緊跟著，後面是聞陌翾，再後面是攝影機。

「你的室友叫聞陌翾，那個字讀『軒』，你不要念錯了。」杳杳小聲提醒。

由曦哼了一聲：「我認識字。」

「哦，那怎麼寫？」

由曦怒視杳杳：「抬槓是嗎，有妳這樣的助理嗎？我可是妳的老闆！」

杳杳聳聳肩：「我現在是你的學姐，有沒有人說過，不要得罪學姐呀？沒有我帶路你們可找不到哦！」

由曦：「妳回學校兩天而已，怎麼跟變了個人似的？小木頭，妳變了，妳以前不是這個樣子的！」

杳杳一下子想起由曦跟齊超聊天的時候經常發的那個圖片，順口就說：「知道你玻璃心了，看出來不高興了，現在不是從前了，我寵過你嗎，愛你我瘋了吧？」

由曦整個人一愣，杳杳說完自己也愣住了。聞陌翾快步走了過來，大聲問：「學姐，再走就是女廁所了，我們該不是要住在那裡吧？」

杳杳這才發現，說話間，他們已經走過頭了，於是折回去，杳杳一臉尷尬，她真的認識路的。

由曦只好過去跟攝影說：「剛才這一段，能不能跟後期說減掉？」

攝影一臉憨厚地答應了，然而播出的時候，後期把這一段剪輯放進了宣傳片，由曦默默流淚，感受到了滿滿的惡趣味。

宿舍安排好後，杳杳回到辦公室。她其實有點擔心由曦，他能跟室友好好相處嗎？這顯然是個否定答案。杳杳思前想後，還是傳了一則簡訊給由曦，提醒道：『有鏡頭在拍，無論有什麼令你不能忍的事情，都先暫時忍一忍。』

由曦回覆：『知道了。』

沒有反駁，也沒有發脾氣，看起來他能忍，杳杳略微放心了，開始忙自己的工作。

她回到學校，願意幫節目組當工作人員，除了由曦的緣故，還因為她的爸爸尉遲教授是這次受邀請的教授之一，負責給藝人們上文學作品賞析這堂課，而她理所當然就成了助教。

再說那邊的由曦，收拾好了宿舍，跟聞陌翾一起去學生餐廳。兩個人兩張飯卡，一張十塊，一張二十五。由曦默默地看了一眼京大學生餐廳的菜價，豆腐腦都三塊錢，他有一種想哭的感覺。

聞陌翾拍了拍由曦的肩膀道：「男神，我想吃餛飩，有錢嗎？」

由曦看了一眼餛飩要五塊錢，默默地護住了飯卡說：「我叫你男神，能請個豆腐腦嗎？」

杳杳剛好路過，看見由曦，正打算開口說一句：「刷我的飯卡。」

就見那邊有幾個女學生蜂擁而至：「豆腐腦我請！」

杳杳收回了飯卡，京大原來也有追星的呀……

雖然一早就將學校的教職員學生餐廳空出來為節目組預留，然而還是來了非常多的學生圍觀這些藝人。節目組一商量，真人秀沒群眾在畫面裡也不真實，就放了一部分學生進來。

然而，這也太誇張了吧？杳杳想，這一群學弟、學妹果然比他們還要會生活，追星學業兩不誤。

她默默地吃了一碗鹹豆腐腦，看了看由曦面前的甜豆腐腦，搖了搖頭，非我族類！

吃完她就回辦公室了，開始準備今天的教學內容。這不是她第一次當助教，卻是第一次當自己爸爸的助教，以往都是殷舊的工作。尉遲教授，那可是遠近聞名的笑面虎，儘管那是自己的親爹，她也得承認，教授對待學生有一套。

她收到了尉遲教授的微信，足足有兩頁那麼多。說起來，當尉遲教授那天打開微信，看到一個好友推薦是自家女兒的時候，還嚇了一跳。立刻打了個電話給自家女兒，開口就問了一句：「我兒可是被盜號？丟了手機否？」

「呃……爸，你怎麼了？」

尉遲教授發出一聲驚呼：「妳竟然會用微信了！奇聞啊！妳不是老古董嗎？」

杳杳就鬱悶了，有這麼說自家女兒的嗎？她平時真的那麼沉悶嗎，以至於自己爸爸都覺得自己有了微信是一件很奇怪的事情。

尉遲教授的微信內容是事前工作準備，提醒她今天要講什麼內容，要做什麼講義，準備怎樣的資料。她一一準備好了，仔細檢查，確認沒有問題後，發了微信過去給尉遲教授。

尉遲教授回覆了一句：『女兒辛苦麼麼噠！』

杳杳整個人都不好了，她感覺爸爸這次出差一定經歷了什麼了不起的事情，不然怎麼變化這麼大？

上午九點，尉遲教授準時踏入了辦公室的門，身後還跟著一個杳杳並不是很想見到的人。上次一別，這幾個月以來，她並沒有什麼時間去想那件事，然而今天突然見到，那些過往的回憶就來了，她有一點發懵。

「杳杳，妳這次的備課做得不錯，值得鼓勵。」尉遲教授拍了拍自家女兒的肩膀，公事公辦的口吻。

杳杳無奈，對於自家親爹這種公私分明的態度，她已經接受了。

「杳杳最近好嗎？」

「嗯。」杳杳應了一聲，她依舊不知道該怎麼面對殷舊，畢竟，在她過去的認知裡，畢業就應該跟殷舊結婚，或者說是找一個殷舊這樣的人結婚。他們的學識差不多，彼此熟悉，有共同的追求，多麼合適。然而杳杳沒有想過，僅僅是合適，並不能促成兩個人在一起，她那時候不懂，認識由曦之後就懂了。

尉遲教授拿出了自己新買的茶葉，殷舊接過去給教授沏茶，這是他作為教授的學生一直做的事情。殷舊出去後，尉遲教授拉著自家女兒在沙發上坐下，拋開了工作，開始閒話家常，畢竟他們父女也有快半年沒有見面了。

尉遲教授打量了自家女兒一番，然後問：「妳怎麼好像胖了，伙食太好了嗎？」

「呃……」杳杳想了一下說，「廚師手藝不錯。」

遠在教學大樓裡拍真人秀的由曦打了個噴嚏。

尉遲教授又說：「妳上次跟我說，找了個助理的工作，還順利嗎？」

「挺好的。」

「爸爸不反對妳當藝人助理，歷練一下也是挺好的，妳性格太沉悶了，這樣不好。跟著明星出席活動的機會不少吧？現在還是不敢上臺嗎？」

杳杳又是一陣沉默，這是她如今的痛楚。她從一個侃侃而談，能夠在一群人面前高談闊論，為數萬學子傳播文學思想的演講高手，變成了如今的沉默寡言，她已經不敢再參加任何演講了。

「唉……沒關係，以後會好的，爸爸支持妳。」尉遲教授和藹地摸了摸杳杳的頭，又問，「妳跟的那個藝人叫什麼名字來著？」

「由曦，是選秀出道的，唱作歌手，非常出色的，最近也開始拍電視劇了。」她想了一下又說，「對我很好，待人很有禮貌的。非常紅！」

尉遲教授先是一驚，張嘴似乎想說什麼。有好幾次杏杏都要跟他共鳴了，她想老闆還是很有名氣的，連爸爸都知道，看來是自己孤陋寡聞了。只聽尉遲教授說：「是不是演過《步步驚心》那個女主角？」

杏杏迷茫了：「《步步驚心》是什麼？」

尉遲教授一臉的嫌棄：「妳好歹也是半隻腳踏入娛樂圈的人了，怎麼連《步步驚心》都不知道！」

杏杏癟了癟嘴，小聲嘟囔了一句：「爸爸你說得好像自己很懂一樣，怎麼連由曦是男是女都不知道！」

尉遲教授被搶白了，很是詫異，自家女兒果然變化很大！

正在這時，殷舊沏茶回來了，聽到他們在談論由曦，有那麼一點點不高興。然而片刻之後，他臉上恢復了笑容，將茶壺放在尉遲教授面前的茶几上，幫教授倒了一杯：「按照老師的習慣，嘗嘗看。」

尉遲教授喝了一杯，很滿意：「我的習慣不重要，你們的習慣才重要。」

杏杏聞言，臉色有些難看，殷舊卻笑得如常。

「我去找本書，上課也許會用。」杏杏起身。

殷舊緊跟著說：「我幫妳找，老師的辦公室我比較熟悉。」

二人一前一後去了書架前，殷舊小聲問：「妳跟那個男明星在一起了？」

「在一起的含義有很多，話不能亂說。」

殷舊笑了起來：「妳的變化很大，有點得理不饒人。」

杳杳「啪」的一聲將書插進書架裡：「非禮勿視，非禮勿聽，非禮勿言，非禮勿動，師兄的變化也很大。」

殷舊一陣啞然：「今天不談這個，老師剛回來，等一下還要去講課，又是電視節目，我希望不要影響他的情緒，我們分手的事情……過陣子再跟他說吧。可以嗎？」

杳杳似乎沒想到，他會這樣說，怎麼那麼虛偽。

兩個人回到沙發邊，尉遲教授已經在自顧自準備上課的東西了，雖說他這樣經驗豐富的老教授一般是不用備課的，然而他本著精益求精的精神，還是將杳杳準備的東西順了一遍，順便心血來潮修改了一部分。見到兩人回來，他說道：「殷舊你回去吧，忙了一路辛苦你了。」

「最後一次跟老師一起巡迴講座，有些捨不得。」

尉遲教授笑了笑說：「你我還是師徒，又不是不再來往了。別弄得這麼傷感，每個人都有自己的選擇，你既然選擇了從商，就要全心全力去做，做得好老師為你高興，做得不順心就回來。」

殷舊忽然有些沉默，他不知道該說什麼，對自己的這位恩師，他是感激不盡的。

「什麼都別說了，杳杳我們上課去，別讓人等久了。要見明星了呢！」尉遲教授有點興奮，杳杳簡直要被自家親爹打敗了。

去教室的路上，尉遲教授忽然說：「你的備課做得不錯，但是有點問題，在外人面前我不好說你，畢竟是大學了，做得太簡單不好。我改了一些內容，加了點古典文學進去，等一下做個隨堂考試吧。」

古典文學隨堂考試！

杳杳兩眼一黑，由老師我幫不了你了！

來到教室，十位藝人當中只有由曦一個人萎靡不振，其他都神采奕奕的。杳杳不由得有點擔心，攝影機在拍呢，他難道不知道嗎？又出了什麼事，這是在鬧小情緒？

杳杳有那麼一瞬間的出神，並沒有聽到自己親爹那氣勢如虹的開場白。她在教室第一排距離講臺最近的位置坐下，打開電腦，準備播放講義。

杳杳時不時轉頭看看由曦，他還是沒精神的樣子，要不要過去看看？

「助教，助教？」尉遲教授敲了敲桌子，杳杳回過神來，茫然地看著自己的親爹，尉遲教授朗聲大笑起來，「助教妳別緊張，大家都是第一次幫明星上課。」

杳杳臉上寫了個囧字，能不能不要這麼調侃她，說好的公私分明呢！

「把我準備好的題目列印出來，發給同學們吧。」

杳杳去列印了十份，仔細看了一下考卷，鬆了口氣，一點也不難。

第一大題是咬文嚼字，選的都是現在很容易寫錯的詞語。

第二大題是改病句，選的是一些容易造成歧義的句子。

第三大題是默寫一首自己最喜歡的詩歌，並且談談緣由。

第四大題是閱讀，純粹的作品賞析。

杳杳鑑定，這頂多算高中生的難度，由曦一定沒問題的！

但是等她發考卷的時候，她又有點擔心了，由曦他應該沒問題吧？為什麼心好慌？

不出意外，蘇星星是這幾位明星學生當中文科最好的，杳杳掃了一眼，咬文嚼字只錯了一個，改病句有兩處沒挑出來，默寫寫的是納蘭性德的《畫堂春》。幾乎可以斷定，這是個多愁善感的女孩。雖然是以性感著稱的，杳杳還是對她多了幾分好感。

潘朵的考卷亂七八糟的，錯一半對一半，詩詞默寫寫了一首李白的……《靜夜思》，也是首好詩。

聞陌翾的考卷還好，卷面不太整齊，默寫竟然是李白的《蜀道難》。這讓杳杳有點詫異了，《蜀道難》有些拗口，全文又很長，能一字不錯真是不太容易。她對聞陌翾有一些改觀了，由曦跟他住同一間宿舍，興許是件好事，文學素養能提高一點是一點。

一個個看過去，最後是由曦，他因為太高，只能坐在最後一排，他端坐在桌前，以一個非常正經八百的姿態，在隨心所欲地答考卷。

她撫了撫額頭，咬文嚼字一個都沒寫啊，這是不會嗎？病句的錯誤原因怎麼能是四個句子長短不一樣，結束標點不一樣呢？這分明是你強迫症好不好啊！

還有默寫，那是在寫什麼呀？她在腦海裡搜尋了許久，確認自己沒有看過這一首詩詞，看來是她讀的書還不夠多。

杳杳嘆了口氣，由曦抬頭看了她一眼，面露難色，有點抑鬱的樣子。杳杳回到助教座位上，悄悄撕下一頁紙，寫了一張字條，然後又走過去，趁著沒人發現，丟給了由曦。

由曦驚呆了，然後是欣慰，他家助理還是沒有袖手旁觀，出手幫忙了！他簡直熱淚盈眶，然而當他打開杳杳的字條的時候，他只能淚流滿面。字條上寫著：「你是不是不舒服，快點答考卷啊！」

他吃了一肚子甜豆腐腦，現在打嗝都是豆腐腦味，他能舒服嗎？

很快交卷時間到，杳杳過來收考卷，由曦一臉怨念，恨不得把杳杳給吃了，杳杳回了他一個「這麼簡單，你竟然沒答完」的表情。

尉遲教授看了看自己手上的考卷，滿意地點了點頭：「字如其人，由曦的鋼筆字不錯。哦，由曦，你就是由曦。」尉遲教授瞥了一眼自家女兒，自家女兒連忙擺手，示意親爹不要再看由曦的考卷了。

尉遲教授一愣神，點頭示意：我懂的！

他拿起由曦的考卷，細細品味了一番：「咬文嚼字之類的就不說了，默寫選得不錯。『秋意濃，離人心上秋意濃。一杯酒，情緒萬種。離別多，葉落的季節離別多。握住你的手，放在心頭，我要你記得，無言的承諾。不怕相思苦』……很有意境，但是下次別寫歌詞了，雖然我也喜歡聽張學友的歌。」

杳杳一陣汗顏，原來是歌詞？他怎麼能寫歌詞！而且親爹你明顯會錯意了好吧！

「我們往往能第一時間默寫下來的，通常是大家最熟悉、最喜歡的。從默寫的詩詞可以看出一個人的情懷，以及現在的狀態。我看得出有些同學很焦慮，有些迷茫，不管是感情還是事業上。」

由曦愣住了，聞陌翾轉過頭來跟由曦說：「教授是不是學過算命啊！」

尉遲教授拉下黑板：「既然有三位同學選擇了李白的詩，那麼今天的古典文學賞析，我們就來一起欣賞一下《將進酒》吧。由曦，上來寫一下。」

由曦有那麼一瞬間覺得自己中了頭彩，路過尉遲教授的時候，教授遞過來一張字條，笑著拍了拍他的肩膀。由曦掃了一眼教授的個人筆記，本子上寫著尉遲林森，這是小木頭的爸爸？他記得最初杳杳入職的時候填寫個人資料，他見過這個名字。

他開始懷疑了，這字條上寫了什麼？肯定不是答案，他們父女倆一定要一起整自己吧？然而當他打開來，是一整首《將進酒》，他看了一眼尉遲教授，教授回了個笑容，他忽然覺得，文科教授也和藹可親了！

由曦一邊寫，尉遲教授一邊講，一堂課上得有聲有色。

下了一堂大課，尉遲教授回了辦公室，杳杳告假打算去看看由曦。正巧由曦從教室出來，她一把拉住他就往樓梯間走。

由曦皺眉：「鬆手！」

「你考試怎麼能亂寫？」

說到這個由曦就一肚子火，當即怒吼了一聲：「我給妳那麼多個眼神暗示我不會，妳先前理都不理我，好不容易等來妳的字條，以為妳給老子答案，妳看看妳寫給老子什麼？」

他這麼一吼杳杳也義憤填膺，眼睛一紅，聲音有點啞：「是誰允許你考試作弊的？你又憑什麼覺得我一定會給你答案？我以為你病了，結果你現在凶我沒給你寫答案，沒幫你作弊？」

由曦像一個漏氣的氣球，也像一塊浸了水的烙鐵。他小聲跟杳杳說：「先鬆手好不好呀？」

杳杳從出來就一直拉著他的手，她本來以為由曦得跟自己辯解一番，可沒想到吵了兩句以後，他還是讓自己鬆手，杳杳頓時就沉不住氣了，一把推開他：「潔癖自己玩去吧！」

說完，杳杳就跑開了，將樓梯間的門用力一摔。由曦離忙去追，可是，他晃動了幾下門，文風未動，誰來告訴他，這門到底是怎麼鎖上的！

他在門口大喊：「妳爸讓我寫粉筆字，我手髒啊，妳想牽手也等洗個手啊！」

真人秀拍攝的第一天，最大的咖由曦不見了，簡直急壞了整個節目組。

聞陌翾中午去吃飯，沒看見由曦。下午拍攝體育課的時候，沒見到由曦，導演一瞬間感覺到事情有點不妙。在大家的認知裡，由曦可是一個非常好的藝人，不會不辭而別。

工作人員開始打電話給由曦，電話不在服務範圍內。他們又聯繫了Moore哥，Moore哥打了幾通電話給由曦的幾個損友，他們只是聽說由曦去參加真人秀要讀書之後狂笑了一番，並沒有提供什麼實質性的幫助。

最後《同桌的你》導演覺得，由曦是不是不見了，出意外了？製片人聞訊趕來，怒斥眾人：「一定要找到由曦！找不到男神，你們也都別混了！」

他很鬱悶，躲在角落裡揪頭髮，他怎麼就那麼倒楣呢，出品的第一個偶像劇《不小心愛上你》是由曦主演的，男神他受傷，損失慘重。現在投資個電視節目，男神他不見了！

萬一男神真的找不回來，或是出了點什麼意外，那他得賠多少錢？男神的粉絲一人一口水，他也要被淹死啊！

最後 Moore 哥經過深思熟慮採用倒推法，找到了最後的關鍵人助教杳杳。

彼時杳杳正在逛街，她是屬於八百年不出來逛一次商場的人。她站在 VIVIU 專櫃，店員找了很久，才幫她找到那雙想要的鞋子。也好在她的記性好，描述能力好，不然肯定是找不到的。

她把鞋拿在手裡，刷了卡，這還是由曦幫她辦的卡。她跟著由曦做助理這幾個月，薪水都在裡面，她從來沒有動過，也不知道裡面有多少錢，然而買一雙鞋子應該是夠的吧？

刷卡消費記錄是人民幣四千八百元，有點貴，她對這麼貴的鞋子沒概念。

接到電話的時候，她正抱著這雙鞋走在回家的路上。片刻之後，杳杳掛了電話，一路狂奔去了學校。她只跟大壯哥說：「放心吧，我去找他。」

杳杳找管理員要了鑰匙，打開樓梯間的門，從一樓找上去，終於在頂樓找到了由曦。他正躺在天臺上，仰望星空，嘴巴裡哼唱著不知名的歌曲。

「由老師！你上天臺幹嘛？」

由曦一轉頭看見杳杳，火氣瞬間被點燃了，在這夜空裡他像個火球一般，對著杳杳大吼：「我根本就不是嫌棄妳，妳跑那麼快幹什麼，我想告訴妳我的手髒，洗乾淨了妳再握著我！」

杳杳點了點頭：「知道了，你快點下來。」

由曦躺著的地方，是這棟教學大樓頂樓天臺上的一個小檯子，下面是十幾層樓的高度。他站起身，今夜的風異常的大，杳杳的心都跟著顫抖了，連忙道：「下來啊！幹嘛上去！」

「妳以為我想啊，就這裡比較乾淨！」由曦跳下來，走到杳杳面前，滿是委屈地說，「小木頭，妳把我鎖起來了，妳知道嗎？我跑到一樓，門鎖著，以為會有地下停車場可以出去，沒想到還沒開放，老子差點在底下迷路了。一層一層找出口，鬼知道，你們這個教學大樓為了節目都淨空了，除了妳帶我進去的那一層，別的地方都上鎖了，我敲門也沒有人來開門！樓梯間裡面沒有訊號，我跑到頂樓來，一看那個發射器，我就明白了，你們這裡阻隔一切電子訊號！」

「好啦，我錯了。」杳杳拍了拍由曦的肩膀，由曦頓住了，他滿肚子的牢騷說不出來了，天知道他當時有多麼想徒手撕助理。

「算了，妳老闆我大度。」由曦瞥了一眼杳杳抱著的東西問，「幫我帶吃的了？」

「呃……是給你的，不過……不是吃的。」

話還沒說完，由曦就搶過去了。打開一看，一雙皮鞋靜靜地躺在盒子裡，裡面有一張卡片，龍飛鳳舞的字體，猶如行雲流水，一看就知道出自杳杳的手，她不似一般女孩寫字那麼娟秀，有一種霸氣在內。寥寥寫了兩行字，由曦拿起來張了張嘴：「妳寫的這是什麼啊？」

「福如東海，壽比南山。」

由曦鬱悶了，幾乎暴跳如雷：「妳老闆我生日，妳就寫這麼普通的祝福？妳對得起學霸的威名？」

杳杳非常誠實地說：「由老師，我寫深了怕你看不懂，這還是思考了很久，以為你能明白的……」

她沒說完，由曦就暴喝一聲：「我那是沒看懂妳的字！我懂這句話的意思！」

「哦。」

由曦怎麼那麼恨得慌，他不服，又說：「妳說，我老闆最棒了！」

「我老闆最棒。」杏杏毫不遲疑，也毫無感情、毫無語調變化地說完了這句話。

「妳！」由曦深呼吸，「今天我生日，妳竟然記得。」

「由老師你說過，這是助理的基本工作。」杏杏對著他笑了笑，星光璀璨，京大的燈火比星光還要亮，而她的笑容點亮了所有的燈火輝煌。

由曦有點呆，咳嗽了一聲：「怎麼想起來幫我買鞋？」

由曦穿上那雙鞋，尺碼正合適。

「上次我們去逛街，由於我的疏忽沒帶夠錢，你被服務員扒下鞋子，趕出來那次，還記得嗎？就是這雙鞋，早就想買給你了，正好生日送給你。由老師，生日快樂。」

由曦望著杏杏真誠的目光，不由得笑了起來，笑得比以往任何一次上節目、見媒體、見粉絲都要溫暖。他的眼眸裡有一種難以言喻的情緒，他摸了摸杏杏的頭：「傻瓜，妳可以只說生日快樂，不提醒我那件事的。」

「唔……由老師，我是不是情商有點低？」杏杏有點挫敗。

「嗯。」

「那怎麼辦？不是常說近朱者赤、近墨者黑嗎，真是奇怪。我跟你這麼久，也沒能學會。」

「別說了！」由曦有一種預感，再說下去，她又要黑自己了。

「你剛才在哼什麼？」杏杏問。

由曦頃刻間神采飛揚：「想到一段旋律，妳記性好，幫我記著，來我哼給妳聽。啦啦啦……嘟啦……妳就這樣出現……」

一曲完畢，由曦問杳杳：「好聽嗎？」

「曲子不錯，詞不好。」

「那妳幫我填詞，等回家了，我們一起完成。」

杳杳點頭：「那我們回家吧，大壯哥也來了，大家都在找你。」

「走吧，妳被蚊子咬了沒？」

「有。」

「出門噴防蚊液了嗎？」

「忘了。」

「這點小事都能忘記！」由曦剛想瞪眼，一看她手臂上的蚊子包忍住了，「算了，以後我隨身攜帶吧。」

14 飯卡：大陸學校在學生餐廳使用的一種儲值卡，可以直接儲值、消費，購買餐點。

15 親：原意為「親愛的」，單字「親」則可以表示親愛的顧客、親愛的朋友，有親切友善稱呼的意思。

第7章　男神他告得一手好白

從教學大樓被解救出來的那一剎那，一群人圍了上來，將杳杳從由曦身邊擠走了。由曦被包圍著，有節目組的工作人員還有其他九位藝人，聖果娛樂不僅來了Moore哥，還來了一位副總、助理若干。

那陣仗，真是有點……駭人聽聞啊！

他們對由曦噓寒問暖，抱著由曦淚眼婆娑，就差哭天喊地了，也不知是戲好，還是情真。

有那麼一瞬間，杳杳覺得，這才應該是由曦，哪怕不在鎂光燈下，哪怕他有一點狼狽，也該是這樣被人追捧著，這就是巨星。

杳杳默默地走開了。

杳杳回到家，尉遲教授正在看電視劇，戴著一副黑框大眼鏡，手裡拿著扇子。

杳杳定睛一看，那扇子是由曦送的那把，瞬間有點不高興：「爸爸！扇子是我的！」

網路電視正在播《屌絲男士》，尉遲教授不滿地嘟囔了一聲：「妳的不就是我的嘛，我們可是父女。」

大鵬說了個段子，尉遲教授被逗得哈哈大笑，手裡的扇子抽來抽去，一下子拍在手裡，一下子又拍在腿上。

杳杳的心幾乎是揪著的，心跳跟隨著扇子的起伏而起伏，她最後一下子撲了過去，把扇子搶了回來：「爸爸，我幫您開冷氣吧！」

正好，一集《屌絲男士》結束了，尉遲教授關了電視，對著杳杳擺了擺手說：「不忙，來，我們聊聊天。」

杳杳坐下，手裡拿著扇子，指尖不經意地摩娑著。

「誰送的？」

「朋友送的。」

「妳別蒙爸爸，這扇子可是珍品。爸爸今天回家看到鄭板橋大師的這把扇子，非常吃驚。」尉遲教授有三大愛好，字畫、象棋、電視劇。以他對字畫的瞭解，這把扇子價值連城，而自家女兒是斷然買不起的。

尉遲教授見她不說話，又問：「什麼朋友啊？是不是妳那個藝人朋友？」

杳杳咬了咬唇，尉遲教授肯定了自己的想法。

「杳杳呀……」

「爸爸，我有分寸，只是工作關係。」

尉遲教授笑了起來：「急什麼，爸爸也沒說什麼。對了，妳跟殷舊是怎麼回事？這次見面，覺得你們兩個有點怪。」

「有嗎？」杳杳目光閃爍，「你看錯了吧。」

尉遲教授哼了一聲：「還想蒙我，妳爸爸我看過的電視劇，比妳看過的書還要多！」

杳杳轉頭看了一眼自家的書屋，問：「您確定？」

尉遲教授老臉一紅：「不許跟爸爸抬槓！妳這丫頭，就是這點不可愛，太較真了，會讓男孩子受不了的。妳媽媽離開得早，也沒人教妳這些，平時也是我疏忽。感情需要好好經營，不要覺得殷舊是爸爸的學生，你們兩個青梅竹馬，他就會一輩子跟妳在一起。妳再這麼下去，早晚有危機，要學會變通。偶爾妳也撒個嬌，這些年就看著妳只會抬槓了！」

提起殷舊，杳杳就一陣煩悶，還讓她去跟殷舊撒嬌？這簡直是天方夜譚。她一個不小心，沒忍住翻了個白眼，把由曦這個小習慣學了十成十。

尉遲教授憑藉著自己多年看電視劇的經驗，迅速捕捉到了一絲詭異，問道：「怎麼了？你們掐架了？」

杳杳天生就不是能撒謊的人，於是交代了：「我們分手了。」

尉遲教授一臉震驚，杳杳又把自己跟由曦出去逛街，發現殷舊跟自己閨蜜童錦在一起的事情全盤托出，順便表達了自己並不難過，已經從失戀當中走了出來，還幫由曦說了幾句好話，說他如何幫助自己擺脫了困境，如何安慰自己。儘管她腦海裡浮現的是，她在沙發上哭，由曦拿著抹布打掃她哭過的地方，讓她後來都不好意思哭了。

她期望著，看在自己的面子上，親爹能在課堂上放由曦一馬。

尉遲教授聽完了長嘆一聲：「怎麼跟電視劇似的。妳跟殷舊呢，能在一起爸爸覺得理所當然，分開了，爸爸也覺得不意外。對待感情，妳不敏感，權當長個教訓吧，以後可要擦亮眼睛。如果遇上了喜歡的人，要在第一時間告訴人家，別跟個木頭似的，被忽視得久了，人都是會痛的。」

杳杳點了點頭，問：「爸爸，您今天說話怪怪的，最近看什麼書了？」

尉遲教授立刻掏出手機，點開微博說：「心靈雞湯啊！爸爸最近看了不少！哦、對了，這是微博，妳要不要註冊一個啊？」

杳杳感受到了來自自己親爹的鄙視，掏出手機登錄微博：「爸爸你能不能別看不起你女兒，我也是有微博的人。」

尉遲教授湊過來一看：「呵！這麼多粉絲，好幾千萬啊！女兒妳花了多少錢買粉？」

杳杳定睛一看，她自動登錄的竟然是由曦的微博，而他在不久前剛剛發了一條。只有兩個字——我們。下面一張圖片，她今天送給他的鞋子。

「哦，不是妳的啊，嚇我一跳，還以為妳粉絲比我多，原來是那個藝人。『我們』是什麼梗啊？哦哦，范冰冰和李晨今天公布戀情的梗啊，那妳家藝人這個『我們』是什麼意思啊，跟鞋秀恩愛？」

尉遲教授一頓分析，一臉八卦。

「我怎麼知道，去看書了！」杳杳落荒而逃，全然不顧自己親爹滿臉的求知欲。

杳杳回到書房，想找一本書看，卻發現自己喜歡的書都已經搬到由曦家裡去了，她在書架前挑了許久，竟然都不是自己想看的。

她有些心神不寧，恍惚間來了一封簡訊，寄件者由曦：『幫我帶個早飯！』

只是這個？杳杳有些失望，回覆道：『節目組不允許，你餓著吧。』

那邊，半個小時之前，由曦發完了微博，等待著杳杳的反應，然而她一直沒有反應。

由曦開始編輯簡訊，輸入「妳怎麼走了，禮物我很喜歡」。刪掉，再輸入「趁著十二點還沒過，趕快買個蛋糕給我，我還沒許願，我們一起過生日啊！」再刪掉，卻不知道打什麼了。

那邊聞陌翾盥洗完畢，滿臉賤笑地湊過來說：「男神，有吃的嗎，餓了！」

由曦努努嘴：「還剩下半條牙膏，你先墊墊肚子？」

聞陌翾瞬間撲倒在床邊：「嚶嚶嚶，好餓！」

由曦一陣惡寒：「賣萌者死！」

聞陌翾癟了癟嘴，又看由曦輸入、刪除簡訊的彆扭樣子，於是說：「男神，追女孩你沒經驗，你都是被追的。我教你，你這樣打不行，追太緊了，現在的女孩喜歡霸道總裁類型，你得這樣講，保證讓她百爪撓心！」

於是，有了這麼一則：『幫我帶個早飯！』

許久之後，由曦覺得，損友為何如同雨後春筍一般，就那麼多呢？

《同桌的你》拍攝第二天，尉遲教授沒有課，並沒有去學校，杳杳作為助教自然也沒有課，然而她還是去了學校，畢竟她還是由曦的助理。

杳杳坐在靠窗的角落裡，明星班晨跑結束，由曦和聞陌翾結伴來學生餐廳吃飯。杳杳桌上的咖啡顫抖了一下，她對面坐了兩個人，其中一個直勾勾地看著她盤子裡的三明治，另一個直勾勾地看著她。

直勾勾地盯著盤子的聞陌翾問：「助教，妳這三明治有壞掉嗎？」

「沒有。」

「那我嘗嘗吧。」

杳杳都沒反應過來，三明治就被聞陌翾吃掉了一半。她很詫異，默默地打開百度，搜尋了一下聞陌翾，也是演過幾部電視劇的男藝人，粉絲也有幾百萬，為什麼這樣……沒節操？

還有一道目光一直盯著杳杳，她有點不舒服，抬頭就看見由曦幾乎散發著綠光的眼睛。

「由老師，你……有事？」

「嗯。我……」

由曦清了清喉嚨，正打算開口，聞陌翾卻說：「他餓了，助教學姐，還有錢嗎？買點吃的唄，我們兩個昨天晚上餓瘋了，今天早上是餓醒的。」

杳杳堅決反對：「這不符合規定。」

說完，她收拾東西走了。

由曦簡直傻眼了，回手給了聞陌翾一巴掌：「你提這個幹嘛啊？」

聞陌翾非常委屈：「男神，我們兩個要是餓死在這個真人秀裡，多丟臉啊！餓死了怎麼上真人秀啊！」

由曦閉了閉眼睛，覺得自己要氣飽了，又問：「我們還有多少錢？夠吃個早飯的嗎？」

「我吃飽了，上課去吧。」聞陌翾嘿嘿一笑。

由曦瞪了他一眼，強壓著想打死他的衝動。

聞陌翾如醍醐灌頂一般，一拍大腿：「男神你是不是還沒吃呢？來來來，三明治給你，剩一口。」

由曦直接端起杳杳喝過的那杯咖啡乾了。

「男神你不餓？」

「省著點力氣吧。」

今天的拍攝，仍舊是拍他們上課。表演課中排了一齣話劇，由於是做節目，並不是真正的演出，他們都演得很隨性，劇本做了一些改動，讓原本有些嚴肅的劇一下子笑料百出。

杳杳這樣不怎麼會笑的在圍觀的人時候都笑了很久，一堂課結束，她的臉都要笑僵了。

待她回過神，發現由曦已經站在面前了。

「小木頭，我有話跟妳說。」

湊巧杳杳的手機響了，她做了一個噓的手勢，接起來：「大壯哥。哦，好的，沒忘記。等一下就過去，不會遲到的。」

掛了電話，杳杳拿出本子，提醒由曦：「今天拍攝結束之後，我們要去做一下造型，晚上八點有個慈善晚宴的活動，你是最大品牌贊助的代言人，一定要出席。結束大概是在晚上十點，然後要去電視臺錄個訪談節目，因為我們最近檔期很滿，所以對方已經盡量配合我們的時間了，主持人也是很有名的。明天去拍定裝照，新的劇本已經定下來了，三國題材，你演呂布。下午有個雜誌廣告，晚上九點去……」

「停！」由曦簡直頭大了，「妳乾脆告訴我，我哪天休息吧！」

杳杳迅速地看了一眼行程安排，然後說：「怎麼樣算休息？」

由曦也抑鬱了，作為藝人想要完全休息，那除非退出演藝圈，於是說：「活動少一點的。」

「那就是下週一、週二了，拍攝《同桌的你》，算休息吧？」

由曦瘪了瘪嘴，這個藝人老子不當了！

半個小時後，由曦和杳杳出現在國際知名造型師阿男老師的工作室。由曦紅了以後，就一直用這位造型師，二人關係很好，阿男非常瞭解由曦，知道怎麼表現出由曦最迷人的一面。

今天的慈善晚會主題是環保，由曦選了自己代言的贊助商提供的服裝，然後開始做造型。

杳杳百無聊賴，拿出隨身帶著的書開始看。她正看得入神，突然聽到由曦喊她：「小木頭，妳去挑一件衣服出來！」

「啊？哦，好的、由老師。」

杳杳在工作室助理的帶領下去挑衣服，清一色的晚禮服，顏色各異。她有點詫異，衝出來問由曦：「由老師你今天要男扮女裝？呃……不太好吧？」

由曦和阿男都是一愣，阿男率先哈哈大笑起來：「我還沒看過由曦穿女裝，不知道是什麼樣子，要不然我們試試？」

「滾蛋！」由曦啐了一聲，又朝杳杳道，「是讓妳選妳自己的。」

「我為什麼要換衣服？」

「妳不是我的助理嘛，我這麼帥，助理也得豔壓群芳啊！」

這是什麼道理？然而，由曦的話有時候就是道理，杳杳漸漸明白了這個真理。

回到服裝間，她選了一條白色的裙子。

阿男看著她換上這件衣服，不由得讚嘆了一番：「眼光不錯，很適合妳，比大牌女星還美。」

由曦愣了有那麼幾秒，然後清了清喉嚨道：「你想多了，她不是眼光好，是你的那些衣服，只有這一件不暴露，能把肩膀、脖子、胸、背都包了！」

阿男一看，果真是哪都沒露。

可就算哪都沒露，仍然非常性感，貼身的剪裁讓她的身材顯得玲瓏有致。

由曦說：「我這邊可以了，你讓助理幫我弄吧。麻煩你幫她好好弄一下，要一出場就閃瞎狗眼的那種。」

「呃……好吧，你這個形容真棒。」合作得久了，阿男已經瞭解了由曦的說話之道。

杳杳卻忍不住說：「由老師，這個是不是應該說星光璀璨比較合適？」

「嘶……妳能不能不較真了？」

「這是原則問題。」

兩個小時後，八點整，由曦帶著杳杳出現在慈善晚宴的會場。Moore 哥和潘朵已經在等候他們，見到由曦和杳杳，潘朵尖叫了一聲，雙眼放光，飛奔著衝過來。

由曦小聲跟杳杳嘟囔了一句：「妳老闆我太帥，真是沒辦法！」

說完他張開雙臂，雙手成掌，打算推開飛奔過來的某人。

只見潘朵一個飛撲，直接撲到了……杳杳的懷裡，然後大喊著：「杳杳姐！妳今天太美了，真是我的女神！」

由曦：「……」

潘朵：「呀，三舅你也在啊。」

由曦：「你男神、女神可真多！走紅毯了！」

潘朵吐了吐舌頭，挽住了由曦的手臂。由曦轉頭跟杳杳說：「妳先跟Moore哥一起進去等我，這邊很快就結束。」

「知道了，由老師。」

杳杳轉身走向Moore哥，對面剛巧停下一輛車，車上走下來一對男女。女孩傲然一世、冷豔高貴，男的挺拔斯文。

「那是誰啊？」

「妳不認識呀？那女的是新耀國際董事長千金，旁邊那個是上門女婿。聽說，童總要把公司傳給女婿呢。」

有生之年，狹路相逢。

在他們第一次手把手以情侶的身分出現在自己面前，她被閨蜜插足初戀之後，她都不敢想像，再次見面會是怎樣的光景。

大抵也只能用狹路相逢來形容吧。

她該以一種怎樣的姿態來迎接這種時刻呢？杳杳沒有想過，她並沒有經驗。她有些緊張，呼吸都開始急促，以至於旁邊的 Moore 哥都發現了她的異樣，輕輕地碰了碰她的手臂，輕聲問：「妳還好嗎？」

杳杳深呼吸，回了一個非常難看的笑容說：「滿好的。」

Moore 哥迅速捕捉到了杳杳的不自在，以他多年的經驗分析了一番，說道：「妳認識他們？前男友？」

「呃……大壯哥你好聰明。」

Moore 哥抽了抽嘴角又說：「那女的，妳朋友？被『三』了吧？」

杳杳的臉色有點難看：「大壯哥你可以不提這件事的。」

Moore 哥聳聳肩：「他們過來了，要不要打招呼？」

杳杳：「還是……」

她的手突然被人握住了，緊接著伸到一個臂彎之中，杳杳側目，就看見由曦那張帥氣的臉。對面，童錦跟殷舊走了過來，她意氣風發，帶著慣有的盛氣凌人，殷舊穿著高檔西裝的樣子跟他講課的時候完全不同。

曾經殷舊也是意氣風發的，三尺講臺他說了算，如今，雖然衣著光鮮，可是杳杳怎麼看都覺得他挫敗極了。

童錦在下車的那一刻就見到了杳杳，她很詫異，自己曾經的閨蜜不是乖乖女書呆子嗎？怎麼也變得這樣美麗，讓人移不開目光？她發覺，殷舊的所有不自在在看見杳杳之後都好了許多，他的目光是追隨著她的。這讓童錦很意外，在她的認知裡，殷舊就應該是她想要就能得到，並且會對自己死心塌地的，怎麼突然又對並不能算真正愛過的前任上心了呢？

「我們去打個招呼，杳杳也在呢。」童錦笑著說。

殷舊有些抵觸：「不是來參加活動嗎，我們快點進去吧。」

「那可是我閨蜜，你在躲什麼？現在我們可是光明正大在一起，不用躲躲藏藏了呀。走嘛，親愛的，我們去聊聊天，有什麼誤會，早點解釋嘛。你跟杳杳怎麼說也是師兄妹，我跟她也是好朋友呀！」童錦撒著嬌，抓著殷舊的手甩來甩去。她經常這樣撒嬌，而杳杳從來不會。

一開始的時候，殷舊對這種撒嬌很反感，然而時間久了，面對冷冰冰的女友，他漸漸覺得，他需要有個人對自己嗲聲嗲氣。

就在童錦和殷舊終於走到杳杳面前，杳杳想要躲到 Moore 哥身後的時候，她的手臂被一個臂彎勾住了。

童錦微笑：「杳杳，好久不見，這位是……」

「妳怎麼在這裡發呆，我們快點走啦！」由曦拉著杳杳從童錦和殷舊面前走過，刻意面對面，四目相對，絲毫不退讓。

由曦居高臨下，盯著童錦和殷舊，上下打量，勾唇而笑。

童錦仰起頭跟由曦對視，她的心跳驟然加快，這是超級偶像由曦，果然長得比電視上帥好多啊！

她今天之所以央求爸爸來出席這次活動，一來是帶著殷舊亮相，二來是近距離觀察一下本次活動最大贊助商的代言人。

然而，大明星怎麼跟尉遲杳杳在一塊？她錯過了什麼八卦嗎？

「讓開！」毫無溫度，如同一個王者在發號施令。

讓不可一世的童錦下意識地鬆開了挽著殷舊的手，給他們讓出一條路來。

由曦帶著杳杳，昂首挺胸，從他們中間穿了過去。

杳杳在那一瞬間，有些腿軟了，由曦扶住她的腰，在她耳邊道：「走，男神帶妳上天去，別怕他們。」

杳杳握緊了由曦的手，在那一刻，她覺得異常溫暖。

原本應該已經進去的由曦和潘朵，因為由曦的突然離開，潘朵只好在一旁等待。如今沒了伴侶，她並沒有半點不開心。

Moore哥咳嗽了一聲，把手伸了過去：「我帶妳走吧。」

潘朵掃視了一圈，看到不遠處又來了一輛車，那車牌號碼，她坐過一次這輩子都忘不掉，立刻就推開了Moore哥的手：「不用了、二舅！我男神來啦！」

說話間，潘朵狂奔而去，出現在了剛剛下車的齊超面前，甜甜一笑：「男神，沒女伴吧，我看我行！來吧！」

潘朵完全不管齊超臉上是個什麼表情，直接將自己塞進了他的懷裡，拽著他往紅地毯走。齊超轉頭跟由曦求救，由曦只當沒看見，擺了擺手，以口型說：「別欺負我外甥女。」

這一幕讓鄭嘉兒看見了，她不由得要給潘朵點個讚。起初以為這小丫頭只是背景深了點，現在看來，智謀也很到位，能在這麼快的時間內抱住齊超的大腿啊！她恨，自己怎麼就沒那麼厚臉皮呢！

鄭嘉兒跺了跺腳，險些踹壞一雙高跟鞋。

那邊紅地毯上，齊超和潘朵的組合吸引了不少記者，閃光燈幾乎要點亮夜空。二人在簽名牆前簡單地擺了幾個 pose 就進了內場。

緊接著是由曦出場，自帶了尖叫的特效，早就有粉絲等候在畔，當粉絲們和記者發現，由曦身旁的那個女孩似乎不是哪個藝人以後，眼睛裡的八卦之火熊熊燃起。

由曦帶著杳杳走上紅毯，一步一個腳印，十分扎實，杳杳緊張到話都說不出來，整個人都是顫抖的，她害怕。

杳杳害怕那些閃光燈，害怕那些人聲鼎沸，害怕被人打量。她甚至害怕出現在人群面前，她的內心有一道不可觸及的傷疤。那是在她上大二那年，在全國演講比賽之中，她先是丟失了最重要的提示手卡，然後被澈底地打敗，有人將她所有的觀眾都吸引走了，她從最高的演講臺上摔下來，從此再也不敢在人群面前大聲說話。

「別怕，有我在。」由曦握了握杳杳的手，溫暖的掌心覆蓋著她。

杳杳深呼吸了一口氣，小聲說：「由老師，你這樣做不合規矩。藝人守則裡面有，炒作的話，一定要跟比自己紅的人，最次等級也是跟自己一樣紅的。達到一加一大於二的效果。很顯然，我是個圈外人，你突然帶著我走紅毯，是一個失敗的決策。像之前安排你和潘朵走紅毯就是比較明智的，雖然她借了你的名氣。在你拋下她以後，她迅速找到了齊超作為男伴，這是非常明智的選擇，算是一個成功的案例了。」

由曦不由得笑了：「小木頭，我還需要炒作嗎？」

杳杳再次深呼吸一口氣，她發覺，只要有由曦在，她也是敢講話的。她回憶了一下公司的各種內部宣傳小冊子，說：「你是個藝人，炒作無可厚非，藝人都需要話題。」

由曦勾唇而笑：「不就是話題，我給就是了！」

言罷，他在簽名牆面前，將杳杳一把摟在懷中，吻隨之而下。

一瞬間，記者蜂擁而至。

讓無論是努力走光的鄭嘉兒，還是宋且歌搭檔沈懿綾的強強組合，都在頃刻間無人問津。

那一瞬間的場面，也只有驚天動地能夠形容了。

潘朵尖叫了，男神好帥，男神耍流氓都那麼帥，杳杳姐姐快給男神生猴子吧！

齊超笑了，真是……猴急啊！

Moore 哥瘋了。

他想大喊一聲不能親，然而現在並沒有什麼用了。他在由曦的嘴唇親上去以後，腦袋迅速運轉了一圈，打了幾個電話回公司，吩咐公關團隊：「這件事無論如何，壓下去！不能見報，不能上頭條！否則我們都得死！」

對於這樣的威脅，整個聖果娛樂都顫抖了，大家開始各自忙活，要在這件事還沒曝光的時候就扼殺掉。

再看紅毯上的藝人們，鄭嘉兒走光吸引眼球，轉頭看見由曦熱吻，腳下一個慌張，鼻子卻摔歪了。她怨念由曦搶了頭條，卻又有點欣慰。好在自己鼻子歪了，沒有記者看見，不然又要說她整型了，於是鄭嘉兒匆匆離去。

宋且歌臉上的笑容僵硬了，他說：「真夠不要臉的，用這種方式搏版面。」

沈懿綾卻很淡然：「你如果也早點這樣，版面還不都是你的。」

「妳是怪我不肯跟妳炒作？」宋且歌有些許不屑，卻又不得不給她面子笑著說，「妳那新男友我可得罪不起。」

沈懿綾權當沒有聽見他的話：「以Moore哥的處事方式，這件事肯定要壓下去的。那麼我們要做的應該是什麼你懂嗎？」

宋且歌與她對視了一眼，忽然間覺得這個女人有點可怕，沒忍住問了句：「你們兩個什麼仇、什麼怨？」

沈懿綾並沒有回應他。

那邊簽名牆前，杳杳大腦一片空白，有點呼吸困難。不同於上一次酒醉的親吻，他們都是意識清醒的。他在做什麼？他為什麼要這樣做？

由曦緊閉著雙眼，杳杳並不能從他的眼神來分辨他的用意。他長長的睫毛掃著她的眼瞼，他的呼吸、他的溫度、他的懷抱、他的嘴唇，好似魔咒一樣，讓杳杳逃不開，她要窒息了。

懷中的人兒微微顫抖，她水潤的雙唇並沒有抵觸自己，由曦輕輕撬開她的唇舌，在她的嘴唇上舔了舔就去吮吸她的舌頭，卷著她的舌尖，一路引誘。他並不想放開她，時間如果在這一刻靜止，那該有多好？

然而，由曦最後僅存的理智戰勝了他的情欲，他放開了杳杳。她櫻桃一樣的唇此刻亮晶晶的，有著無限的誘惑。由曦別開目光，害怕再這麼看下去會出點什麼事情。

由曦朝杳杳笑了笑：「我們走吧！」

杳杳木訥地問：「去哪？」

由曦眨了眨眼睛：「自然是把活動做完，我可是個合格的藝人！」

說完，由曦拉著杳杳快速離開，進入了會場，淹沒在人群當中，他的內心是無比歡騰的。

等進入主辦方給由曦準備的休息室以後，杳杳才回過神，方才因為無數閃光燈和目光緊張起來的心也平緩了許多，她不再發抖，看向了正笑意盈盈的由曦，一張臉瞬間冷了下來：「你還知道自己是個藝人？」

正準備說點什麼動人的話，由曦冷不防聽到了這麼一句，他有點害怕，杳杳似乎……生氣了？

「你知道今天來了多少媒體嗎？你……你剛才那樣……你知道會有什麼後果嗎？」杳杳板起臉來罵人，然而想起方才，臉不自覺地紅了。

由曦一看她臉紅，內心一陣狂喜，她害羞了，木頭竟然害羞了！由曦表面上卻裝得很無辜地問：「哪樣啊？我們不就是走了一下紅毯？」

杳杳又羞又氣，一跺腳說：「你剛才幹嘛親我啊！明天見報怎麼辦啊，你是超級偶像，你的粉絲會崩潰的啊，你的前途怎麼辦啊？」

杳杳說著說著，忽然覺得由曦的處境很危險，她知道對一個偶像男明星來說，戀情意味著什麼。尤其是如此不般配的戀情，對他的事業是一個非常大的打擊。她怎麼能看著由曦這樣風華絕代的人從此一蹶不振呢？

「我大不了不當藝人。」由曦觀察著杳杳的神態，見她倒吸一口氣，險些昏過去的樣子，又趕緊委屈地說，「還不都是因為妳，一直叨念著什麼話題話題的，我這人腦子不靈光的，沒想那麼多。」

「你腦袋不靈光是怎麼把電腦玩得那麼精通的？」一句質問，由曦只能賠笑。

「咣噹」一聲，Moore哥撞開門，一張俊臉因為盛怒顯得無比駭人。

「由曦！你出來一下！」Moore哥的表情十分嚴肅，帶著滿滿的不悅，他身後的潘朵連連給杳杳和由曦使眼色，示意自己的二舅已經瘋了。

杳杳一馬當先，站在了由曦前面說：「大壯哥，這件事是我的錯。」

Moore哥本來就在盛怒之下，一聽這個稱呼，腦袋一下子充血了，搖晃了幾下，險些兩眼一黑暈過去，潘朵連忙扶住他，尖聲道：「二舅！二舅你怎麼了二舅？二舅你可不能死啊！我還沒嫁人呢，你死了誰幫我拉皮條啊！啊、不是，誰幫我做媒啊！二舅你醒醒啊！哎呀，叫救護車！快來人幫我把二舅抬走啊！」

潘朵一招呼，齊超立刻帶著幾個人過來，二話不說將Moore哥架走了。任憑Moore哥如何不顧形象地嘶吼，他們就是不放手。齊超回頭對著由曦眨了眨眼，潘朵嘿嘿一笑說：「我只能幫到這裡了，改天我要是做錯了什麼事，二舅要打死我的話，三舅男神你可得幫我！」

由曦比了個OK，潘朵心滿意足地走了，嘴裡還喊著：「我的親二舅啊！」

這一場鬧劇結束，由曦方才想說什麼已經被打亂，他整理了一下思路，卻沒時間再跟杳杳好好談談了。他作為今天的特殊嘉賓，有那一紙合約在，他必須上臺去了。

「沉住氣，有人跟妳搭話妳微笑就可以了。晚宴的內場沒有那麼多記者，都是圈內人，妳自在一些。等活動一結束，我就帶妳走。」由曦千叮萬囑，杳杳也想說點什麼，奈何時間不允許了，二人匆匆來到了宴會的主場。

主辦方首先致辭，沒有長篇大論，幾個總裁講話頗為風趣，為今天的慈善晚宴開了個好頭。由曦作為特殊嘉賓，主要是參與剪綵的儀式，所以他全程在側臺等著，一雙眼睛一直在杳杳身上。自家助理怎麼那麼好看了呢？他看著看著就笑了起來。

杳杳仍舊不習慣這種人多的場合，總有目光在自己身上，她漸漸又開始害怕發抖。她走到一個角落裡，取了一杯紅酒，大口喝了幾口打算壯膽。

忽然有人拍了拍她的肩膀，杳杳猛地一回頭，長髮飛揚，一雙靈動的眼眸帶著驚詫也有些害怕，如同一隻受驚的小鹿，一下子撞到了人心坎裡去。

殷舊就是在這一個回眸下，失了神。

「杳杳，到底怎麼回事？妳什麼時候跟大明星在一起了，我怎麼一點也不知道？」童錦逼問著。

「其實，你們見過……」

「妳開什麼玩笑，我跟由曦見過，我怎麼可能不記得！」童錦翻了個白眼，「妳不是還記恨我吧？我們可是好閨蜜，妳以後打算跟我生分嗎？」

「我……」杳杳看著童錦，竟然一句話也說不出來。她們從上高中就是隔壁桌同學了，雖然性格迥異，不知道怎麼成為好朋友的，然而那時候，她這個書呆子被壞女生欺負了，童錦是第一個站出來幫她的人。她曾經幫她打架，以至於額頭上留下了疤痕，到現在她都不得不留著瀏海。

過往的那些，杳杳又怎麼會忘記呢？

友情和愛情，真的只能選擇一個嗎？

「杳杳，妳在發抖，病還沒好嗎？」殷舊情不自禁地問出口，就連童錦也是一愣，嬌嗔著看了他一眼。

杳杳蹙眉：「我的事情，你不用操心。」

童錦腦子裡忽然一閃，想起自己跟殷舊的戀情被發現的那一日，突然驚呼：「天哪！那天商場的醜男，難道是由曦？」

「他哪裡醜了？」杳杳一聽就不高興了，反駁了一句。

童錦抱著手臂，皺緊了眉頭：「杳杳，如此看來，你們兩個真不適合，妳不能跟他在一起。」

杳杳彷彿覺得自己耳朵壞掉了，問出了心中那句疑問：「妳憑什麼這麼說？那麼妳認為，我該跟誰在一起？我本來跟……殷舊好好的，又是誰做了這些出來？妳又有什麼資格站在這裡質問我？」

童錦驚愕萬分，彷若不認識杳杳了一般。她無法想像，這一番話是杳杳這個木頭說出來的，她不是對什麼都無所謂嗎？

一陣沉默，殷舊打破了這局面，略微沉吟道：「作為妳的師兄，我也要提醒妳，你們不適合。他是明星，多少人喜歡著、追捧著，而我們到底是普通人，杳杳妳跟他在一起會很辛苦！沉且，妳的人群密集恐懼症，妳的心理疾病，都好了嗎？妳確定自己可以跟他站在一起，享受那些燈光嗎？」

杳杳的手握成了拳，指甲陷入了掌心，卻感覺不到疼。畢竟，肉體上的疼痛，哪比得上這兩個道貌岸然的人心理上的摧殘。

他們似乎陷入了死局，不停地勸說著，杳杳只想快點離開。她將目光朝由曦望去，他似乎也正看著自己。由曦在看到杳杳身邊站著童錦和殷蓄之後，一直非常擔憂，然而他並不能離開舞臺。

杳杳摀住了耳朵，可不可以不要對她說教了？她想喊出這一句話來，然而周圍的人愈來愈多，她不知道發生了什麼事，只見大家的目光都看向了自己。

「不要！不要再說了！閉嘴，我不想聽！」她大喊了一聲，全場靜止。落針可聞。

由曦拿著話筒，有些難過地看著杳杳。

就在方才，由曦剪綵結束，主持人將他留下做了個簡單的訪問，自然也就問到了方才外面紅毯上香豔的一幕。由曦先是笑了笑，緊接著臉紅了。他也是當了幾天的演員的，情緒也拿捏得十分精準，他害羞並且有些彆扭地說：「就是你們看到的那個樣子。」

全場都「哦」了一聲。

由曦接過話筒，詢問主持人：「給我五分鐘可好？」

主持人一揚手：「男神請便！」

舞臺上其他的燈光暗去，只有一束光籠罩著由曦，映襯著他英俊的面龐，他柔聲說：「我從不想欺瞞任何喜歡我的人，今天我想要告訴大家，我喜歡上了一個人。我日日夜夜在想著怎麼能快點見到她，怎麼能時刻跟她在一起。我像是一個病人，有點神經質，對於她身邊出現的人，我都想一個個盤問一番，看看有沒有隱性情敵所在。她受了委屈，我很憤怒，會不惜一切幫她出氣，甚至並不管她要不要出這口氣。我有一日看不見她，就覺得很煩躁，當我有這種情緒的時候，我很欣喜，原來這就是喜歡上一個人的感覺。從此我的心裡，也有了一個可以珍惜的人，我想這是一件值得高興的事情。所以在今天這個重要的場合，我要跟大家分享。我談戀愛了，我喜歡妳，尉遲杳杳！」

尉遲杳杳，這個名字響徹整個慈善晚宴會場，大家順著由曦的目光，找到了他今天的女伴。

然而，杳杳的神經已經緊繃到了極限，她快要崩潰了，她渾身發抖。就在由曦說完那一番話的時候，她尖叫出聲，卻是毫不留情的拒絕，全場譁然。

杳杳眼角狂奔出眼淚，她覺得天旋地轉，她不能再待在這裡了，她四處碰壁，沒有人給她讓一條路，她要怎麼逃走？

一瞬間，彷若回到了那一年，她孤立無援，她的觀眾離她而去。

由曦頓時感覺不對，杳杳怎麼了？他狂奔下臺，從人群中擠過去，按住幾乎要崩潰的杳杳，捧著她的臉：「怎麼了小木頭？看著我，出什麼事了？」

杳杳抬頭，滿臉淚花。

「我們走吧，我想離開！」杳杳哭著說。

由曦心頭一顫，半抱著杳杳打算離開。

童錦卻一下子站在了他們面前，她不能放過這一次讓他們出醜的機會，這機會如此難得。

豈料，童錦剛站過來，由曦就一眼瞪過去，寒意凜然：「你們兩個奇葩能不能從我眼前消失！」

「呃……」童錦退開一步。

從慈善晚宴中途跑出來，他們的確捅了個大婁子，然而又能怎樣呢？由曦是不在乎的，杳杳則是完全沒反應過來的狀態。

她只是哭，一直哭，哭得由曦心疼。

杳杳不想回家，不想去密閉的地方，不想見任何人。最終由曦無奈地開著車，一路飛馳了一個小時，來到了海邊。

九月的深夜，天公難得作美，猙獰的海岸此刻非常平靜，海風徐徐，沒有半點秋意。儘管如此，由曦還是脫下外套，裹住了杳杳，他們沿著海邊走著。

杳杳哭得沒力氣了，起初是靠著由曦，後來就掛在由曦身上。由曦索性將她抱起來，緩緩前行，海水爬上岸來，拍打著他的腳，又悄悄退去，像一個優雅的流氓。

杳杳到後來乾脆睡著了，由曦也停下來，找了個乾淨的地方坐下來，又讓杳杳枕著自己的腿睡覺。

東方發白，晨曦緩緩而來，當太陽從海平面跳上來那一刻，光輝灑滿了整個海灘，杳杳就是在這一片晨光中，醒了過來。她揉了揉眼睛，發現一張無比帥氣的臉正盯著自己，嚇了一跳，當她發現自己正在由曦懷裡睡覺的時候，大窘。慌亂之下逃開，不小心撞了由曦的下巴。

由曦悶哼一聲，摀住自己的下巴揉了揉。

杳杳稍微回過神來，立刻緊張地去看由曦的下巴：「對不起，由老師我不是故意的，下巴沒歪吧？」

由曦揉下巴的手停了下來，拿開給她看：「我沒整過！」

杳杳點頭：「我知道。」

由曦動了動被壓麻的腿，深呼吸一口氣，醞釀一番，打算跟她說點什麼。

杳杳環顧四周，忽然驚了一下：「我們怎麼在海邊？這到底是什麼地方？我記得，昨天在慈善晚宴上，我喝了杯酒，跟童錦說了幾句話，後來發生了什麼？」

由曦只覺得氣血上湧，音調都有些變了，問：「妳昨天喝醉了，妳全忘了？」

杳杳點了點頭，表情十分真誠，由曦真的無法懷疑她是不是在騙自己，可是……

「紅酒妳都能斷片！尉遲杳杳妳是不是誠心的！昨天發生那麼大的事，妳現在跟我說妳都不記得了？」由曦暴怒了，他不高興了，他一晚沒闔眼，守著她，幫她趕蚊子不說，還要忍受她在自己懷裡動來動去。那都是挑逗好嗎，他忍得很辛苦好嗎，他差一點就乘人之危了好嗎！

被他這麼一吼，杳杳似乎想起來一些了。紅毯、燈光、親吻……

杳杳的腦袋瞬間大了！

「你怎麼能那麼做！」杳杳咬著唇，怒目圓睜，在由曦看來，有一種說不出的可愛啊！

由曦愣了好半天，說了句：「情不知所起，一往而情深。」

這下換成杳杳愣住了，也是好半天才問：「哪裡學的？」

「上課的時候，妳爸教的。」

「哦……」

兩個人同時沉默了，大眼瞪小眼。

杳杳的內心進行了一番天人交戰，她能想像如果昨天的事情都發在網路上，他們會面臨多大的危機，她很苦惱，想打個電話給大壯哥求助一下。作為助理，她是不是應該把由曦帶回去，做最後的補救呢？

可是，她又覺得，跟由曦安靜地待在這裡，似乎也不錯。海風，晨光，絕色傾城。要是再有點吃的就好了，她餓了，無比想念由曦家的廚房。

而那邊，由曦內心也很糾結。怎麼辦，她想起昨天的事情了，但是想起來多少呢？老子可是跟她告白了，當時她怎麼說的？說不要，說閉嘴，老子顏面掃地啊！她為什麼那麼說？要不要問問？要不要趁機……靠！老子不想再做單身狗了，怎麼辦啊！

「真喝醉了？真忘了？」

杳杳點點頭。

「沒關係，我幫妳回憶一下！」

由曦說完就站起身，背朝大海，面朝杳杳，沐浴在晨光之中。

杳杳瞇起眼睛看他，太陽又升起來了一些。

「尉遲杳杳！我喜歡妳，能不能做我女朋友？妳不要擔心我是個明星會給妳帶來壓力，我從一開始也只是想做做音樂而已，沒想當什麼偶像明星。我從前是什麼樣子，以後也是什麼樣子。妳不用怕我的粉絲會對妳做什麼，我會護著妳，他們如果愛我，就會愛妳。真的有人罵妳的話，妳別忘了妳老闆我的專業，我上天涯幫妳掐架，穩贏。杳杳，我第一次遇見喜歡的人，我想妳也是喜歡我的。」

由曦臉上洋溢著笑容，看起來非常自信，那張臉好看得讓人窒息，如此神采奕奕。然而他的掌心已經出汗了，只有他自己知道，他是多麼緊張，這比他第一次參加歌唱比賽、第一次開演唱會，還要緊張許多。因為那些時刻，他都自信自己能夠做好，而現在，他不確定了，因為杳杳這個人的情商實在是……基本等於沒有啊！

杳杳沉默了，她有些發懵，慢吞吞地問：「昨天我喝了一杯之後，你是不是這樣表白的？」

「差不多吧。」

「在舞臺上？那麼多人看著？還有童錦也看著？」

「嗯，我就是要讓所有人都知道，我喜歡妳。」由曦笑了起來，乾淨的笑靨像個孩子。

杳杳的臉在這溫暖的秋日早晨，突然……黑了。她站起身，一個踉蹌，還栽入了由曦的懷裡，她掙扎了一下，按住由曦的手臂。

「你是不是有病啊！」

由曦嘴巴變成了一個「O」字型，他難以置信，自家跟木頭一樣的助理，發火了！

「我……我怎麼了？」

「你替我出氣我很感激你，但是昨天什麼場合？你為什麼要這樣做，雖然為我報了仇，但是感官多麼不好你想過嗎？」

「妳說我只是替妳出氣？」

「不然呢！」

由曦彷若聽了個天大的笑話：「我做的這些舉動難道不能說明我喜歡妳？那麼妳認為我是瘋了還是精神病嗎？」

杳杳想了一會兒，摸了摸由曦的頭說：「要不然去醫院看看？」

「尉遲杳杳！」由曦一把掐住杳杳的臉，「妳是豬嗎！」

「你看過高考能拿狀元的豬？」

由曦握緊了拳頭，好像是一拳打在海面上那般無力和挫敗。他怎麼喜歡上這一個木頭！

「我們回去，找大壯哥商量一下怎麼辦。」杳杳伸手拽由曦的手，被他一下掃開了。

「今天這件事情沒弄清楚，我們哪都不去。」

杳杳被他氣得直跳腳：「你還要不要當明星了啊！由曦你別鬧了好不好？」

「第一次。」

「什麼？」

「妳喊我的名字。」由曦頓時心花怒放，一把抱住杳杳，「小木頭，我以為妳不認識由曦的曦字呢！再叫幾聲聽聽！」

杳杳頭上三條黑線，她也有點想笑，這個超級明星，似乎非常容易生氣，也很容易開心，他這樣簡單，都不像個明星了。

「我也可以不當明星，妳別擔心我。我可以做別的，妳要不要看看我的資產？我不用出唱片、拍戲，我的錢也夠我們花一輩子的。」由曦掏出手機開機，直接點開自己的個人理財軟體，上面顯示了他名下所有的產業，一家大型電子產品公司、一家網路公司、十幾家餐飲，還有N個品牌股份，其中包括了上一次由曦生日，杳杳送的那雙鞋的牌子。

原來他真的說到做到，收購了那個品牌。

「妳喜歡文學，以後開一家文化事業公司給妳好了。或者妳什麼都不用做，只要在我身邊陪著我就可以了。」

「我只是你的助理，其他什麼都沒有想過。由老師，我們回去吧。」

第8章　一百萬個我願意

由曦勃然大怒：「妳再說一次？妳敢說妳沒喜歡過我？妳把我所有的喜好記得那麼清楚，妳不是喜歡我嗎？我跟宋且歌掐架，妳平時那麼斯文膽小，卻幫我出頭，不是因為喜歡我、心疼我嗎？我脾氣那麼差，妳都默默忍受，依舊陪著我沒有辭職，難道不是因為喜歡我嗎？妳把我的事看得比妳自己的事情都重要，妳失戀了，妳那閨蜜咄咄逼人，卻還在擔心我被她數落不高興。尉遲杳杳，妳做的這一切，難道不是因為妳喜歡我？」

杳杳整個人呆住，是因為這樣嗎？

由曦按住她的肩膀說：「妳承認了吧，妳是喜歡我的。不然妳沒有理由對我做這一切。」

因為方才由曦開機給杳杳看資產，此時他的電話幾乎要被打爆了，微信、簡訊瘋狂襲來。杳杳被這些聲音拉回了現實，冷靜下來，現在似乎不是說這些的時候，他們更應該回去處理昨天捅出來的麻煩，於是她說：「因為……我是你的全職助理，你給的勞動契約書規定了這一切，所以我都照著做了。這樣的解釋不合理嗎？」

「靠！」由曦想罵娘，他怎麼喜歡上一根棒槌！

回程的時間被由曦從兩小時縮減為一小時，一路風馳電掣，嚇得杳杳魂不守舍。她不允許由曦關機，所以一路上都有電話打進來，杳杳不斷跟Moore哥解釋道歉，同時也保證由曦馬上就出現。

由曦愈聽愈氣，不就表個白，你們有需要這樣嗎，我不就想談個戀愛嗎，你們有需要這樣嗎！

車子一路回到了由曦別墅的地下車庫，他完全沒有理會杳杳回公司的想法。打開大門，Moore哥和公司的三個副總以及公關團隊密密麻麻地坐滿了一整個屋子。好在他的客廳夠大，不然還真容納不下這二十多個人。

由曦在看見這一群人之後，火氣瞬間就上來了。他握緊了拳頭，杳杳連忙握住他的手說：「是我的主意，我故意說回公司，其實是想讓你回家，我覺得按照你的思路，你應該會回家。」

由曦完全沒有聽見杳杳說什麼一樣，他放眼看了一圈，然後咬著牙說：「你們怎麼不脫鞋！老子擦地板很辛苦你們知道嗎！」

「呃……」三個副總面面相覷，這跟說好的不一樣啊，自家男神怎麼第一句話就是打掃家裡的話題啊？

Moore哥咳嗽了一聲，站起來道：「由曦，昨天的事情，你要給我一個合理的解釋。」

杳杳再一次站出來：「都是我的錯。」

「妳胡亂背什麼鍋啊！我想說什麼、想做什麼，是妳一個助理能左右的嗎？去幫大家切點水果，沏杯茶再拿點瓜子。」由曦將杳杳趕走了，他不希望杳杳成為大家指責的對象，是他把事情鬧成這樣，要善後也是他來。

杳杳被趕走後，客廳裡的氣氛又沉重起來。

「大家請坐吧。昨天的事情，發生得太突然，我跟大家道個歉。我的 iPad 呢？」由曦找了個位置坐下來，心想這沙發這麼多人坐過也不用留了，這一身髒衣服也就隨便蹭吧。

大家開始幫由曦找 iPad，客廳都要翻過來了也沒找到。沒辦法，他只能喊一聲：「小木頭，我家的平板到哪裡去了！」

杳杳從廚房探出半個身子說：「茶几左邊第一個抽屜就有一個，你平常淘寶用的。」

由曦一開抽屜，果真有一個，上面還保留著他上次淘寶的瀏覽紀錄，正巧是個秒殺活動，他順手下單，搶到了，心裡有點高興，沒有這個助理，還真是不行。

一屋子的人都注意到了，男神笑了，那笑容，真是有殺傷力啊！有好幾個女同事已經忍不住掏出手機想要拍照了，無奈被 Moore 哥一眼橫過去，嚇得手機差點掉了。

由曦又點開新聞網頁，迅速瀏覽了一番，緩緩道：「昨天走的時候，我已經跟老李打過招呼，讓他幫忙壓一下消息。Moore 哥，你這邊也在努力吧，今天我並沒有上頭條，辛苦了。」

老李雖然經營一家只虧不賺的影視公司，然而本家的企業是大傳媒公司，在娛樂圈舉足輕重，都要賣他面子，同時 Moore 哥也利用公司和自己的人脈，處理了昨天的事情。

其實真的沒有杳杳想像中的那麼壞，一切都在由曦走的時候就已經安排好了，而 Moore 哥之所以那麼生氣，只是因為由曦這次玩大了。

「但是，也壓不了多久。即便這次媒體賣了面子給我們，宋且歌他們公司虎視眈眈，一直在搞動作。我們要快點想個對策，努力多培養一些公司的主力明星，並且是挖不走的。這次的真人秀活動，我會好好配合，有幾個新人不錯，能紅起來。我不是還有個新戲嗎？去談合約的時候，順便帶潘朵去怎麼樣？雖然是男人們的大戲，但有個青春靚麗的女孩，也能搶眼一些。」

由曦言下之意，我願意配合公司的新政策，可以暫時不提發片，好好拍戲，提拔那幾個上真人秀的新人，借助自己的人氣捧他們，也願意幫公司打算力捧的潘朵鋪路，並且言明，自己不會離開公司，我都這麼努力了，你們還想幹嘛啊？

果然，三個副總不說話了，和顏悅色地看著由曦，只有 Moore 哥神色還有些憂慮。

「你說得對，他們是有備而來，我們要趁早打算。」

由曦刷了一下微博熱點，笑了笑說：「Moore 哥，要不要挖個人過來？」

「誰啊？」Moore 哥一邊說一邊接過 iPad。

微博頭條熱點赫然是：「#鄭嘉兒走光#和#鄭嘉兒整型慈善晚會摔歪了下巴#」。

「要我簽她回來？」

由曦點點頭：「沈懿綾走後，我們缺少能獨當一面的女藝人，鄭嘉兒雖然不怎麼樣，但是人氣高，話題性足，也演過那麼多女主角了，按資歷來說，也算是知名女藝人了。接觸下來，人不壞，給她點資源，合約簽死了，能給公司帶來一點好處。你手上現在除了一個潘朵，也沒有別的特別適合的女藝人了，我們總不好看著沈懿綾一家獨大。現在圈子裡，缺二十多歲的女藝人。」

Moore 哥略微沉吟：「有些道理，可是現下也沒什麼特別適合的資源給她。」

由曦脫口而出：「一起打包去三國劇組吧，讓她演個孫尚香，適當轉型。」

Moore哥一拍大腿：「就這麼定了！我去跟她談談！」

他怎麼那麼痛快？由曦恍惚覺得，Moore哥下了個套，自己剛好鑽了進去。算了算了，誰讓自己理虧呢。不過，他也覺得，他談戀愛這件事，要趁早解決，這次也算是給公司打預防針了。

眾人離開之後，由曦上網訂了一組沙發，又把家裡好好打掃了一遍。

杳杳什麼也沒做，因為她打了個噴嚏，由曦就讓她去床上躺著了。等由曦收拾好了一切去杳杳的房間，她已經快睡著了，由曦索性就躺在她旁邊，動作十分輕緩，拿著手機刷好友圈。

鄭嘉兒在好友圈裡發飆了，把記者臭罵一頓，由曦想想給她點了個讚。

鄭嘉兒很快就私聊他了：『偶像，你那公關團隊夠厲害的！昨天那麼大的事，你一點事都沒有，偏偏我倒楣了。』

由曦：『……』

他又發了個「對不起」過去。

鄭嘉兒很氣憤：『這不關你的事，都是沈懿綾那個賤婢搞的鬼。她想搞你搞不到，就來搞我了！老娘不會放過她的。順便，偶像，你能不能教教我，怎麼才能不挨罵，你看看我微博下面都被罵慘了，我用戶端都要當機了！不光如此，我發現最近不管是哪個藝人發微博，點讚最多一條的都是鄭嘉兒是醜八怪，我招誰惹誰了啊！』

這女孩子也真夠慘的，除去第一次他們拍戲她趁機親自己，也沒什麼深仇大恨。

由曦想了想說：『不如妳試試曲線救國[16]吧。』

鄭嘉兒：『啥意思啊？』

由曦：『妳也太沒常識了！』

鄭嘉兒沉默了，她被娛樂圈內公認沒知識的人說沒常識！

由曦又說：『要不然妳試試自黑，最近自黑容易路轉粉[17]。』

鄭嘉兒想了想說：『不求路轉粉，只求黑轉路啊！』

沒過五分鐘，鄭嘉兒又來私訊由曦：『偶像不行啊！罵我的更多了！』

由曦疑惑，點進鄭嘉兒的微博看了一下，她發了一張自己的雜誌定裝照，配文字是「我就是醜八怪」。由曦簡直給跪，這智商，是不是不應該簽回來？

由曦：『妳發點醜照好嗎？妳這是自黑嗎，妳這是找罵啊！妳真需要個好助理。』

說到助理，他瞥了一眼旁邊熟睡的杳杳，嘴角不自覺就彎了起來。

鄭嘉兒：『偶像，你再教教我！』

『沒空，我助理醒了，我得幫她做飯，還得幫她洗衣服，忙死了。』由曦把手機關了，鄭嘉兒看到微信訊息之後，打電話給自己的私人醫生。

「胡醫生啊，我最近眼睛度數是不是又漲了，我怎麼覺得我出現幻覺了呢？」

針對由曦的突發事件引發的一系列事件，聖果娛樂在最快的時間內做出決定，簽約目前正處在風口浪尖上的鄭嘉兒，雙方一拍即合，火速搞定了合約。也幾乎是在同一天，由曦帶著潘朵和鄭嘉兒一起去新三國劇組試鏡，拍攝定裝照。

因為要簽約鄭嘉兒，潘朵還跟Moore哥鬧了一下，畢竟一開始潘朵把鄭嘉兒當成女神，然而近距離接觸之後，她發現女神幻滅了，在合作《不小心愛上你》的時候，並不是那麼愉快。潘朵得知消息以後，一大清早就去Moore哥的公寓撒潑打滾，一頓哀號：「二舅！有她沒我，有我沒她！我跟鄭嘉兒你只能選一個！」

Moore哥剛處理完由曦的事情已經有點心力交瘁，再加上昨天晚上要不是潘朵跟齊超鬧了一下，也不至於讓由曦幹出剩下的事情。他很頭疼，皺著眉看潘朵，伸腳踢了踢她：「起來，我數到三。」

潘朵「哇」的一聲哭了，眼淚鼻涕一把：「我就知道二舅你不疼我了，我媽把我託付給你的時候說了什麼？別讓人欺負了我們家朵朵，你看看你是怎麼做的？你要簽約鄭嘉兒啊，她要吃了我啊！」

Moore哥居高臨下地看著她，說：「有她沒有妳，有妳沒有她是嗎？」

「對！」潘朵一仰頭，淚跡斑斑的小臉讓人心疼。

Moore哥冷笑：「那我只能為了她不要妳了，妳去幫沈懿綾提鞋吧！」

潘朵的哭聲頓時止住了：「二舅，你來真的啊？」

「這是妳三舅男神的意見，不到萬不得已，妳以為我們想？能不能長長腦子？真是一代不如一代了，你們現在玩沈懿綾玩剩下的都不配，還有臉跟我哭鼻子，妳起不起來？」

「嗚嗚……」潘朵委屈。

Moore哥眼看威懾已經夠了，拍了拍她的頭說：「簽鄭嘉兒只是暫時的，沒辦法中的辦法，馬上要去新劇組了，妳替二舅多多留意鄭嘉兒，別讓她搞小動作。」

潘朵似懂非懂地點頭，抹了把眼淚：「二舅讓我當臥底！我知道了，我一定身在曹營心在漢！」

Moore 哥哭笑不得，這什麼亂七八糟的，能不能讓他帶幾個稍微有常識的藝人啊？

因為早上的這件事，所以去劇組試鏡的時候，潘朵都是全程盯著鄭嘉兒的。這熱切的目光讓鄭嘉兒有點毛骨悚然，她小聲問由曦：「偶像，我下巴歪了嗎？」

由曦：「……」

鄭嘉兒：「潘朵為什麼總是看著我？」

潘朵：「我二舅讓我盯著妳！」

由曦：「……」這都什麼智商？這都能當藝人？

杳杳跟導演、製片人等人商量好了流程，回到會議室的時候就看這三個人在大眼瞪小眼，尤其是潘朵和鄭嘉兒。她一貫沒什麼好奇心，也就沒有問，完全無視掉了由曦滿臉的求吐槽欲望。

杳杳直接拿了工作筆記跟由曦說：「由老師……」

由曦打斷了她：「太見外了。」

杳杳：「由……老闆？」

由曦一扁嘴：「昨天不是這麼叫的。」

杳杳黑線：「由曦……」

由曦狂點頭：「嗯嗯，我在呢！」

潘朵和鄭嘉兒狂汗，偶像你要是有條尾巴，你都能搖出節奏！

杳杳又說：「由曦……哥。」一直以來的習慣，她對他用尊稱，這麼直呼名字她真的有點尷尬，只好加個哥了。

哪知由曦一聽叫他哥，整個人就飄起來了，咧嘴笑得像個傻子，潘朵和鄭嘉兒怕由曦再冒出什麼忠犬的言論來，連忙說：「杳杳妳快說吧！」

杳杳：「呃……由曦哥你的造型師已經到了，第一次拍古裝，不要緊張，盔甲會有一點重，你大概有五套盔甲，其中有一套黃金戰甲，今天的定裝照就是用這個拍，已經根據你的身材做好了。劇本在我這裡，我等一下拿給你看。由曦哥你有在聽嗎？」

由曦打了個響指，讓自己回神，畢竟是在工作，他點了點頭說：「劇本後期妳也幫我看看有沒有什麼嚴重的bug，妳對這段歷史熟悉嗎？」

「不太熟悉，我本身不是歷史系的，不過可以回學校查資料，下週你拍真人秀，我跟你回去看就好了。」

由曦：「杳杳真是辛苦啊！」某人又搖起了尾巴。

杳杳又對潘朵說：「妳今天要試貂蟬和小喬兩個角色，具體要看看上妝之後的感覺，加油呀！」

潘朵一聲驚呼：「天哪！都是絕色美女啊，我行嗎？貂蟬閉月啊！大喬國色啊！好難好難啊！」

杳杳不明所以：「什麼意思呀？」

由曦咳嗽了一聲說：「三國殺的技能，妳別理她，繼續。」

杳杳只好接著對鄭嘉兒說：「鄭小姐的角色是孫尚香，有不少打戲，要加油啊！」

鄭嘉兒有點不滿：「我難道不適合演貂蟬、大小喬嗎？孫尚香什麼鬼啊？」

「適當轉型對妳有好處，不能再重複以前的戲路了。」杳杳解釋。

鄭嘉兒雖然心裡不高興，但是新三國能加塞進來演一個角色，她也算賺了。

三人分別去試裝，然後由曦這個定了的主角去拍照，另外兩個人去跟副導演試戲。

由曦在鏡頭前擺了幾個動作，他以前雖然沒有演過古裝片，沒演過將軍，但是好在他經常打遊戲，知道武將是什麼樣子的，方天畫戟在手上耍得像模像樣，攝影師大讚由曦霸氣。

電視劇新三國正式的名字叫《三分天下》，根據《三國演義》改編，分為上、下兩部。上部一共五十集，以呂布為第一視角來展現，主要講述眾人如何誅殺董卓，而後袁紹崛起，魏蜀吳正式三分天下這一場亂世的悲歌。《三分天下》下部也是五十集，主要講述了魏蜀吳三國之間的各種戰役，到最後魏一統天下。

其實，分為上、下部來拍，也意味著有一些不同。比如說，上部都採用年輕演員，畢竟演的都是英雄們年輕的時候，俊男美女，讓人眼前一亮，增加了不少感情戲，有一些戲說的成分在裡面，讓年輕觀眾也喜歡看這部歷史題材的電視劇。

下部則是正劇，根據劇中人物年齡的增長，選用一部分老戲骨，讓這部電視劇更加嚴肅一些。這種拍攝方式，讓上下兩部單獨成劇都沒有問題，因此也在同時進行拍攝，節省經費。

由曦拍攝完定裝照，導演和製作人都非常滿意。製作人特意過來關照了一下道具師說：「由曦身上這套衣服很貴啊，千萬要保護好啊！還有，一切東西都要反覆檢查安全性，東西壞了就壞了，男神壞了可貴啊！」

由曦側耳聽了聽，轉頭問杳杳：「這個製作人，有點面熟，在哪見過？」

「《不小心愛上你》他也是製作人，你受傷住院的時候，他每天都來的。」

「哦……走吧，回家做飯吃。」

那邊潘朵最終定的角色竟然是孫尚香，而鄭嘉兒演了貂蟬。杳杳把這個結果彙報給由曦的時候，由曦倒是不意外：「鄭嘉兒帶資進組了吧，有點不安分，孫尚香其實是更好的選擇，這劇播了以後，她肯定能收穫不少。但是她演貂蟬，估計又要挨罵了。而且孫尚香可是上下部都有戲份的，她目光太短淺，潘朵演孫尚香也滿好的。」

對於這其中的利害關係，杳杳是不太清楚的，只覺得由曦這麼說了，那一定是對的。

「唉，要是妳演貂蟬就好了！小木頭這麼好看，太適合貂蟬了。」其實他的潛臺詞是，我們兩個才是一對的！

杳杳連忙擺手：「我不想當演員，也不想當明星。」

由曦一把抓住她的手，輕輕捏了捏說：「我知道，女明星總得去炒話題，我們家木頭不行的。明星這條路不適合妳，妳還是繼續當學霸，當我的助理比較好。」

「嗯。」杳杳難得笑了。

由曦也笑，捏著她的手一直沒有放開，杳杳完全沒有發現端倪。由曦一邊占便宜一邊想，好軟啊，好開心啊！

「你為什麼笑？」

由曦轉頭看見杳杳探究的目光，將笑疫了的臉頰歸位：「沒什麼，不是要拍雜誌嘛，我練習一下怎麼笑比較好看。」

拍攝雜誌封面、接受專訪、拍廣告……這一系列工作下來，由曦險些累得散架，他有點小情緒了。這樣忙下去，他哪有時間談戀愛啊！雖說所有的工作都是跟杳杳在一起，但是她完全是公事公辦的樣子，由曦都沒機會跟她說點別的。

對此，由曦很是不滿，晚上打了個電話給 Moore 哥，強烈要求：「幫我減少工作量，一天之內不能跑兩個地方，不能做兩個活動，拍了雜誌，就不能拍廣告這樣。」

Moore 哥一聽：「哦，那要不要再給你來個週末雙休啊？」

由曦一聽，直點頭：「嗷嗷！太好了，我有年假嗎？我公司的員工都有年假了。」

Moore 哥呵呵一笑說：「翻滾吧，牛寶寶！」

由曦懵了，把杳杳叫過來問：「這什麼意思啊？」

杳杳仔細研究一番說：「大概是說滾犢子？」

由曦怒摔，他不管，他要休假！

杳杳幫由曦更新完今天的微博，回覆了一些留言，又去各大論壇看了一圈，確認今天沒有人黑由曦，這才收拾好電腦，準備喊他一起看電視。然而杳杳去房間裡找他的時候，看見由曦趴在窗前若有所思，手裡拿著手機在跟微信群的人聊天，不用說也知道是那個「我褲子都脫了你就給我看這個」。

不知道他們在說什麼話題，反正由曦的表情很是沉重，以至於杳杳都不太敢打擾他。等由曦放下手機，回身就看見杳杳直愣愣地看著自己，嚇了一跳，手機直接扔了出去。

「由曦哥你還好吧？」

「走啦、去看電視！」

今天是《同桌的你》第一季節目開播，杳杳很緊張，畢竟是由曦第一次上真人秀，相比之下由曦就很坦然了，反正拍都拍了，好不好都已經是定局。

節目在黃金時段播出，一共一個半小時。節目組對由曦還是很偏愛的，由曦的鏡頭最多，放眼望去全是萌點，字幕組對此非常用心。由曦很滿意，當然，他更加滿意的是，節目組沒有拍攝工作人員，作為工作人員的杳杳只有聲音但是沒有露面，這樣就免去了不少麻煩，不然他家杳杳這麼好看，被別人看去了怎麼辦！被人肉了怎麼辦！

杳杳也對節目組的這種剪輯方式很滿意，她當初接這個工作，也並沒有想那麼多。

唯一讓由曦不滿意的是，為什麼他在節目裡看起來有點蠢？這是要把他塑造成一個二傻子的形象嗎？他不過就是拿著筆思考了一下怎麼答題，怎麼就配上×××字怎麼寫的字幕？他要跟字幕組好好溝通一下了！

杳杳看了整場節目之後，猛然間發現一個嚴重的問題。她問由曦：「由曦哥你作業寫了嗎？節目上說留了作業，明天要交。」

由曦努力回憶了一下：「有作業嗎？」

家裡的電視有自動錄影功能，杳杳都會把由曦的影像錄下來，她直接將剛才的片尾重播了一遍。尉遲教授在最後一節課結束的時候赫然說道：「大家記得交作業啊！」

由曦和杳杳對視一眼，飛奔到書房，找到了作業本。作業並不多，是一本西方文學賞析練習本。

「怎麼辦？」杳杳翻了翻，足足十幾頁，這由曦什麼時候寫得完？

由曦想的是，太好了，我有個學霸助理。他一副理所當然的樣子：「有妳啊！」

杳杳皺了下眉：「首先，寫作業這種事情，我不能代勞。學術問題不能馬虎，這是原則問題。」

「那我寫不完作業，妳爸會對我印象不好的。」

「哦……」杳杳陷入了沉思，她想的是教授印象分不高的話，由曦的學分也堪憂。

然而由曦想的是，我不能惹未來岳父不高興，我要留個好印象給他。

「妳就幫我寫吧，小木頭。」由曦可憐巴巴地看著杳杳，杳杳繼續皺眉，他又說，「我還得拍戲，還得背劇本，那文縐縐的一大堆，我都看不太懂，還要寫作業，我也太命苦了，我只是個理科生而已。我用腦過度的話，容易做錯事情，說不定會上微博說點什麼，或者乾脆明天錄節目出了點狀況……」

杳杳一想似乎也有道理，她內心天人交戰一番，最後嘆了口氣說：「那我來寫吧，我寫完了你看一遍。」

但是當杳杳翻開練習本之後，她也有點憂傷了，遲遲沒能下筆。

由曦正在廚房裡做宵夜，端著一碗小湯圓過來給杳杳，餵了她一口問：「怎麼了？」

小湯圓軟軟的，入口即化，還有點玫瑰花的味道，杳杳吃得唇齒留香，由曦看著她那紅潤的嘴唇，直想過去咬一口。

「我爸有點……欺負人。」

「怎麼了？」由曦又餵了一口小湯圓。

杳杳：「這是碩士才會做的題目，怎麼能為難你們這些非本科生！」

由曦：「……」

杳杳非常氣憤：「我打個電話跟他理論一下。」

沒過五分鐘，由曦聽見杳杳在電話裡跟尉遲教授吵了起來。

杳杳：「教授，您換個題目吧。古典文學、現代文學都可以，西方文學太深了。」

尉遲林森：「妳當我傻啊？妳專攻古典文學，我就防著妳幫人代寫作業呢！」

杳杳：「可是這個超出範圍了，您這樣出作業不合規矩。您換一題！」

尉遲林森：「我的課我說了算！不換不換就不換，不服妳回家咬我！」

杳杳氣結：「爸爸，這不合規矩。」

尉遲林森：「我說了算！」

杳杳：「您換一題！」

尉遲林森：「不換不換就不換！」

這樣的對話如此反覆了幾遍，由曦看了看錶，十二點了，果斷掛斷了杏杏的電話：「寫作業吧，不然真的來不及了。妳也不擅長的話，我自己寫吧，能寫成什麼樣子算什麼樣子。」

杏杏眉頭緊鎖，猛然間拍了一下桌子說：「放開！我來！不信鬥不過他！」

洋洋灑灑，杏杏寫了一整頁，她特地模仿了由曦的筆跡，看起來天衣無縫。

由曦再一次覺得，有個學霸助理真是好。

第二天去學校錄節目，發放飯卡的那人竟然還是齊超，由曦小聲問他：「你這是要常駐嗎？我能不能不要每個週一都看見你這張死人臉啊？笑一個好嗎大哥！」

齊超挑了挑眉說：「賣藝不賣笑。」

這一次發飯卡補助金考的是音樂相關知識，音樂對於由曦來說，自然是駕輕就熟。他不費吹灰之力就拿到了全額的飯卡補助金，在現場演唱了一首自己的歌，贏得了一片掌聲。

潘朵悄悄地跟在杏杏後面說：「杏杏姐，我好緊張。要在男神面前唱歌了啊！」

「大膽地唱，妳聲音好聽，唱歌也沒問題的。」

「真的嗎？」

「齊超老師就是一個例子。」

「那我唱了以後，齊超男神不喜歡我了怎麼辦？」潘朵有點焦慮。

由曦道：「妳放心，妳唱不唱他都不喜歡妳。」

潘朵嘟著嘴，極為不滿：「為什麼呀？三舅男神你不要打擊我的自信心好不好！」

杏杏也覺得如此：「為什麼要打擊一個人的積極性呢？我們要鼓勵她，而不是打擊她。」杏杏按著潘朵的肩膀道，「妳行的！去吧！」

潘朵「嗯」了一聲，走到齊超面前，甜甜一笑，齊超頓時感覺不妙，只聽潘朵扯著喉嚨開始喊：「感覺自己萌萌噠，快樂就麼麼噠，煩惱就啪啪啪……」

在場所有人面面相覷，杏杏有點無法言喻的感覺。

由曦暴怒一聲，將潘朵拎過來說：「妳這詩朗誦誰教的！」

齊超：「……」

領了飯卡，杏杏和由曦暫時分開。由曦要去宿舍準備今天的拍攝，杏杏要去找自己親爹備課。

杏杏到了尉遲教授的辦公室，敲了敲門，應聲進去，尉遲教授正在寫毛筆字，揮毫潑墨興致頗高。杏杏不動聲色地站在旁邊看了一會兒，突然哼了一聲：「這一筆下筆抖了，這個字明顯有點歪，您寫的時候沒上心，握筆姿勢也有點問題。」

尉遲教授癟了癟嘴：「還在生氣呢？」

「是的。」杏杏非常坦白，因為對方是自己親爹，沒有必要掩飾情緒。

尉遲教授親自拉了把椅子讓杏杏坐下，又拿了一包爆米花給她：「吃吃吃。」

杏杏勉強嘗了一個，味道太甜，不夠香脆，一看就是超市買的，於是不吃了。

尉遲教授又撇撇嘴：「嘖嘖，嘴巴愈來愈刁了，妳打工的地方伙食真那麼好？」

杳杳回味了一下今天早上由曦起床做的皮蛋瘦肉粥，點了下頭。

尉遲教授「哇」了一聲，然後問：「還缺人嗎？要不然爸爸也搬過去住一陣子？」

杳杳蹙眉：「爸爸！能不能正經點？」

尉遲教授哈哈大笑：「妳看看妳緊張的樣子。妳老實跟我說，妳是因為我留的作業太難了，還是覺得對於由曦來說太難了，他寫不好會被人嘲笑？」

杳杳頓了一下說：「自然是題目太難，超出範圍了啊！」

「作業留了那麼多天，妳為什麼不早點跟我反映？」

「我昨天才看到由曦哥的作業本。」

由曦……哥？尉遲教授似乎發現了新大陸，上一次可是叫由老師！

「那妳怎麼不替別的學生叫冤，只替他一個人啊？」

「我是他的助理啊！」

「妳還是我的助教呢！」

杳杳被問得啞然，好半天說了句：「教授，我希望這一次的作業，不算期末成績，因為的確超出了範圍。」

尉遲教授一目了然，將自家女兒的小情緒都收入眼底，說：「知道了、知道了，下午下課妳讓由曦過來一趟，我親自輔導他一下。」教授想了想又補充道，「關於那個作業的。」

「好吧。」杳杳只能答應。

正說話間，有人敲門後，自顧自進來了。

「老師，我這得了一些好茶，想著您喜歡趕快送來了。呀，杳杳也在，真巧。」

杳杳的臉色頓時有點難看：「不巧，我有事先走了。」

尉遲教授點了點頭：「妳先去吧，殷舊過來坐。」

殷舊望著杳杳離去的背影略有不甘，可是只能去尉遲教授面前坐著。一整個上午，殷舊心不在焉，尉遲教授也不拆穿他，閒聊了大半天他才離去。臨走的時候尉遲教授叫住他說：「既然決定放棄了，就別再糾纏了，你早就做過決定，現在後悔也沒什麼用。」

殷舊渾渾噩噩，甚至不記得自己是怎麼開車回家的，分明現在什麼都有了，可是為什麼覺得什麼都沒有呢？

真人秀拍攝十分順利，經過一週的修整，十位藝人都精神飽滿，比之第一季更加出彩了。第一季昨晚播出在網路上引起不小的反響，各家藝人都加班制定了一個如何在真人秀當中更好展現自己的計畫。根據每個人的定位制定一個劇本，要說什麼話，要做什麼事，要製造怎樣的笑料，都是計畫好的。

由曦覺得這樣特別沒意思，即便是真人秀，大家也在演著別人。

上午的課結束，杳杳去找由曦，剛到約定的學生餐廳，就看見潘朵和聞陌翾一人一邊抱著由曦的大腿，一個哭喊：「男神，請個麻辣燙吧，六塊錢的就行！」

一個叫喊：「三舅男神！這雞腿是什麼味道啊！讓我嚐嚐吧！」

由曦滿臉黑線：「你確定現在這裡的物價六塊錢能買到麻辣燙？你打算跟人要一碗湯什麼都不放是嗎？」

由曦抬了抬腿，聞陌翾絲毫未動。他又甩潘朵抱著的那條腿：「雞腿什麼味道妳不需要知道，潘朵妳太胖了，妳以後都給我減肥！」

由曦：「還有你們，別拍了！這有什麼好拍的！潘朵、聞陌翾！你們兩個給我鬆手，丟不丟人！」

聞陌翾死不鬆手，他這次只有十五塊錢的經費，他鬆手了這幾天就得餓死。

潘朵也堅決不鬆手，她一個倒數第一，任憑她怎麼賣萌，齊超也沒多給她一塊錢。她想哭，為什麼她的男神不愛她？在臉和飯之間，她果斷選擇飯。

杳杳搖了搖頭，過去跟節目組溝通了一下，爆點也拍到了，就不要再拍由曦發火的鏡頭了。節目組最終也給了由曦面子，收拾東西去拍其他人吃飯的鏡頭。

杳杳又去買了一碗麻辣燙，加麻加辣，辣椒多得讓人惡寒，轉身去買了兩隻雞腿，油膩得讓人一看就沒有胃口。然後才去跟聞陌翾和潘朵說：「你們要吃的我已經點好了，付過錢了，你們去拿吧，這是號碼牌。」

聞陌翾嘿嘿一笑：「學姐真好！學姐麼麼噠！」

由曦抬起腳就踹在聞陌翾的屁股上：「誰讓你麼麼噠的！」

聞陌翾一閃身躲開了，繼續咧著嘴笑：「男神你別那麼小氣呀！嗷嗷！我的麻辣燙！」

潘朵：「嗚嗚……還是杳杳姐對我好，男人果然都靠不住，三舅也一樣。」

「潘朵！你信不信我告訴妳二舅？」

潘朵吐了吐舌頭，從杏杏手上拿走了號碼牌，直奔著雞腿就去了。

由曦拉著杏杏去覓食，有點小鬱悶：「妳買吃的給他們，怎麼不買點吃的給我啊？」

杏杏一臉茫然：「你飯卡裡不是有很多錢？」

由曦「唉」了一聲，還是那麼沒情趣。

「下午下了課，我爸找你有點事。」

由曦的眼睛瞬間就亮了，搖起了尾巴：「那我去買點禮物，妳爸他喜歡什麼？真是好突然，我都沒準備，今天這個造型可以嗎？妳爸會不會不喜歡男明星？哎，沒關係，以後我少出席活動，低調一點好了……」

杏杏看著滔滔不絕的由曦，有一種看神經病的感覺，等他自顧自說完了她才說道：「我爸就是想幫你補習一下，你不用想那麼多的。」

由曦那雙放光的眼睛「啪」的一下熄滅了，就跟停電了一樣，他整個人沒精打采地「哦」了一聲。

過了一會兒，由曦還是不死心，又問：「妳爸就沒說點別的？他想見我的其他理由？」

杏杏搖了搖頭。

由曦：「哦……」

又過了一會兒，由曦放下筷子：「真的沒有嗎？妳再想想，比如說關於我們的？」

杏杏：「我爸真的不是你的粉絲。」

由曦：「……」

下午下了課，暫時結束了拍攝，杳杳帶著由曦去找自己老爸。今天課堂上尉遲教授讓杳杳收作業，只粗略地掃了一眼大家的作業本，他就看出了不少端倪，當場並沒有表態。

尉遲教授將由曦請進來，兩人面對面坐在沙發上，茶一早他就沏好了。

「有喝茶的習慣嗎？」

「很習慣，平時比較忙，沒機會細品。」由曦一邊說，一邊幫尉遲教授倒茶，那動作一看就是專業的，尉遲教授點了點頭。

二人喝了一杯，由曦讚了幾句，尉遲教授看見一旁站著的杳杳，非常嫌棄地說：「妳怎麼還愣著，要補習功課呢，去找點書過來。我那書房沒有適合的，妳去圖書館看看，拿著我的證件，借書不限量。」

「您就隨便講吧。」杳杳不能走，萬一自己親爹刁難由曦怎麼辦。

「妳教學態度不嚴謹！讓妳去就去，耽誤了時間算妳的呀。妳老闆這樣的咖，一分鐘可是幾萬塊上下。」

由曦一看就明白了，尉遲教授想跟自己單獨聊聊，偏偏杳杳這個情商低的沒看出來，於是道：「杳杳妳去吧。別擔心，我跟教授一見如故。」

杳杳瞪大了眼睛，彷若發現了一件了不得的事情：「用成語了！」

由曦哭笑不得。

「我等一下就回來，你們好好聊。」杳杳臨走還給自己親爹使了個眼色，大有威脅的含義在裡面，尉遲教授但笑不語。

等杳杳走了，尉遲教授鬆了口氣，幫由曦倒了一杯茶，又問：「要不要來點零食？花生、瓜子、烤魚片？」

「謝謝教授，不用了，我沒洗手。」

「嘖，你還有點潔癖。由曦呀，我要感謝你，我這次回來，發現杳杳變了很多，她又會笑、會生氣了，不再像個假人。自從她大一那年出了那件事以後，杳杳就跟木頭人似的，沒什麼情緒變化，我都怕她憋出病來。」

由曦頓時緊張起來，追著尉遲教授問：「她出過意外？哪裡受傷，嚴重嗎？現在好了嗎？」

「接受過心理治療一段時間，已經有所好轉了，由曦我該謝謝你。」尉遲教授微笑著，他之所以對由曦有一種親切的感覺，源自於自家女兒的變化。

「方便告訴我嗎？」

尉遲教授看了看窗外，緩緩開口，陷入了過去的回憶中。

高考結束後，杳杳不出所料拿了文科狀元，被國內幾所非常著名的高校爭搶著，她毅然選擇了尉遲教授所在的京大，美其名曰要看著自己那不按時吃飯的親爹。

九月剛進入大學，杳杳意氣風發，參加了學生會，跟在殷舊身後當了副主席，成日裡奔走於各大活動比賽。她從小就有演講的天賦，喜歡在人前暢所欲言，喜歡那種被人注視，有人傾聽的感覺。

然而在大一下學期那年，她代表京大去參加全國大學生演講比賽，抽到的題目和追星有關。追星這種事情對杳杳來說是非常遙遠的，她從來沒有喜歡過哪個明星，所欽佩的全是文學家，對於藝人當真是不怎麼感冒。

杳杳泡在網路上和圖書館裡，整理自己的演講資料，經過反覆修改，在殷舊的幫助下，最終確定了演講稿。她有過目不忘的本領，全因為看過的書多了，掌握了快速閱讀、快速記憶的技巧。

終於在比賽到來的這一天，她來到比賽場地。

比賽當天的交通狀況不太好，儘管杳杳很早出門，然而還是遲到了，好在她被安排在後面。杳杳有點奇怪，文化中心為什麼這麼多人，交通比以前還要塞很多。她有點小鬱悶，一路奔跑，去找主辦方兌換入場證。杳杳掃了一眼，外面貼了很多張海報，似乎是有個藝人要在這裡辦活動。

藝人很紅嗎？杳杳並不認識那個藝人，也沒有太多的時間仔細研究，加快了腳步奔跑。終於進了場地，她換好了證件，去後臺準備的時候發現提示手卡不見了。杳杳來不及找了，她深呼吸了一口氣，沒有也無所謂了，她可以憑著記憶力去演講。

杳杳最後一個上場，她微笑著面向觀眾，燈光照在她身上，很暖。杳杳鞠了個躬，然後緩緩闡述自己的觀點。

「我認為，追星並不是不可以，然而要理性化，要擦亮自己的眼睛。現在的明星值得我們不顧一切嗎？值得哭天搶地嗎？值得失去理智嗎？顯然他們除了好看的外表和故意塑造的形象，並沒有什麼可取之處……」

杳杳講到這裡，臺下頗有微詞。

她又想起今天差點遲到，這種情況的出現也是因為粉絲追星，於是又拿這個例子出來講了講。她暢所欲言，向大家闡述自己的觀點。

臺下突然躁動起來，學生們開始竊竊私語，杳杳聽不清楚他們說了什麼。今天的觀眾是一些高中生和大學生，來自本市各所學校，可以說是強行聚集了這些觀眾，實際上喜歡看這種比賽的並不多。

也不知道是誰第一個站起來走了，有人問了句：「去哪呀？」

「小天王空降隔壁啊！我要去找我男神！鬼才要聽她洗腦呢！」

竟然是一呼百應，無數人跟著第一個站起來的人離去。

杳杳一下子慌了，她的大腦竟然是一片空白，場面有些控制不住了，有人打開了會場的大門，學生們一窩蜂地跑了出去，有人尖叫著，喊著那空降的小天王的名字。然而杳杳什麼也沒聽清楚，她覺得非常刺耳。

「天哪！竟然真的來了！啊啊啊男神我要幫你生猴子！」

「讓我過去！哎呀！你踩到我的腳啦！」

一片混亂。

杳杳不敢相信，她的演講沒有吸引力？這不可能，在以前她可是獲得過無數獎盃的。杳杳後退了幾步，被腳下的電線絆住了，人瞬間仰了過去，後腦勺重重落地，她眼前開始旋轉，明明很溫暖的舞臺燈光，變得異常刺眼。光暈漸漸消退，她眼前一黑，昏了過去。

一天後，杳杳在醫院裡醒過來，殷舊陪在她身邊。

「杳杳妳醒啦，有沒有不舒服？我去叫醫生來幫妳看看？」

杳杳擺了擺手，嗓子有點啞：「我爸呢？」

殷舊欲言又止：「我還是先找醫生幫妳看看吧。」

醫生過來幫杳杳檢查身體，昨天拍了X光，並沒有腦震盪，一切顯示正常。可是杳杳覺得殷舊很不正常，她又問了一句：「我爸幹嘛去了？」

「杳杳，我跟妳說了妳別著急。妳媽媽昨天看見妳的手卡掉在家裡了，急著要送去給妳，路上出了點意外，心臟病發了，老師他正在照顧師母……」

尉遲教授回憶著說道：「後來過了沒多久，她的媽媽就去世了，杳杳因此變得很自閉。我跟她說過，這不是她的原因，她媽媽本來就一直病著，雖然她表面上看起來沒什麼，可是內心是很自責的。因此，我帶她去看了心理醫生，一年後好了一些。直到當了你的助理以後，我覺得她才澈底走出來，這也是我一直沒反對她做全職助理的原因。畢竟她一個女孩子，整天跟一個男人在一起，還是有些不方便的。」

由曦聽完，內心非常複雜，七分心疼，三分自責。他努力回憶了一下，又問：「那個演講比賽是哪一天？」

「十月二十二日，在文化中心，怎麼了？」

「呃……」三年前在本市最大的文化中心，他出道四年，齊超告別影壇，轉戰歌壇，舉辦的第一場音樂簽售會，他去站臺……

由曦覺得，這件事情大條了，他簡直是個罪人。他腦袋「嗡」的一下，突然間有點不知道該怎麼面對了。他原本自信滿滿，諮詢了朋友如何討好一個學識淵博的岳父，他查了無數資料，背了不少攻略，他萬萬沒想到，終於盼來的見面，竟然是這樣的結果。

由曦感覺一身冷汗，他愧疚，但是又不得不面對。他在思索了片刻之後，鄭重道：「教授，是我的錯，杳杳比賽那天，是我好朋友齊超的第一場演唱會，我是壓軸嘉賓。都是因為我，對不起……」

尉遲教授笑了起來，一副「我早就知道是你」的表情。

以由曦的情商，在一瞬間明白過來。當天出了那麼大的事情，只要上網查一下就知道，尉遲教授不可能不知道是自己，然而他沒有點破，就是在等待自己主動承認。可是即便尉遲教授不怪自己，那麼杳杳呢？再退一步，就算杳杳也不怪自己，他自己卻非常想讓時光倒流，改變這一切。

可是，時光能倒流嗎？顯然不能的，他只能盡量去彌補這一切。

由曦苦笑一聲：「有句話怎麼說的，我不殺伯仁，伯仁卻因我……總之是我的過錯。」

尉遲教授當即露出一個非常震驚的神色，他還偷偷地掐了自己一把：「你不是文盲嗎？你還知道《晉書．列傳三十九》周伯仁的這個典故！」

「呃……」由曦有點難過，好事不出門，壞事傳千里也就是如此吧。他頓了頓說，「我其實是個理科生，真不是小學程度。」

尉遲教授哈哈大笑：「無所謂啦，長得好，為人好，比什麼都重要。」

由曦趁熱打鐵：「教授，能答應讓我跟杳杳在一起嗎？」

豈料，尉遲教授再一次露出了震驚的神色：「你們兩個沒在一起，她還幫你寫作業？這簡直駭人聽聞啊！」

由曦頓時喜上眉梢，站起身給尉遲教授鞠了一躬：「教授，謝謝您，我去找杳杳。」

尉遲教授擺擺手：「去吧，她能不能開竅，還得看你的。那丫頭，沒什麼戀愛經驗，欺負我家女兒也是不行，粉絲多也沒用。」

由曦滿口答應，飛奔去圖書館找杳杳。

杳杳正在圖書館選書，她很焦慮，選得太深奧了，由曦看不懂；選得太簡單了，親爹肯定會說她品味有問題。該怎麼辦？到底選什麼樣子的教材，才能讓他們兩個一個能學會，一個過了補課的癮？要不然，她先隨便拿幾本有層次一點的，由曦聽不懂，晚點自己再幫他補習？

就在她思索得入迷的時候，突然被人從背後抱住，她落入一個結實又溫暖的懷抱當中。

緊接著，在同一時間。

她驚呼：「非禮啊！」

淹沒了由曦的：「我……妳。」

杳杳也在同時，用手肘狠狠地撞擊了由曦的肋骨。

由曦吃痛放開，杳杳轉身看見他，有些歉意：「我不知道是你，剛才你跟我說什麼？」

由曦淚流滿面：「沒事，我憂傷。」

晚上杳杳回家休息，由曦繼續住在學校宿舍。她有點擔心由曦會出什麼紕漏，畢竟在上一次拍攝，由曦是有「前科」的。她傳了封簡訊過去給由曦，過了很久，由曦那邊都沒有回應，她一直等，等到下半夜，幾乎要睡著了。

由曦為什麼不回覆她？杳杳心裡有點失落，要不要打個電話過去？號碼剛撥出去，還沒等接通，杳杳又快速地掛斷了電話。

還是不要打了，他如果想回覆，一定會回覆的，無論多晚，不想回覆她，打過去也是沒用的。可是他為什麼不想回覆啊？她又想起下午由曦突然抱了自己，他到底說了什麼？杳杳想得頭都要大了，完全想不通這都是什麼緣故。她果然情商低，要是童錦還在就好了，最起碼，有個人跟她商量啊！

杳杳打開通訊錄，除了童錦，她當真是沒有什麼閨蜜了。做人還是有那麼一點失敗的啊！杳杳頓時產生了無限的挫敗感，她應該交幾個朋友了！

杳杳開始篩選為數不多的幾個電話，每個人都傳一封簡訊是不是不太好？傳什麼過去呢？「你好，能做我的好朋友嗎？」就在她猶豫不決的時候，不小心按錯，群發了出去。杳杳拚命點取消，然而並沒有什麼用，那些喚不回來的簡訊，澈底讓她窘迫了。

就這樣算了吧，杳杳關機睡覺。

第二天，學校沒有尉遲教授的課，她也就沒去學校，回公司幫由曦準備明天進組拍《三分天下》的事宜。她今天要敲定明天拍哪一場戲，要做什麼造型，跟什麼人對戲，等她充分瞭解完，做好了前期工作，已經到了下午。杳杳想看看時間，掏出手機才發現忘了開機。

開機之後，簡訊瘋狂湧來。她有點莫名，足足有十多則簡訊，點開一則一則地看。

Moore哥：『妳還是好好讀書吧，我們沒可能。』

齊超：『妳瘋了吧？由曦會給我一萬種死法。』

鄭嘉兒：『妳誰啊？妳敢罵老娘是男人？』

潘朵：『杳杳姐，雖然我很想答應妳，但是三舅男神不會放過我呀！』

聞陌翾：『學姐，妳竟然有這種心思！我早就說過，我適合走偶像路線啊！這花容月貌！』

杳杳懵了，這些人在說什麼？不能跟她做好朋友嗎？

然而，還是沒有由曦的回覆。她打了個電話給潘朵，潘朵應該是剛下課，那邊有點吵，杳杳問：「潘朵，由曦為什麼會……」

「杳杳姐！妳找我三舅啊？他手機打不通的，自從上週他走丟了，節目組就倍加小心，把他當文物看管起來了。十多個攝影機師跟著他，手機都被沒收了，今天快下課了才給他。」

原來是這樣，難怪他沒有回覆。杳杳心情頓時好了許多，嘴角不經意帶了笑意。

「那他現在人呢？我下午忙，忘了去學校接他，今天錄影結束了吧？」

「我三舅男神大概是中毒了，不知道誰在他的手機裡下了病毒，他變成了二傻子，一陣狂笑之後就跑到不見人影了。我也正想找他呢，明天拍《三分天下》的時候順便來接我一起走啊！我不認路。」

「好噠！」杳杳甜甜一笑。

潘朵有點呆：「姐，妳剛才賣萌了！天哪！這是出了什麼事！快！聞陌翾你捏我一把！嗷……你還真掐啊！」

杳杳握著電話笑了起來，一掃之前的陰霾，雖然還是沒搞懂那些人為什麼會這樣回覆，不過也無所謂啦。

公司裡突然亂了起來，杳杳走到百葉窗前，打算看看休息室外面的情形，門突然被撞開，由曦風塵僕僕地出現，帶著滿臉喜悅。

杳杳有些驚訝：「由曦哥你不是剛下課嗎？對不起，我忘了安排車去接你。你……擠地鐵了？」

由曦的頭髮有點亂，臉上還有點髒，衣服也有很多手印，這是讓人摸過嗎？杳杳走過去，踮起腳來幫由曦整理頭髮：「真是對不起，衣服公司有新的，我去幫你找一套乾淨的換……哎？」

她落入由曦溫暖的懷抱中，他的心跳就在她的耳邊，如雷陣陣。

「我願意！」

「什麼啊？」杳杳莫名。

由曦：「妳傳給我的那封簡訊，我今天剛看到，我願意當妳的男朋友。」

杳杳：「……」

16曲線救國：採用間接、迂迴的策略取得勝利，或者達到自己的目的。

17自黑、路轉粉：自己抹黑自己、說自己壞話，讓路人（群眾）對自己有不同的印象，有機會變成粉絲。

第9章　黑上熱門搜尋

震驚，懊惱，丟臉，羞憤致死。

幾種複雜的情緒縈繞在杳杳的周圍，她幾乎要瘋掉了。她到底是怎麼把「好朋友」打成了「男朋友」的呢？杳杳默默地看了一眼手機鍵盤，這種字母按鍵真的是太容易按錯了，她一定是把字母H按成了N，然後後面出現了關聯詞「朋友」，她就直接按了「男朋友」出去。

難怪那幾個人的回覆這麼莫名其妙，她是在昨天晚上群發求男友了嗎？要死了，要死了啊！她以後怎麼見那些人？她應該隨身攜帶一個地縫，好方便自己隨時鑽進去。

只是，那些麻煩還都是以後的，眼前這個麻煩該怎麼辦？杳杳悶在由曦的懷裡，幾乎快要被憋死了。

過了好半天，由曦放開她，杳杳一張臉已經憋紅了。

由曦笑了笑，捏了捏杳杳的臉：「害羞什麼？這不是早晚的事情嗎？」

她分明是喘不過氣啊，根本不是害羞啊！

由曦低頭看著杳杳，怎麼看都覺得好看，她皮膚白皙，臉頰上微微帶著紅暈，像極了一顆正成熟的櫻桃，由曦一個忍不住低頭親了一口，口感真好。

杳杳澈底呆住了，摀住自己的左臉：「你你你……你怎麼能親我？」

由曦只顧著開心，哪裡能想到杳杳在想什麼，只當她是害羞，於是說：「我們家木頭很保守，以後我會教妳的。要回家吃飯嗎？妳上次說妳想吃什麼來著？糖醋魚是不是，走走走，我們去買魚。」

「呃……好吧。」杳杳被由曦牽著，二人大搖大擺地離開了公司。在無數的目光注視下，杳杳想再次找個地縫鑽進去。

她心裡其實有點怕，好在這些算是自己熟悉的人，她抑制住發抖，緩緩前行了幾步，忽然被由曦一把攬在懷中。她抬頭看見由曦溫暖的笑容，由曦的手握住她的肩膀：「有我在。」

他們前腳出了聖果的九樓，後面三副總之一就追了出來：「注意啊！先別曝光啊！給個面子，手拿開、拿開啊，由曦男神，你別耍流氓！」

杳杳低頭看見由曦已經把手放在自己腰上了，整個人恨不得都趴在自己身上，像一隻無尾熊。她不安地動了動：「你有點重。」

由曦「嗚」了一聲，像一隻狗一樣，拿臉頰蹭了蹭杳杳的臉說：「習慣就好。」

杳杳：「……」

去菜市場買了魚，由曦回家開始做飯，讓杳杳去樓上幫他整理劇本。

杳杳是一個特別認真的人，她可以全身心地投入學習或者工作當中，盡量摒棄雜念，讓自己集中精神。這種人不成為學霸都有點對不起自己，所以當杳杳一回到書房對上劇本的時候，她就把那個烏龍的「男朋友事件」給忘記了。

那邊由曦在廚房裡做飯，順便打掃家裡，手機微信響個不停，源自於「我褲子都脫了你就給我看這個」的微信群。

孫姐姐：『怎麼樣了，小柚子，你談戀愛了沒？』

老李：『由曦哥哥你快點回話啊，你到底在幹什麼啊？』

由曦：『在洗衣、做飯、打掃家裡啊，怎麼了？』

孫姐姐：『Oh my god！』

老李：『你是保姆嗎？』

三七：『哥你好歹也是個藝人，讓你的粉絲知道了，你丟不丟人？』

苦瓜：『哥居家好男人！』

由曦：『喊！』

孫姐姐：『快說，你們兩個進展到哪裡了！』

由曦：『假戲真做啊，我知道她那封簡訊發錯了，而且是群發的。我就權當自己不知道，現在讓她忙得沒機會想起這件事來，等她想起來了，我就一直我不聽我不聽，不給她否認的機會，時間長了生米煮成熟飯，哥哥我這戀愛就談到了。』

孫姐姐：『你這麼不要臉你家裡人知道嗎？』

三七：『薑還是老的辣，哥你哪裡學的，教教我吧！』

苦瓜：『三七你學這個幹嘛，要對付誰？活膩了是不是？快點跪下！』

老李：『哪，由曦哥哥我問你，齊超也收到了這求愛的簡訊，你有沒有什麼想說的，要不要哥哥幫你弄死他？』

還沒等由曦說點什麼，就發現齊超出現了，並且是語音訊息，一個嬌滴滴的聲音響起：『不要欺負我男神！他要是死了，我就去殉情……』緊接著是齊超微帶詫異的聲音：『妳拿我的手機幹什麼？』

孫姐姐：『有情況！如此稚嫩的小丫頭，齊超你在幹什麼？禽獸啊！』

由曦：『潘朵為什麼在你家？你要對我外甥女做什麼？』

齊超：『……』

老李：『我靠！外甥女！你太禽獸了，齊變態！』

三七：『齊超哥，求教學！』

苦瓜：『要死了，三七誰讓你起來的，繼續跪著！』

由曦看著手機笑了笑，成功將仇恨轉移到齊超身上，繼續幫小木頭做晚飯才是正事啊！

晚上吃飯，由曦小心翼翼地將魚刺都挑出來，然後放到杏杳的碗裡，笑嘻嘻地看著她吃飯，真是吃飯都賞心悅目，他可以預想到以後的日子多麼幸福了。

杏杳被盯得渾身難受，不敢抬頭看由曦那火辣辣的目光，只好一直盯著碗，碗上有多少花紋她都數清楚了。

一頓飯吃得如坐針氈，她放下碗筷，由曦看都看飽了，基本上也沒怎麼吃，她臉一紅：「我吃飽了，我去洗碗吧。」

由曦破天荒沒有反對，並且來了一句：「家裡的洗碗機壞了，要手洗呢。」

「好的。」

二人將剩菜倒掉，杳杳站在水槽前，由曦將她的袖子挽起來，放了溫水。杳杳開始洗碗，由曦就站在旁邊看，杳杳洗了一個碗之後，由曦突然說：「圍個圍裙吧，不然衣服髒了。」

「哦，好。」杳杳把手洗乾淨，打算去拿圍裙的時候，由曦已經將一個新的粉紅色白格子圍裙掛在她身上，幫她繫好了帶子。

杳杳開始洗第二個碗，由曦又說：「這樣洗不行呀，我來教妳。」

杳杳正準備讓開，由曦竟然從身後環了過來，直接將她抱在懷裡，握著她拿著碗的手，取了豐富的泡沫，抓著她另外一隻手開始洗碗，又順便將下巴放在她的肩膀上，呼吸盡數噴在她的脖子上，弄得杳杳癢癢的。

「要這樣反覆沖洗才行，等一下還要消毒，不然不乾淨。」由曦微微轉了一下頭，唇有意無意地擦過她的耳垂，輕聲問，「知道了嗎？」

「知道了。」杳杳全程很認真，完全沒有發覺某人正在占便宜，就這樣洗完了水槽裡的碗筷。

由曦拿出一罐護手霜：「洗碗精都有點傷手，過來擦點護手霜。」

「哦。」杳杳其實並沒有在意這麼多，但還是乖乖到由曦面前去。

由曦在杳杳手上擠了一點護手霜，杳杳開始抹，由曦一皺眉：「不是這樣弄的，算了、算了，我教妳吧。」

由曦握住杳杳的手，用掌心反覆摩擦她的手背，然後是手心，再到每一根手指。嗯，柔弱無骨，他家木頭的手真是軟。

摸了大概有十分鐘，杳杳問了句：「好了嗎？」

某人將將回神：「咳，好了，下次記得這樣塗護手霜。」

「謝謝。」

二人分別去盥洗洗澡，然後又回到客廳裡，一人一個抱枕面對面坐著。

杳杳：「由曦哥你不睏嗎？」

由曦：「不睏啊！我們做點什麼吧，比如看偶像劇，妳喜歡什麼片子啊？」

杳杳：「我不看偶像劇，喜歡紀錄片，有個考古的你要看嗎？」

由曦抽了抽嘴角，又笑道：「要不然我彈琴給妳聽？唱歌嗎？」

杳杳：「現在是晚上十點，會擾民的。」

由曦：「那跳舞呢？」

杳杳：「由曦哥你現在是不是很有精神？」

由曦搖了搖尾巴：「對呀、對呀！所以，做點什麼呢？」

說著，由曦就湊近了些，杳杳從身後抽出了劇本：「來，我們對對劇本吧！」

由曦：「……」

杳杳：「對男女主角的對手戲好了，呂布和貂蟬這對三國時期非常有名的情侶。」

由曦的眼睛又亮了：「好啊、好啊！男女主角什麼的，情侶什麼的，有那個什麼戲吧……」

他快速翻了一下劇本，然後怒摔：「這不是戲說嗎，不是算偶像劇嗎，怎麼男女主角連個吻戲都沒有？」他想跟小木頭明目張膽地排練一下吻戲，怎麼就那麼難！

杳杳愣了一下：「不要緊，我想辦法。」

當天他們排練到十二點，第二天一大早，杳杳就打了個電話給導演和編劇說：「我們看過劇本之後，想幫男女主角增加一點吻戲和激情戲，可以嗎？」

編劇：「嗷嗷！男神肯拍激情戲嗎？好啊、好啊！要多激情有多激情！」

導演：「注意尺度！別太保守了！不能播咱們剪成片花！」

製作人：「天哪！這收視率，這點閱率，飛起來了！」

《三分天下》劇組分了兩個組來拍，A組今天拍攝由曦所扮演的呂布少年時代在九原的戲份，B組拍攝的是趙子龍七進七出。

杳杳將由曦和潘朵一起帶過來交給化妝師，幫由曦整理好劇本，然後就悄悄離開了，直奔B組。B組已經開拍了，飾演趙子龍的是一個怎麼都紅不起來的演員，他的經紀公司給過他不少優良的資源，然而無論怎麼捧，都會撲街。這一次如果還不紅，那他只好去幕後了。

杳杳是由曦的助理，整個劇組的人都知道，所以對她開了特權，讓她可以隨意走動。杳杳找了個不錯的位置看趙子龍的打戲，這一場打戲真是精彩，動作導演排練的動作都很極致，充分展現出了趙子龍的勇猛剛烈，他那張白皙的臉上染上了血汙，長身而立。

這是《三國演義》當中，杳杳最喜歡的一個人物、最喜歡的一個章節。她看得很入迷，被飾演趙子龍的演員感染了。她異常激動，甚至有點亢奮，以至於，她完全沒有發現，某巨星上完妝騎著赤兔從A組跑了過來，站在她身後，冷眼看著那個演趙子龍的人馳騁疆場。

趙子龍大喝一聲，力拔千鈞。杳杳跳起來，大喊了一聲：「好！」她大抵是蹲的時間太久了，猛然起身頭有點暈，後退半步，就撞在了由曦的懷裡。她轉頭，歉意地笑了笑說，「由曦哥你怎麼來了？不是在拍戲嗎？」

由曦冷哼一聲：「我找不到妳，妳竟然來看B組拍攝，難道這比我還好看嗎？」

杳杳點了點頭，一臉興奮：「這個演趙子龍的演員長得真好看，我好喜歡這個角色，由曦哥能不能去幫我要個簽名啊？」

由曦抽了抽嘴角：「他比我帥？」

杳杳再一次點頭：「趙子龍這身銀甲的確比呂布要帥一些啊，趙子龍本身就是正義那一方的名將，呂布雖然勇猛，但是有些爭議。你看今天這場戲是趙子龍最重要的一場，他表演得很好。」

由曦扁著嘴：「那我陪妳看，看完我們回去。」

「不用呀！你也要拍戲呢，別耽誤了進度，我自己看就好了，你不用陪我的。」

由曦瞇了瞇眼睛，看向那邊的趙子龍。

導演喊了一聲卡，演趙子龍的演員跑了過來，滿臉期待地看向導演，導演點了點頭：「演得不錯。」

那演員又看見由曦也在，顯然是一驚，頓時緊張起來，擦了擦手，伸過來：「男神您好，我是孫毅，跟您同一個經紀公司的，不過是孫總那邊在帶，在公司見過您和 Moore 哥！不知道您還記不記得。」

由曦擠出了個笑臉，咬著牙說：「你演技很好，這場戲挺棒的。」

孫毅抓了抓頭髮，很不好意思地笑了：「哪裡哪裡，我還要多學習。男神怎麼有空過來？」

由曦說：「你等一下啊。」他轉身問，「有人帶拍立得嗎？」

現場的工作人員一層一層把由曦的這個命令傳達了出去，過沒多久，有個女生拿來一臺拍立得，滿眼桃心地看著由曦：「男神能合照嗎？」

由曦今天這身雖然不是呂布的黃金戰甲，然而也是一套乾淨的盔甲，他身材頎長，穿起來格外好看。由曦酷酷地站在女工作人員旁邊，讓人幫他們合照一張，照片出來，別提由曦多帥了。

「借我用一下可以嗎？」由曦問。

女工作人員當然點頭稱好，由曦拿過拍立得，又對孫毅說：「能幫你拍張照嗎？」

「啊？哦哦，好啊！」孫毅正在思考擺什麼造型，由曦「喀嚓」一下，已經拍完了，照片出來，裡面的孫毅翻著白眼，滿臉髒兮兮的，佝著背，哪裡還有半分趙子龍的英姿颯爽。由曦非常滿意，嘖嘖稱讚：「真不錯，太帥了，來幫我簽個名吧！」

孫毅腦袋一瞬間要炸了，由曦男神找我簽名？這是什麼鬼！

孫毅顫顫巍巍簽了自己的名字，還差一點寫錯了。由曦拿過來道謝，然後一把揪起杳杳，拉上自己的馬，二人共乘一騎。

「打擾了，我們先回去了。」由曦催馬，往 A 組趕去。他將照片塞給杳杳，說，「喏，妳要的簽名，幫妳弄到了，開心嗎？」

杳杳看著照片，有點欲哭無淚的感覺，分明是一個將軍，怎麼拍出了趙四的感覺……

「嗯哼？現在還覺得他比我帥嗎？」

杳杳沉默了一會兒，忽然問：「你是不是不高興啊？」

由曦：「沒有啊！妳怎麼會這麼想？」

「我覺得把工作拋下不是你的工作風格，你剛才對那個趙子龍還有點敵意，你一向對同事很友好的呀！所以你肯定是有什麼事不高興了。」杳杳很肯定地說。

由曦嘆了口氣，小木頭還是很瞭解自己的嘛。他哪裡是不高興，他是吃醋好嗎！但是小木頭肯定沒有看出來。由曦索性再一次趴在她身上，有點懨懨地說：「嗯，心情不太好。」

杳杳關切地問：「怎麼了？」

由曦皺了皺眉頭，擺出一副心情不佳的表情：「不想說，小木頭，陪我待一會兒好嗎？別去看別人了。」

「好，那我不問了，什麼時候你想說話，我陪你說說話吧。」

由曦苦笑了一聲，繼續抱著杳杳往回走。他的內心已經樂開了花，這麼明目張膽地抱著啊！她沒有掙扎呀！看來以後要多多示弱才是上策，他要趕快找幾本專業書來學習一下，如何追求一個呆萌的妹子。

回到A組的拍攝基地，編劇已經把修改後的劇本送了過來，由曦粗略地翻了翻，發現多了非常多的吻戲，甚至還有床戲！他「噌」的一下就惱火了，這什麼情況啊？

然而還沒等他問出口，那邊扮演貂蟬的鄭嘉兒就衝了過來，一臉興奮地問：「男神，我們兩個好多激情戲啊，這什麼情況啊，我可下不去嘴呀！」

由曦對著鄭嘉兒皮笑肉不笑，然後一巴掌拍在她臉上，將她推到一邊去，拿著劇本去找導演，劈頭蓋臉就問：「導演，我們這個尺度這麼大，還是歷史劇嗎？能過審嗎？」

導演不好意思地笑了，他也看了新修改的劇本，的確是有點激情過頭了。導演搓了搓手說：「我也沒想到是這樣的結果，昨天接到您助理的電話，說您想加點吻戲和激情戲，我們也是措手不及呀！我讓編劇再改改。」

「我助理？」由曦咬牙切齒，「很好！」

因為臨時調整了劇本，導演也有些措手不及，但導演好歹是拍過大電影的人，沒劇本的時候都能拍一拍，這也沒什麼難度。導演和副導演臨時決定，涉及改動的只有男、女主角，所以今天都先集中場地拍攝丁原、董卓、袁紹等人的戲份，額外還分出去一個內景，拍潘朵的孫尚香。

由曦黑著臉跟製片人、導演、編劇開了一個小會議，在製片人和編劇的一片哭喊中，最後保留呂布和貂蟬的兩處吻戲，分別是洞房花燭夜和死別。編劇怨念地抱著劇本回去改了，製片人委屈地回去蹲牆角，他彷彿看到大把到手的鈔票就這麼飛了。

杳杳全然不知開會內容，她被由曦趕去查資料了。她在由曦的休息室對改後的劇本，當她看到大段落的激情戲時，臉上一紅，緊接著腦補了由曦和鄭嘉兒抱在一起的場面，她不由得一陣惡寒，這也太……肉欲了吧？是不是太博眼球了？

惡寒之後，她又覺得，為什麼胸口有點悶？她好像不太開心？杏杏搖了搖頭，這只是拍戲，是由曦的工作，她胡思亂想的做什麼？不想看的話，拍這幾場戲的時候，自己請假就好了，電視臺播的時候自己不看就好了。

杏杏安慰了一下自己，並沒有深究自己在以什麼立場不高興。沒多久，由曦開門進來，臉色極其難看，氣壓很低，眼眸也是垂著的，無精打采，好像被人打了一頓似的。

「由曦哥？你還好嗎？」杏杏小聲問。

「嗯。」由曦苦笑了一下，杏杏發現他眼睛裡竟然還有非常落寞以及無奈神色。

由曦好像很疲憊，杏杏讓出半張沙發給他坐，由曦靠在沙發上，閉上了雙眼。

由曦如此頹廢的樣子，讓杏杏看了一陣疑惑：「是不是發生什麼事了？」

「唉……」由曦一聲長嘆，睜開眼睛很委屈地看著杏杏，「劇本改了，妳看加了好多吻戲、床戲之類的，我想拒絕，畢竟我的定位是偶像，粉絲看了可能不太好。剛才導演叫我們過去，很嚴厲地說，一定要好好演，如果演不好，就換個男主角。小木頭，怎麼辦？我很緊張，我不會演這種戲，妳知道的，這是我的第二部戲，沒有人教我該怎麼演。」

由曦說著已經靠在了杏杏身上，那委屈的模樣，讓杏杏不忍心推開他。杏杏拍了拍由曦的背：「你能演好的，我到時候幫你多買一些漱口水，拍一次你就漱一次口，接吻也不是很髒的，你忍忍。」

由曦還是懨懨的，半晌沒有說話。

Moore哥傳授的助理法則當中，老闆鬧脾氣了，要第一時間安撫他，給他順毛，要解決老闆的一切煩惱。她本著這個原則建議道：「要不然我們看點片子，學習一下？」

由曦興趣不大，隨口應了一聲。

杳杳拿出iPad，由曦點開Bilibili，自動登錄帳號，搜尋關鍵字「吻戲、合集、神剪輯」，選了一個點閱率最高的影片，兩個人一起看。

杳杳滿臉黑線，這個影片竟然是從很多部電視劇裡剪輯出來的經典吻戲合集，除了親吻，沒有別的鏡頭。她雙頰緋紅，別開眼去，這也太香豔了吧，還有半裸鏡頭呢。

由曦皺眉看著，念念有詞：「哎呀，這尺度也太大了，好難，我還是跟導演說，我不演這個角色了，親熱戲真的好難，我不行。」

杳杳連忙拉住他，開什麼玩笑，這可是一部一定會收視率爆棚的片子。她只好又勸他：「你練練吧。多看看，由曦哥你很聰明的，學習能力很強。」

由曦堅決反對：「我自己怎麼練啊，好變態啊，要個人陪我練習啊，算了、算了，我還是去找導演說解約的事情吧。」

由曦作勢要走，杳杳連忙拉住他：「別任性！你這樣造成公司的損失暫且不說，對你自己的影響也是非常大的，外面不瞭解的人一定會在網上罵你，我不想看見你被人罵、你受委屈！」

由曦心中微動，仍舊低垂著眼眸，小聲說：「那現在怎麼辦？等一下要拍了，我們去哪裡找個人練習？鄭嘉兒肯定不行，雖然現在在同一個公司了，但是還不清楚她為人究竟如何。」由曦陷入了深思，好半天才無奈地說，「如今，也就只有妳是我身邊的人了。杳杳……算了，還是不演了。」

杳杳拉了拉他的袖子，用細若蚊蚋的聲音說了句：「我們試試，我也不太會，沒學過表演。」

由曦微微皺著眉，思考了一下說：「也只能這樣了，那就先練習這一段吧，嘖嘖，尺度好大呀，要脫衣服呢。」

「呃……能不能把這一段床戲刪了？我覺得電視臺不能播。」杳杳指著劇本上讓人面紅耳赤的文字說道。

由曦也一臉凝重：「我提過這個建議，但是導演說是我們特意叮囑加上去的，出爾反爾不好，所以還是練習一下吧。」

杳杳對了對手指：「那……好吧。」

由曦走到門口，將休息室的門反鎖了，然後關了燈，拉上窗簾，拉著杳杳在沙發上坐下，輕輕地將她按在自己身下，吻了下去。

室內的光線很昏暗，杳杳閉上了雙眼，顯然是沒有看到由曦唇邊的笑意。

杳杳被由曦吻得七葷八素，只覺得天旋地轉，整個人都軟了下來，被他抱在懷裡。她努力回憶著劇本還寫了些什麼，可是她那非人類的記憶力竟然告訴她，全忘了。她竟然不記得劇本了！她的腦袋放空，最後只剩下一張由曦的俊顏，他在對自己笑，笑得那麼好看，她就跟中了毒一樣，生澀地回應他的吻。

由曦的髮冠滑落，長髮散落，杳杳撫摸著造型師幫他做的頭髮，那麼順滑，他們的十指都互相插在對方的髮裡，慢慢地十指緊扣在一起，髮絲纏繞在一起。她在那一瞬間想起一個詞，叫做結髮。

直到杳杳快被他吻得窒息了，由曦才緩緩放開他，幫杳杳整理了一下衣服，起身去開燈。杳杳睜開眼睛，慢慢適應了光線，面頰緋紅，她甚至不敢去看由曦。

由曦拍了拍她的肩膀，又拿了梳子幫杏杏梳頭髮，強壓著笑意道：「我好像知道應該怎麼演這一段了，小木頭謝謝妳。」

「嗚……那個……沒事的……」

由曦十分正經地問了句特別不正經的話：「明天還能一起排練嗎？」

「呃……好……好吧。」杏杏的心跳驟然加快了。

由曦笑了笑，幫她梳好了頭髮，又在她旁邊坐下，轉過身去：「也幫我梳頭髮吧，造型師去忙了。」

杏杏這才發現，他披散著頭髮，穿著古代的衣衫，卸掉了盔甲，只留一件綢緞的裡衣，並且因為他們方才的「排練」衣服已經敞開了，露出他結實的胸膛，杏杏的臉紅得都可以烙餅了。她低著頭，接過梳子，回憶起他方才的髮型，慢慢幫他梳頭。

這一切由曦全看在眼裡，卻還很嚴肅地問：「我剛才演得怎麼樣？」

「呃……挺……挺好的。」杏杏咬了咬嘴唇，又說，「就是，由曦哥你能不能別咬我，我的嘴巴都腫了。」

由曦回頭看了一眼，她紅潤的雙唇是有點腫脹，上面晶瑩一片，他忍著笑意說：「哦，我下次注意，演技還是有待提高呀！」

古裝戲的拍攝向來比較艱苦，郊區的伙食又不怎麼樣，常常是將就一下。杳杳陪著由曦進組沒幾天，腸胃炎都要發作了，她整個人懨懨的，躺在飯店裡，幫由曦打理好工作就一點也不想動了。

由曦變得很忙，他每週都有兩天要去錄《同桌的你》，錄完了就馬不停蹄地回郊區拍戲，Moore哥還火上澆油一般，由杳杳來轉達了一個壞消息。那就是，讓由曦抽空寫點隨筆，等《同桌的你》錄完了，寫個半自傳的回憶錄。

由曦澈底瘋了，他要出書了？他也能出書了？

「由曦哥你別擔心，你盡量寫，我可以幫你修一下。」杳杳如是說，由曦對她沒什麼脾氣，只好硬著頭皮答應了。

其實像他這種超級偶像，賣書也就是賣人氣、賣照片，他寫什麼其實無所謂，反正他的粉絲都瞭解他。

在拍戲之餘，由曦開始寫隨筆了，他對著筆記型電腦發呆一整個晚上，最後只寫了一個標題出來，他幾乎要崩潰了。偏偏Moore哥還派杳杳來催稿，一週過去，由曦還是只寫了一個標題，杳杳來找他要稿子，由曦靈機一動，幫自己的電腦灌了一個病毒，杳杳一開機，電腦直接藍屏死機，然後不管怎麼樣都打不開了。

杳杳嚇壞了：「送修嗎？」

由曦很痛心：「只能如此了。」

杳杳猶豫了一下：「你電腦裡沒有什麼見不得人的東西吧？送修了不會出現私密照外流吧？」

由曦翻了個白眼：「怎麼這樣說話？你老闆我是那樣的人嗎？」

「我只是就事論事說了一種可能而已。」杳杳轉念一想，「你自己不能修嗎？你可是電腦高手。」

由曦一愣，小木頭什麼時候這麼聰明了？他笑了笑：「我……最近身體不是很方便，還是送修吧。」

「哦，那我叫師傅來。」

當天下午，維修電腦的師傅從市區趕來，由曦付了高額的修理費和車馬費，有點悲戚地目送師傅離開。他親手種的病毒，能修好這個電腦的可能性應該是百分之十左右。

果然，過了半個月，電腦依然沒有修好，杳杳打電話去催了N次，最終也沒有結果。由曦一邊吃著冰淇淋，一邊惋惜地說：「我還想好好寫自傳呢，這下該怎麼辦。」

「沒關係！我幫你買了一批新電腦。」Moore哥帶著幾個助理風風火火地趕來，每個助理手上都提著兩臺筆記型電腦，由曦的冰淇淋差點掉在衣服上。

「可是我的稿子都在原本的電腦裡，我要接著寫才有靈感。」由曦一臉正經地撒謊。

Moore哥笑了笑，湊過來小聲說：「別耍花樣，好好寫隨筆，寫完給你放假半個月。」

由曦撇了撇嘴，勉強答應了。

Moore哥又拿了一份檔案出來：「你上次走丟寫的那首曲子，你的御用編曲已經做好了編曲，歌詞也寫好了，被選為三分天下的主題曲，由你自己演唱。你看看還滿意不？」

「這麼快？」由曦很驚喜，音樂和杳杳是如今能讓他心花怒放的兩樣東西。由曦哼唱了一遍，編曲改動比較大，跟他原本的作曲有些出入，然而的確是一首好曲子，歌詞也很有意境，整首歌非常古風。

杳杳並不懂音樂，卻覺得由曦唱起來非常好聽，她凝視著由曦，被他的音樂所打動。一曲唱完，她甚至都忘了鼓掌，呆呆地看著由曦。

「還不錯。杳杳喜歡嗎？」

杳杳這才回神，用力點了點頭，由曦咧嘴一笑：「那就這樣吧，急著錄嗎？」

Moore哥點頭：「早點錄好了，當宣傳。你很久沒發歌了，我怕你的歌迷有怨言。」

由曦淡淡一笑，他是很開心的，闊別了這麼久，能夠再唱歌，能做個EP就好了。然而他沒有說，是因為有的時候並不能夠那麼貪心，公司也有自己的打算，所以他沒再說發新專輯的事情。

Moore哥見由曦心情不錯，打鐵趁熱，又拿出一個劇本來。

「又接戲？」由曦皺了下眉。

Moore哥笑了笑說：「公司剛拿到的資源，第一個給你挑，你不喜歡，再給別人看看。」

「還拍電視劇？」

「這次是電影，跟好萊塢合作的。」

由曦鬆了口氣，那應該不是古裝片，他這一個多月以來拍戲拍得想哭。由曦打開一看，全英文的，他皺了皺眉。他英文雖然還可以，但是也不至於拿個全英文劇本過來吧，他翻譯可是不在行的，一邊讀一邊想這到底是什麼意思，沒幾分鐘他就煩了，闔上劇本問Moore哥：「劇本你看過了吧？你覺得怎麼樣？」

Moore哥只說了一句：「票房必定大賣。」

由曦「嗯」了一聲：「那就接了吧。」

Moore哥直接拿出一份合約遞給由曦：「正好今天簽了吧，你們拍戲的這個鬼地方，真不是人待的。」

由曦哭笑不得。你也知道，那你還送我來！

許久以後電影開機，由曦才知道，那的確不是古裝劇，但是是個魔幻劇，他飾演一隻精靈，每天光是做造型就花了三個小時，拍攝條件比拍《三分天下》還艱苦，讓他有苦難言。

自然，這都是後話。

三天後，由曦進錄音棚錄歌，這還是杳杳當他助理以來第一次正式聽他唱歌。

由曦對待音樂的態度比什麼都認真，這首歌非常好聽，只是杳杳每次聽都有點不安，是一種莫名的感覺，她也說不出來為什麼會有這種感覺，大概是一種直覺吧。

《三分天下》上部第一輪的宣傳片剪輯好後，選在萬聖節播出，與此同時還播出了由由曦演唱的同名主題曲。

主題曲在播出後不到一個小時就登上了各大網站和論壇的首頁，《三分天下》和主題曲分別上了微博熱點，粉絲們再一次為由曦的歌聲瘋狂了。宣傳片剪輯的都是呂布最帥的一些鏡頭，一人能敵千軍萬馬，那種孤勇震懾人心。

聖果娛樂更是將這首歌送到了電臺打榜，幾乎是空前的一致好評。

由曦和杳杳都很詫異，按照以往的經驗，總應該有幾個酸民出來，然而酸民都放假了嗎？這委實有點匪夷所思了。

而《不小心愛上你》拿到了播出許可，首輪播放被火星臺買走了，主創人員奔走於各大節目，為電視劇做宣傳。男、女主角以及女二都是聖果娛樂的，因此公司格外重視這部電視劇，Moore 哥的團隊召開了幾次會議，總結概括下來只有一個主題，希望由曦和鄭嘉兒能夠配合宣傳。

「你的意思是炒緋聞嗎？」由曦皺著眉。

鄭嘉兒倒是無所謂地笑了笑：「我跟誰炒緋聞都一樣，明星有哪幾個沒緋聞的，來吧，我準備好了。」

潘朵也自告奮勇：「要不然我來吧！別為難我三舅男神了！」

Moore 哥頭上三條黑線：「妳跟誰炒啊？妳跟鄭嘉兒嗎？」

潘朵臉紅了一下說：「我可以跟齊超啊！正好他是這部劇的主題曲演唱者，就這樣定了吧，我跟他炒個緋聞。」

Moore 哥和由曦同時吼了一聲：「妳別鬧！」

潘朵被嚇了一跳，有點委屈：「為什麼你們能炒緋聞，我不行啊？我也是個藝人啊，不是說藝人都得有點緋聞嗎？」

Moore 哥：「反正妳給我閉嘴！」

潘朵眼睛一紅，險些哭出來。杳杳拉了拉她的袖子，遞了張面紙過去，小聲安慰：「妳現在還是新人，沒什麼代表作面世，但是齊超呢，是拿過影帝的大明星，妳現在跟他炒緋聞，會讓外界指責妳抱大腿的，對妳的形象有損。」

潘朵「哦」了一聲：「杳杳姐，我不怕別人罵我，我就是想離他近一點。」

「妳喜歡齊超？」杳杳訝異。

潘朵羞澀地點了點頭：「我覺得男神他也喜歡我，就是不好意思說出來而已。」

雖說二人是竊竊私語，但是Moore哥驚人的聽力已經全都聽到了，他還沒來得及罵潘朵厚顏無恥，電話就瘋狂地響了，並且是他的三部手機同時響了。聖果娛樂的老員工都緊張了起來，按照多年的經驗，這一定是有天大的事情發生了。

Moore哥接起電話，面色十分沉重：「知道了，我會處理好的，謝謝。」

與此同時，由曦也接到了老李的電話，他「噌」的一下站了起來：「幫我找臺電腦。」

天涯八卦版頭條娛樂，已經熱門標紅了的帖子赫然寫著：「深度扒皮小天王由曦新戀情」。

由曦快速瀏覽，有人將他和杳杳的照片曝光了，並且是一張擁吻的照片，帖子看起來是在「八由曦的感情史，然而已經有人將杳杳的個人資料人肉出來。同一時間，杳杳的電話也響了，簡訊爆炸，她正打算接，由曦突然大喝一聲：「不要接！關機！」

「發生了什麼事？」杳杳不明所以。

由曦眉頭深鎖：「沒事，我來處理。」

Moore哥一陣沉吟：「我馬上聯繫天涯刪帖。」

「來不及了，已經上了頭條，才幾分鐘的時間爆了這麼多料，對方有備而來。」由曦快速打開一個軟體，開始編寫代碼。

Moore哥一驚：「你要攻擊論壇？瘋了嗎？」

「我認為這是最快的方法，放心，不會出事，我只刪幾樓而已。」由曦進入後臺，將那幾層曝光杳杳個人資料的都刪掉了，還設置了關鍵字屏蔽。

然而他發現似乎有個人在跟他作對，他刪掉的內容竟然被恢復了。他瞇了瞇眼睛，對方有幫手，二人在網路上展開了較量。

最後一次對方恢復討論樓層的時候，由曦種了個病毒，頃刻間，對方的電腦螢幕爬滿了蟲子，被病毒感染。

由曦鬆了口氣，將電腦放到一邊：「Moore哥你接到的電話說了什麼事情？」

「原創音樂網有個匿名的帖子，說你的新歌抄襲，現在沒什麼人關注，我已經在處理了。」

「這不可能！」由曦一聲暴怒，「我會抄襲？他開什麼玩笑！長腦子就是為了體現身高嗎？」

Moore哥安慰道：「我已經處理了，你先別生氣。我找技術沉了那個帖子，論壇幾十萬帖子，沒人挖墳的話，浮不上來。我先找人查查這件事。」

「編曲！找人查查那個編曲。」杳杳突然靈光一閃。她一直以來的不安，瞬間爆發，似乎找到了根源。

由曦和Moore哥都難以置信，畢竟是合作過多年的編曲也是公司的一員，怎麼會陷害由曦？

「我們單獨聊聊可以嗎？」杳杳說。

Moore哥讓其他工作人員都出去，潘朵擔憂地看著他們，但是為了不添亂，還是離開了。

會議室裡只剩下了三個人，杳杳略微沉思，開始分析：「查查這個編曲最近的資金動態，以及他背後會不會有人？一定有什麼人指使他，並且這個人對他來說至關重要。不然他跟由曦哥的關係那麼好，不會輕易出賣由曦哥。」

由曦想了想說：「那個沉了的帖子，翻出來我看看，我聽一下那曲子有沒有相似之處。」

Moore 哥迅速找人查了編曲的幾個帳戶，發現了大量的現金流動，而順藤摸瓜，他發現，這些錢都從一個匿名的帳戶匯入編曲的帳戶，帳戶的開戶地點在香港。

「近期網上出現所有關於你的消息，我都會讓危機公關買下來，無論花多少錢；同時，我會安排放出你的兩部電視劇的片花，做大量的美圖和 MV，刷你的存在感。」Moore 哥緊急之下想到了暫時的解決方案。

由曦搖了搖頭：「我的事情不急，Moore 哥能不能幫我把天涯的那個帖子解決了？」

Moore 哥不解：「捕風捉影的帖子，我們現在首要的是應急，既然查到了那個匿名帳戶，這件事情設計得巧妙，肯定還會有後續的招數。你的歌已經放出去了，抄襲這種事，對你這個原創歌手來說，可大可小的！由曦，先抓重點！」

「我說，先解決天涯的帖子，我不希望有人攻擊我的助理。我的人，我來護。」

杳杳至今不知道天涯的帖子到底寫了什麼，只是從他們的言語之中知曉，自己被人肉了。但是她知曉，八卦緋聞和抄襲醜聞孰輕孰重。她毅然提出：「聽大壯哥的吧，我們先集中處理抄襲事件好嗎？」

由曦果斷拒絕：「不必！我已經決定了。」

第10章　求求妳收了我

在耶誕節來臨之前，《三分天下》劇組裡，由曦的戲份殺青了。最後一場戲是他死在白門樓，劇本改動很大，由原本的被縊殺改成了自刎，也並沒有想要投降，同陳宮、高順一般，寧死不降，塑造成了一個真正三國第一猛將的形象。

這樣的大改動讓人眼前一亮，同時也存在了很大的非議。

殺青後，經歷前後兩個月的拍攝時間，由曦跟劇組告別。因為由曦近期出了一些事情，都是將他的戲份集中起來拍攝完畢，接下來還要拍別人的戲。

整個劇組的人都很捨不得由曦，他真的對人非常好，從來沒有發過火，不像那些大牌明星喜歡耍大牌，他就像一個普通人，可以一起玩笑的鄰家哥哥，讓人沒辦法不喜歡。

由曦和杳杳走的時候，隔壁組的趙子龍也趕了過來：「男神，挺住啊！」

由曦笑了笑說：「你演戲其實不錯，以後多努力吧。」

場記姐姐幾乎要哭了：「杳杳，有空回來看看我們啊！天涯的帖子我們都看了，都不相信那些人胡說八道，有需要的話，我們幫妳掐架啊！」

杳杳也笑了，這些人合作過一次，不知道什麼時候才能再見到。她在劇組的這些日子也受到了大家的關愛，儘管一開始是因為她是大明星由曦的助理，後來接觸下來，才有了大家的真心相待。她恍惚覺得，娛樂圈裡也是有溫情的時刻，如果沒有那麼多的算計就好了。

說起天涯的那個帖子，標紅了整整兩天，由曦一直阻攔，她還是看到了帖子的內容。

上面發了很多她的照片，清一色是奇醜無比的角度；她的母校被曝光了，甚至有一些莫名其妙的人自稱由曦的粉絲去學校鬧事，網上有人罵她勾引由曦，也有人說她學歷造假，甚至已經開始八卦她的父親。她的生活變得完全透明，全部在陽光下，剖開給大家看到了；她沒有祕密，甚至有很多人幫她編造了不少故事。

她也不知道，明明是童錦這個閨蜜搶了自己的男友，怎麼就變成了她利用身為教授的父親威脅殷舊跟自己在一起，自己成了一個小三，童錦變成了受害者。還有人挖出童錦的身分，大肆讚美了童錦，將杳杳貶低得一文不值。

最讓她受不了的是她和由曦，被寫得那麼齷齪。

由曦停止了其他的工作，劇組殺青就帶著杳杳回家，兩人依舊煮飯、打掃家裡，晚上在家看節目。說起來《同桌的你》也快要錄完第一季了，由曦恍惚之間覺得，這真是個告別的季節啊！

杳杳缺席了第二週《同桌的你》大結局錄製，已經有人扒到她就是那個助教了，她的父親也受到了牽連，頂著壓力幫由曦他們十位藝人上了最後一堂課。

大結局那天，他們拍了畢業照，將學士帽扔向空中。緊接著又發生了意外，導演告知，他們的畢業證書被盜走了，需要十位同學齊心協力找出來。

這當然是他們最後一個任務，以一棟教學大樓為場地，大家開始尋找丟失的畢業證書。由曦、聞陌翾和潘朵一組，他們進行了地毯式搜尋，遇到各種路障，打開N個盒子，被整了N次，還有要求他們跳草裙舞的，聞陌翾都頂著壓力上了。

然而，這簡直是大海撈針，最終由曦找到了一臺電腦，笑著問節目組：「可以借助工具吧？」

導演組並不知道他要做什麼，由曦用電腦連接上了學校的監視器，坐在辦公室裡將整個教學大樓搜查了一遍，確定了幾個藏寶地點，然後輕鬆找到了畢業證書。

導演組直接傻眼了，沒人告訴他們由曦還會做這件事情啊？他不是文盲嗎？他怎麼能讓監控想拍哪就拍哪呢？這節目還能播出嗎？

毫無徵兆，或者說是早就算計好的。聖果娛樂三大副總之一的于婁突然辭職，帶走了自己旗下所有藝人以及資源，另立門戶，組建HI國際，沈懿綾、宋且歌以及一大票知名藝人跳槽加盟，一時間風頭無限。

HI國際公司召開了新聞發布會，宣布了接下來要跟好萊塢合作拍攝三部電影，男、女主角分別是宋且歌和沈懿綾。

這一下打了聖果娛樂一個措手不及，而他們如今只剩下一個由曦可以和對方分庭抗禮，迫在眉睫的是，解決由曦現在的所有負面消息。

抄襲這一頂帽子壓在由曦身上，幾乎每天都有一個分析帖子出來說，由曦的某一首歌旋律跟某某歌曲很相似，儘管可能只有一、兩個音階一樣，但是在如今的狀況下，也會被說成通篇抄襲。由曦黑了一個帖子，還有一個出現，帖子多了，他都懶得上去掐架了，索性由他們吧。

對於他這種消極狀態，公司也很是無奈，這次的事件很明顯是于婁策劃，那個編曲是由曦的好友，更是他的親信，Moore哥追查到了香港那個匿名帳戶，可是都於事無補。

「放幾天假，休息一下，你這個時候淡出一下大家的視線，時間久了風波就都過去了。公司是不會放棄你的，你自己也不要放棄，都是小事，想想我們什麼沒有經歷過？」公司的大老闆親自跟由曦談了一下，由曦也覺得現在放假是最好的，可是娛樂圈瞬息萬變，離開得久了，誰還會記得你？

不過，又有什麼關係，他並不是那麼在乎這些了。

天涯仍舊有人在刷杳杳的那個帖子，她嘴上不說，心裡卻很難過。

「我來刪了吧。」由曦又開始寫代碼。

杳杳擺了擺手：「算了，都刪了八個帖子了，你刪了還是會有人發的，習慣就好。」

「杳杳……」由曦有點不善言辭了。他分明想跟她說，都是我不好讓妳捲入了紛爭，都是我沒能好好保護妳，都是我太高調，可是最後也只說了一句，「對不起。」

「沒關係呀！你趕快振作起來，好好工作，你可是男神。」

「我其實不當藝人也沒關係。」

「說什麼傻話，還有那麼多粉絲喜歡你呢，你天生就適合當個明星！」杳杳笑了笑，那笑容讓由曦移不開目光，他抱了抱杳杳。

杳杳頭一次沒有反抗也沒有害羞，她恍惚想起拍《三分天下》的時候，突然問：「為什麼我看劇本後來只有兩場吻戲，還有一場是借位啊？這跟你當初跟我說的不一樣。」

「嗯……我家木頭聰明了。」由曦悶悶地笑了。

「我是不是真的很遲鈍？」她有點落寞。

「沒關係，我不嫌棄妳。」

而後的一週，杳杳和由曦都沒有工作，兩人在家把最後一集《同桌的你》看完了，網上又刷了一大波評論，由曦的真愛粉們試圖將「男神技術帝」這個話題刷上去，最終卻被更多的黑子把由曦冠上了投機取巧的罵名。

由曦看過之後一笑置之，不予理會。杳杳卻非常難過：「你那天幹嘛要用監視器呀？」

由曦笑了笑說：「找得煩了，想快點結束回來陪妳。妳一個人在家無聊吧？」

「跟他們相處了這幾個月，你會不會不捨得他們？會想念這段大學時光吧？」杳杳問。

由曦靜靜地看著她：「以後還是會見面，天下無不散的筵席，我一早就知道結果，所以也沒那麼難過。」

「哦。」杳杳心裡有些發酸，他看得開，那自己離開，他應該也能夠接受吧？

杳杳辭職了，離開的時候，由曦還沒有起床。他向來是一個有起床氣的人，如今沒什麼工作，會睡到更晚。

收拾東西的時候，杳杳才發覺，她怎麼那麼多行李。她為了不讓由曦發現，特意選擇後半夜收拾東西。架子上擺著一支麥克風，是她陪著由曦去電視臺錄訪談節目的時候看見的，是一支草綠色的改裝麥克風，她當時說了句顏色滿好看的，然後由曦竟然就去跟工作人員要了這支麥克風。對方當時很為難，但是礙於由曦是個大明星，也只好割愛。當然，由曦付了對方錢。

要不要帶走？杳杳拿起來撫摸了幾下，其實自己也不會唱歌，算了、留下吧，於是又原封不動地放了回去。

緊挨著的書架上，是她帶過來的書，大部分是給由曦看的，然而他都沒有翻過。只有一本，是由曦去宣傳活動，在後臺遇見了一位當紅作家，杳杳買過他的書。不知道由曦是怎麼記得的，直接追了那作家一百多公尺，強行要了一本簽名書。

還有太多太多東西，都是他們一起出去，杳杳不經意之間發現了什麼，由曦都默默地買了下來。還有他們一起淘寶秒殺送的贈品，堆了整屋子都是。杳杳最終看了一眼，什麼也沒有帶走，關上了門。

她將家裡的鑰匙、幾輛車的鑰匙都收好，放在桌上，又怕由曦找不到，只好又拿起桌子上的鑰匙，打算放到由曦隨身會帶的包裡。不是他放的東西，他總是找不到，儘管那個東西放得很顯眼。

她打開背包，裡面除了皮夾之外，竟然都是藥品，各種品牌的防蚊液、止癢藥膏。頃刻之間回憶上湧，他說過，妳怎麼不帶防蚊液呢，算了以後我帶著吧。

原來他一直帶著，原來有個人會因為妳的一句話不顧一切，原來有個人會記得妳的喜好，原來有這樣的一個人……喜歡著她。

杳杳頓時淚如雨下，咬著唇一聲不吭，默默流淚。她蹲在那裡好一會兒，最終擦了擦眼淚，將所有的鑰匙放進去，又將電卡、水卡也塞了進去，闔上由曦的包包。

拿著自己第一次來的時候帶的簡單行李，踏出了門。

天剛亮，杳杳回到了自己家，房子依舊冷冷清清，尉遲教授做完了《同桌的你》這一檔節目之後，立刻去了上海。據說是那邊考古出土了一個文物，邀請了很多學術界的人一起去研究，尉遲教授一直對考古很有興趣，索性也去參加了。

寂靜的房子，她說話似乎都帶了回聲。杳杳洗了個澡躺在床上，除了安靜什麼都沒有了。她的世界本來就是安安靜靜的，可是由曦不同，他的世界從來都是多采多姿的。她早就應該看明白這一切，卻一直沒離開他身邊。她是捨不得的，然而又能怎樣呢？

正如大壯哥說的，自己不適合當藝人助理，儘管聰明，卻不夠圓滑。她應該消失在人們的視線之中，或許沒多久就會被人忘記，如果她繼續出現在由曦身邊，只會適得其反。

睡了不到十幾分鐘，杳杳起床，打了個電話給自己親爹：「聽說你在考古，教授，能帶我一起去看看嗎？」

尉遲教授咂了咂嘴：「車費不報銷啊！」

杳杳「嗯」了一聲：「伙食費我也自理。」

尉遲教授頓時嘿嘿笑了起來：「來吧來吧來吧！」

杳杳頭上三條黑線，若不是隔著電話，她彷彿能看到自家親爹搖著尾巴的樣子，跟由曦簡直太像了。分明就是苦於自己沒有一個助理，卻又嘴硬。

呃……她怎麼又想起他了，杳杳搖了搖頭，收拾東西，準備出發。

最早的一班火車是趟慢車，綠皮車廂，遇見任何車都要停站讓路的那一種。從北京到上海，足足要走三十二個小時。

她上車後，傳了封簡訊給尉遲教授，告知了車次，然後就關機了，完全沒有收到尉遲教授回覆的那一封：『女兒，車費爸爸幫妳報銷吧，妳換快車行不行？』

MP3 裡播放著由曦從出道以來的歌曲，她不懂音樂，聽不出好壞，無法進行專業的評價。只是覺得由曦的歌聲很舒服，他可以是那種很張揚的歌手，聲嘶力竭地訴說著自己的音樂故事，也可以是溫柔的情歌王子，在你耳邊呢喃著情話。

他的曲子幾乎都是他自己寫的，作詞者是固定合作的那幾個，他們都很能找到由曦曲子裡的精髓，寫出最適合的歌詞。

杳杳靠著車窗安靜地望著外面，忽然之間，下雪了，列車轟隆，奔跑在一片無垠之中。

另一邊，由曦醒來，起床做了兩個人的午飯，然後去敲杳杳的房門，沒人。廁所，沒人。書房，沒人。

「別鬧了，趕快吃飯了，吃完飯我還得教妳洗碗呢。」由曦笑了笑，將碗筷擺在餐桌上，可是等了許久，也沒看到杳杳。他開始打電話給杳杳，卻發現關機了；打她家市內電話也沒有人接聽，打電話回公司，沒有人知道杳杳的去處。

由曦慌亂了，他的助理不見了。

沒多久，敲門聲響起，由曦一邊快速跑去開門，一邊抱怨著：「妳去哪了，怎麼現在才回來啊！等妳吃飯呢！」

Moore哥笑了笑說：「還熱著嗎？」

「怎麼是你。」由曦臉上的笑容垮掉了，讓開半扇門讓他進來。

Moore哥在門口換了拖鞋，跟由曦一起坐在了餐桌前，自覺地拿起了碗筷開始吃飯。

「你少吃一點，你吃光了我的助理吃什麼？」由曦嘟囔了一句。

Moore哥放下了碗筷，笑道：「我都已經為你加班加了一個星期，你連一口飯都不給我吃？」

「我已經想到了解決的方案。」

Moore哥表情淡淡：「那你說來聽聽。」

「召開記者招待會，我公開我跟杳杳的戀情，這樣就不會再有人拿我們兩個的感情說事了。」

「談戀愛的確會讓人的智商成為負數，由曦，你蠢透了。」Moore哥微怒，「除去這個緋聞不說，你那個抄襲的醜聞還沒有解決，一波未平一波又起，你覺得公開你們的戀情是很好的選擇嗎？愚蠢！只會讓你的事業一落千丈！公司不反對你談戀愛，但是不能夠在這種時刻公開！杳杳離開的決定是對的！」

由曦「啪」地拍了一下桌子：「你說她離開了？」

Moore 哥點頭：「辭職信已經給我了。」

由曦暴怒：「我才是她的老闆，你憑什麼批准她辭職！」

Moore 哥皺著眉頭：「她是助理，雖然為你服務，但是直屬上司是我這個經紀人。我認為我有權聯合人事部批准她離職。況且，這是目前最好的處理結果。」

由曦冷哼一聲：「我有公司股分，你是不是也得聽我的？」

Moore 哥一愣：「呃……我們來談談抄襲事件怎麼解決吧。」

「不聽！老子不幹了！找不回助理，大家一起玩完！」由曦甩手打算上樓，Moore 哥連忙拉住他：「再談談吧。」

三十二小時之後，杳杳終於到達目的地，南方濕冷的天氣讓她有些經受不住，身上的呢絨大衣好似都沾染了這濕氣，變得很沉重地掛在自己身上。抓著行李箱的那隻手沒多久就凍紅了，她將手放在胸前，輕輕地哈氣。

她裹緊了大紅色的圍巾，抬頭看了看天空，灰濛濛的一片，好似隨時能哭出來一樣。果不其然，飄下了細雨，飄落在臉上，只覺得更加刺骨。杳杳抱了抱自己，一把黑色的雨傘遮住了她的視線。

杳杳順勢轉身，笑了笑：「爸爸。」

尉遲林森摸了摸她的頭，接過她的行李，「冷嗎？」

杏杳搖了搖頭：「不冷。」

尉遲林森咧嘴一笑：「果然是年輕人，年輕真好，還能放肆地胡鬧，說走就走，做了什麼，都還有後悔的時間。」

「爸爸，不要剛見面就說教好嗎？現在我們是父女，不是老師和學生。」

尉遲教授搖了搖頭：「女兒，我發現妳情商不是普通低，走吧，帶妳去休息。三十二小時的硬座椅，不知道妳是怎麼想的，車費不報銷，也不用這麼摳門吧？」

杏杳沒吭聲，她不過是為了快些離開而已。她買的其實是全程的車票，不過在中間就下車了，不然由曦肯定會找到她的。

尉遲教授最近工作的地方其實離市區還有一段距離，尉遲教授借了輛車，父女二人開車又走了大半天，夜裡才到達。

安頓好了杏杳，尉遲教授又回去忙工作了。

郊區沒有特別好的飯店，這一次考察隊都是住在一家旅館裡，環境一般，還算乾淨，隔音不太好。杏杳躺在床上，總能聽到隔壁以及不知隔了幾間房的聲音，有人在打牌，有人在打鼾，還有人在唱歌。

五音標準，吐字清晰，要是按照一般人的標準來說，算是普通人當中唱歌不錯的了。然而杏杳常聽由曦唱歌，再聽別人的歌聲，怎麼都覺得刺耳。

杏杳忍受了半個多小時，原本很累，可是現在怎麼都睡不著。她看了看錶，已經十二點半了，她忍無可忍，起身去敲隔壁隔壁的門。

裡面的音樂聲小了一些，緊接著有人踏著拖鞋來開門，是個年輕男人，看樣子是個學生，大概也是來參加這次研究活動的。看見杳杳，那人明顯愣了一下。

「不好意思，現在已經很晚了，可不可以不要再唱歌了？」杳杳盡量心平氣和地說。

對方一臉歉意：「抱歉，我沒注意時間。實在是……哎，親，妳很眼熟呀！」

「嗯？」杳杳愣了一下，這是不是傳說中的搭訕？

「我想起來了！」對方大呼了一聲，「妳是豆瓣女神！」

「什麼？」杳杳很想說你認錯人了，他如果不是搭訕的話，唯一的可能就是個八卦黨，經常上天涯論壇，可能看過天涯八卦自己和由曦的帖子，但是豆瓣女神又是什麼？她也成大眾臉了嗎？

「妳還不知道嗎？親，妳平時都不上網的嗎？來來來，我跟妳科普一下，昨天下午豆瓣上有個帖子，發了很多原創詩詞，還有配樂，那配樂真叫一個好聽！然後還發了很多妳的照片，真叫一個不食人間煙火，真女神啊！我大豆瓣是什麼地方，小資文藝聚集地啊，當天妳就紅了！然後天涯還有人想黑妳，『豆瓣 er』自然不能忍！微博還有妳的熱點呢，『微博 er』也比較冷靜，都在讚美妳呢。哎呀，親，妳不要一副聽天書的表情，妳上網看一下囉！」

杳杳的手機一直是關機狀態，以前為了做好助理工作才每天上網看消息，現在她已經不是由曦的助理了，也就沒必要每天都上網了，所以她完全不瞭解她離開的這幾十個小時發生了什麼。

小哥一副看山頂洞人的模樣一邊拿出自己的手機，上了一下微博，找到了熱點消息給杳杳看：「喏，我沒騙妳吧。」

這件事情是真的，杳杳不知道究竟發生了什麼事，不過她大概可以猜測到，是誰發了她的詩詞上去。高二意氣風發的時候，她曾經自費印刷過自己的詩集，僅僅限於當時一個詩詞協會的人互贈。

後來長大了，覺得這種事情有點幼稚，那本珍藏的詩集也就不知道去哪了。現在想想，竟然是一起帶到由曦家裡去了。

「手機能借我一下嗎？」杳杳對那男學生道。

那人將手機遞過來，杳杳搜尋由曦的微博，對方笑了笑說：「喲呵，看不出來，女神妳追星哪，由曦最近不太好，負面新聞好多，好多行銷大號都在黑他，他好像也沒站出來否認，被罵也不吭聲。」

杳杳有些難過，儘管最近由曦的風波都是跟她一起經歷過的，然而再次聽別人說，她還是覺得心疼。由曦的微博這兩天都在更新，而且很頻繁，一天三條，都只有一個主題、一張照片，分別是他每一餐做的食物，只配了一句：「飯煮好了，回來吃飯」。

杳杳一條一條評論看，咬著唇，眼淚無聲而下。

很多粉絲留言給由曦，大部分是「男神你廚藝好棒」、「男神請開門我要吃飯」、「男神我要幫你生猴子」……當然熱門評論雷打不動地還有一條，鄭嘉兒是醜八怪。

還有一條，杳杳怎麼也沒有想到，很久以前，她用自己的山寨機替由曦發的那一條微博，他竟然置頂了。

有不少的新進回覆，例如：「男神這款手機我也買了，竟然真的很好用！蘋果的性能，諾基亞的體質，從二樓掉下來都沒壞，神了！」「真的這麼好用嗎？我也要買！跟男神用情侶機！男神你應該跟這手機的廠家要廣告費啊！」

杏杏又「噗哧」一聲笑了，由曦沒有跟他們互動，有幾條卻親自點讚了。他現在過得好嗎？為什麼聖果娛樂還沒有動靜呢？自己是不是應該換個手機號，然後開機上網，每天關注一下他的消息？

那學生看著杏杏一下子哭、一下子笑，只覺得她發神經了。

「妳還好吧？」

「沒事，謝謝你的手機。」

杏杏回房間睡覺，竟然一夜無夢。

尉遲教授是什麼時候回到旅館的杏杏並不知道，但是第二天早上吃早飯的時候，父女二人見面了。尉遲教授把杏杏介紹給大家，大家紛紛誇獎了一番，尉遲教授很滿意，他覺得女兒現在特別接地氣，特別會打扮，就是情商還有點低。

吃完了早飯，大家一起去現場。

其實是一座被掩埋在地下的宮殿，出土了不少文物。但是現在天氣不好，冬天很冷，給考古隊帶來了不小的困難。挖掘進行到一半，發現了一些殘壁，上面有很多文字，按照建築風格，只能大概判斷，這是明朝時期的一個行宮，卻是歷史上沒有記載過的地方。

杏杏入行宮第一天就病倒了，寒氣入體，她果真不適合在這麼濕冷的地方待著。尉遲教授請了兩天假，在旅館裡照顧杏杏。南方沒有暖氣，房間裡跟室外的溫度相差無幾，杏杏蓋了幾床被子，可是因為濕氣太重，被子也變得不暖和了。

最一開始的幾天，杏杏還能強撐著幫尉遲教授整理一下資料，研究一下文物的年分，後來她乾脆連床都下不了了。

不過一個星期，杏杳瘦了一大圈。尉遲教授格外心疼，當即開車送她回市區住院了。杏杳一直在半夢半醒之間，她做了很多夢，夢見幫由曦對戲，夢見由曦開演唱會突然有人來搗亂，說由曦抄襲，還要抓走他，然後由曦就從舞臺上掉下來了。

驀地，她醒了過來，大口大口地喘息著。有人握住了她的手，輕聲說：「好了，別怕，只是做夢而已。」緊接著輕輕地拍了拍她。

杏杳睜大了眼睛，有些陌生地看著面前的人，張了張嘴，沒能說出話來。

「小木頭，妳怎麼瘦成這個樣子啊？」

杏杳一下子哭了，很是委屈地說：「伙食不好。」

她一定是沒有睡醒，又或者是病糊塗了，也可能是出現了幻覺。不然的話，由曦那張臉為什麼會出現在面前？他不是應該遠在千里之外的北京嗎？又或者他出來找自己，也應該去列車的終點尋找。一定是在做夢，她伸出手，拍了拍由曦的臉。

由曦悶哼一聲。

杏杳登時清醒過來，那溫熱的觸感，他是活的，他竟然來了！

杏杳一臉愧疚：「對不起、對不起，我不知道你是人，由曦哥臉疼嗎？打壞了嗎，還得靠臉吃飯呢。」

由曦哼了一聲：「我是靠才華，謝謝！」

「那是什麼？」杏杳的目光落在櫃子上的保溫飯盒上。

「帶給妳的飯。」由曦板著臉，將飯盒打開，四菜一湯，都做得很清淡，杏杳聞了一下香味，馬上就餓了。

杳杳伸手去拿筷子，被由曦一巴掌給拍開了：「去洗手。」

「我是病人……」杳杳委屈地說。

「所以，我沒讓你洗個澡再吃。」由曦毫不客氣地說。

杳杳癟了癟嘴，由曦一點都沒變，還是那麼有潔癖啊！她正準備下床，發現由曦拿了塊濕毛巾過來，握住了她的手，幫她擦手。

「嗚……我自己可以的。」她小聲辯解，試圖抽回自己的手。

由曦緊緊握住：「不是說了是病人嗎？好了，吃飯吧。」

杳杳對著他笑了笑：「謝謝你。」

「哼！」由曦轉身去洗手間洗了毛巾，洗完了直接晾起來，又拿了塊抹布回來。

杳杳低頭吃飯，一瞬間好像又回到了在由曦家裡的那段時光，他做飯，她吃飯。他閒著的時候，要麼刷淘寶，要麼就打掃家裡。由曦的生活其實很簡單的，不像個大明星的樣子。

杳杳吃著吃著忽然掉了滴眼淚，怕由曦看見連忙用手背抹去，抬頭看見由曦正在……擦櫃子、擦床頭、擦……窗戶，還真是一點沒變。

等由曦把這病房所有的地方都擦了一遍之後，才在杳杳面前坐下，仍舊是一臉嚴肅地問：「吃飽了嗎？」

「飽了，有點淡。」

「病人吃那麼鹹幹什麼？我就不能讓妳太閒，不然妳總是想跑。現在來說說吧，為什麼辭職？」

由曦擺出一副審問犯人的架勢。

杳杳咬了咬唇，反問：「你是怎麼找到我的？打電話給我爸了？他告訴你的？」

提起這個，由曦就來氣。杳杳的電話打不通，他千方百計弄到了尉遲教授的電話，打過去不是不接，就是占線，好不容易通了一次，尉遲教授竟然說：「你們年輕人的事情，我不好插手，但是杳杳決定離開，一定有原因，你就隨緣吧。」

由曦當時就將事情的經過都告訴了尉遲教授，並且說了對於杳杳的傷害，他正在解決，還保證以後不會再發生這樣的事情。求了好幾次，尉遲教授才終於又跟他說了句話：「說實話，我覺得杳杳這孩子情商低，這麼一聲不吭地離開你，還真是她不太對。這樣吧，我給你一個提示，看命吧，還忙，先掛了。」

一句隨緣吧，一句看命吧，就結束了。這算什麼提示，說好了當個助攻呢？

後來由曦覺得，你們讀書人鬼點子不是普通多。

杳杳看由曦那副表情，知道自己的親爹沒有出賣自己，於是又問：「你是不是侵入鐵路系統了？那是犯法的！」

「我像是那種違法亂紀的人嗎？」由曦瞪了瞪眼睛，杳杳點了頭，他有前科啊！

由曦被打敗了：「我查到了妳坐的車次，查了沿途三十多個火車站，調看監控錄影，然後找到了妳。」

杳杳覺得自己跟他不在同一個科技水準上，她設想好的，即便他去找她，也會去終點尋找這種假設沒有成立。

「接下來我們談談吧，為什麼要離開我，妳不相信我可以處理好那些麻煩嗎？」

杳杳搖了搖頭說：「我知道你可以處理那些麻煩，但是我分析過，如果我們繼續在一起，你的那些問題只會更加棘手，處理的時間會增加至少一倍。我當時認為，我們暫時分開比較好。況且……你也說過，天下無不散之筵席，你早就想到，也已經習慣了啊。」

她一開始頭頭是道，愈說到後面聲音愈小，還帶了點委屈，聲音都有那麼一點啞了。這讓由曦一下子就沒了脾氣，也不想罵她了，只想將她抱在懷裡。

「我那是在說別人，妳是別人嗎？」

「對於人類來說，除了自己本身，其他都是別人。」

「尉遲杳杳，那我今天就告訴妳，妳對於我來說從來就不是別人，妳離開我，就跟要了我的命一樣！」

杳杳一臉震驚：「是不是還不能呼吸了？」

由曦的慷慨激情一下子被打斷了。杳杳更加驚恐地看著他：「由曦哥，你最近是不是看言情小說了？說話都這麼奇怪。」

由曦只想給她跪下了：「好好在一起吧，別折磨了。雖然我們還有很長的壽命，還是能互相吵鬧的年紀，然而我想跟妳一起折磨別人，把時間留給我們……」

杳杳打斷道：「說人話！」

由曦深呼吸一口氣說：「不要再離開我了，妳老闆我長成這樣，堪稱少女殺手，妳就別再讓我禍害別人了，做點好事行不行？」

杳杳笑了笑，笑容有點傻氣。她看著他這樣一個超級偶像萬人迷急得滿頭大汗的樣子，看著他背著被人寫好的告白臺詞，看著他窘迫、惱羞成怒，這一切的一切，都是那麼美好。

在這淨白的病房中，陽光微暖，歲月靜好。

「山有木兮木有枝，心悅君兮君可知？」

由曦皺了皺眉：「說人話！」

杳杳羞紅了臉，大聲說：「我也喜歡你。」

由曦一把將杳杳抱住：「病好以後，我們回家吧。」

杳杳點了點頭，突然又想起了什麼：「那個豆瓣女神是怎麼回事？你發的吧。」

「我不希望妳曝光受人指指點點，但是妳跟我在一起，以後是一定會曝光的，既然已經曝光了，那麼我只想聽到他們說妳好，說妳漂亮，說妳有才華，是我高攀了妳。」

杳杳一下子說不出話來了。有那麼一個人肯為了她做這麼多事情，肯這麼重視她，她覺得很幸福。許久之後，只說了句：「有你真好。」

由曦稍微放開杳杳，凝視著她的臉，因為害羞而浮現的紅暈還沒有褪去，他輕輕撫摸她的臉頰，然後慢慢靠近……

突然，病房的門開了。杳杳一把將由曦推開，由曦憤恨地看向突然出現的護士。護士掃視了一圈，發現整個病房乾淨得不像樣，頓時驚喜道：「自己打掃的？我們醫院剛建好的時候都沒這麼乾淨！這位先生，你是做清潔的嗎？能不能把這一層樓都打掃一下啊？一個小時多少錢啊？」

好事被打擾了，由曦心情非常不爽。他頭上烏雲密布，指著自己的臉問：「我是小天王由曦，我長得像清潔人員嗎？」

護士盯著由曦看了好一會兒，突然笑了起來：「是挺帥的，照著由曦的臉整的吧？年輕人，追星要有度。」

「我真的是由曦。」

「別逗大姐開心了，大明星怎麼會來我們這種小地方，你到底接不接清潔的工作？」

由曦欲哭無淚：「不接！我得幫她做飯。」

第11章 我們家孩子也是配得上學霸的

病來如山倒，杳杳做得非常到位。她在生病期間，幾乎是本著能不動手就躺著的原則，讓由曦鞍前馬後伺候了整整一週，然後生龍活虎地好了起來，回到考察隊住的那個小旅館。

對於杳杳生病，由曦照顧病號的這段時間，尉遲教授是默許的。一來他能感受到自家女兒也就只能配由曦這個超級明星了，二來是他完全抽不開身，考古工作進展到了新的階段，甚至有人大膽地推測，這是明朝永樂年間的一個祕密行宮，住著的是本該死於皇宮大火的建文帝。

杳杳對考古雖然不怎麼感興趣，但是對出土的各種字畫還是很感興趣的。她回到旅館的第一天就投入了研究工作當中，偌大的一個旅館只剩下由曦一個閒人，他對這些工作一竅不通。

晚上杳杳工作完，跟尉遲教授一起回到旅館，由曦已經把周圍能逛的地方都逛遍了。值得慶幸的是，這種偏遠的山區並沒有人發現他是個明星，他頭一次出門不用戴墨鏡。

當天晚飯，由曦親自下廚，讓考察隊的廚子都休息了。原本考察隊的人都本著能填飽肚子就行的信念來吃飯，豈料，第一口下肚竟然如此美味。他們不禁熱淚盈眶，這是他們出差這麼久，第一頓真正意義上的飯。

「我們這裡來了新廚師嗎？」眾人紛紛問道。

尉遲教授非常自豪地站起來說：「跟大家介紹一下，這位就是替我們準備晚飯的人。」

由曦站起身，環視了一圈，大部分是跟尉遲教授年紀差不多的人，他按理說也該叫叔叔之類，於是欣然地點頭，謙遜地打招呼：「大家好，我叫由曦。」

「這名字好耳熟啊。」有人道。

「小夥子長得真不錯！」有人誇。

「怎麼那麼眼熟啊？」

突然有人尖叫了一聲：「男神！大明星！您怎麼來了？」

正是那天在房間裡唱歌吵著杳杳睡覺的男孩，他興奮異常，狂奔過來問：「真的是你，能簽個名嗎，能合個照嗎？男神，我全家都是你的粉絲！」

杳杳一把推開正要撲向由曦的男孩，冷冷道：「先吃飯！」

由曦笑了笑表示，我聽她的。

尉遲教授瞬間對自家女兒刮目相看了，男孩悻悻地回去坐好，端著碗吃飯。

「還真是個大明星，我想說怎麼那麼耳熟呢，我女兒也喜歡你。」有個老教授說道。

又有人問：「澡堂子，你們是好朋友？」

澡堂子？由曦愣住了，杳杳無奈地聳了聳肩表示：「這是我爸的外號，尉遲等於浴池。」

由曦忍著沒笑，接著說：「叔叔您好，我是他們家女婿。」

眾人紛紛讚嘆，杳杳有點害羞，尉遲教授很是開心，能當眾承認自家女兒跟他的關係，這一點可圈可點。

「尉遲，你真是好福氣啊！能找到一個廚藝這麼好的女婿，多住一陣子吧！」

「是啊、是啊，真是好福氣，這手藝不開餐館可惜了。住到過年吧！」

「留下來吧！」

由曦有點飄飄然，小聲跟杳杳說：「妳看，我走到哪裡都很討喜。」

杳杳特別不留情面地說：「這裡的人都兩個多月沒吃到好好的一頓飯了，他們不是喜歡你，是喜歡飯。」

尉遲教授被大家恭維得很是歡騰，幾乎就要一口答應下來，突然瞥見自家女兒努力在給自己使眼色，雙眸中寫滿了不可以。他只好癟了癟嘴說：「下次吧，孩子們回去還有工作呢，藝人都忙。」

在一片可惜惋嘆聲中吃完了晚飯，杳杳和由曦一起去了尉遲教授的房裡。

尉遲教授親自沏茶，問由曦：「環境有點差，你住得還習慣嗎？」

由曦點頭：「山清水秀，風景怡人，沒什麼住不慣的，我來這裡算是來對了。」

尉遲教授笑了笑，又跟由曦聊了好一會兒有的沒的閒事。杳杳聽了很久，覺得他們沒什麼可再聊下去的時候，適時打斷道：「爸爸，過幾天我們就要回去了。由曦那邊還有很多工作，我也就不留下來幫您了，這邊工作也有了大突破，我幫不上什麼忙了。」

尉遲教授有點不高興，他要損失一個勞動力了，但是也很開心，女兒找到幸福了。只是，手肘往外拐得有點明顯啊！

「也不急，我們住一段時間吧。」由曦自然看出了尉遲教授的小心思，於是順著他說道。

尉遲教授當即眼睛亮了亮，渴望地看向杳杳，似乎是在詢問可以嗎？

杏杏皺了下眉頭，說：「還有那麼多工作等著你呢，你不能撒手不管，全丟給公司，太不負責任了。」

尉遲教授只好嘆了口氣：「路上注意安全。」

又聊了一會兒，由曦讓杏杏先回去，自己留下來，又跟尉遲教授做了個保證，把家底順便說了一下，當然，至少隱瞞了五分之四的財產。

他委實不太瞭解文人的心思，還是不要顯得太土豪比較好吧。

尉遲教授點了點頭：「你能對她好，我也就放心了。錢財什麼的不重要，你們兩個也可以創業嘛。杏杏雖然是個書呆子，但是好在做事嚴謹，又很冷靜，你這性格太衝動，剛好能互補。」

「是是是，回去我就跟杏杏研究，做點投資什麼的，藝人青春飯。」

「去吧！早點休息。」

告別了尉遲教授，由曦回到房間裡，杏杏在他房間裡等他。他這間房離杏杏的有點遠，屬於旅館眾多房間中最差的一間，因此一直沒人住。然而此刻，已經被打掃得一塵不染了，還換了新床單、被子等東西。杏杏很好奇，她來的時候可沒有這麼好的待遇。

「我不知道啊，妳別看我，前臺的大姐主動幫我換的。」由曦很坦白。他什麼都沒做，就是去晃了一圈，大姐就非要幫他做點什麼。

杏杏點了點頭說：「嗯，我知道，傳說中的美人計。這裡的床很硬，你真的住得慣嗎？」

「當然住不慣了。」由曦從小到大沒吃過苦，真的是含著金湯匙出生的。

「那你為什麼跟我爸說很習慣啊？」

由曦好笑地看著她說：「我那不是為了哄他開心嗎？妳真是個小木頭！」

「哦。」杳杳覺得被嫌棄了，她忍一下，換了個話題說，「我訂明天晚上的飛機回去，我們要早點起來，坐車去市區。所以，早點睡吧。」

夜裡，由曦第一次睡在這種簡陋的旅館裡，失眠了。由曦翻來覆去，然後傳訊息給杳杳，杳杳還是關機。最後他忍不住半夜去敲杳杳的門，杳杳已經睡著了，揉著眼睛過來開門問：「什麼事？」

由曦對她露出一個幾乎風華絕代的笑容，說：「需要侍寢嗎？」

杳杳頓時瞪大了眼睛，然後將門「砰」的一聲關上了。

一月的北京，寒風瑟瑟，比起南方的濕冷來說，還是比較容易接受的。

杳杳喜歡北京的天氣，雖然空氣品質不好，然而那種熟悉的感覺，還是她所習慣的。有的時候，習慣了，也就喜歡了，就像她跟由曦在一起一樣。

起初，她也不知道會喜歡由曦這樣的明星，可是慢慢習慣了他的一切，分開之後，渾身不自在，她翻了很多書，知道了這就是喜歡。

恰巧的是，由曦也一樣，他從來不相信一見鍾情的愛情。

下飛機回家，一路上兩個人隱藏得很好，並沒有被粉絲或者記者發現。一個多禮拜沒有人住的房子落了些灰塵，進門之後由曦整個人都不舒服了，匆匆換了衣服開始打掃。

杳杳開電腦刷一刷自己離開這段時間的新聞，天涯上有好幾個掐沈懿綾的帖子，也有大批水軍在替沈懿綾洗白。帖子裡曝光了沈懿綾介入別人家庭，並且被偷拍到了兩人開房。

天涯的人一向是義憤填膺的，幾乎不需要怎麼號召，證據一放出來，就群起而攻之。沈懿綾的粉絲站出來替女神說話，但凡是掐沈懿綾的，都說是鄭嘉兒僱的水軍。天涯人民澈底不能忍了，他們紛紛表示，我即便是水軍，也不可能是鄭嘉兒的好嗎？

鄭嘉兒的粉絲也不能忍了，站出來一起掐架，三方勢力，將天涯弄得烏煙瘴氣。

相比來說，豆瓣很平靜，熱門帖子基本上還是情感分析、散文隨筆，還有女神帖。

杳杳看到這個就覺得好囧，找個機會一定要讓由曦把這個刪了，她不想當什麼女神，他繼續當他的男神就好了。

再上微博，她看見了那條置頂的山寨機用戶端，不由得一笑。突然間收到了十幾則私信，杳杳點開一看，這個人竟然已經發過了上百則私信過來，由曦一條都沒有看。這也是正常情況，由曦的粉絲那麼多，看不到很合理，他平常也是喜歡看評論，不喜歡看私信。

這個發私信的人非常有毅力，一直在刷：「男神我知道你粉絲多，可能看不到這個，然而這是工作邀請，我一定要親自跟您說。因為您曾經用我們的手機發過微博，我們的銷量大增，我們立志於做中國最好的智慧電子科技，現在新產品即將問世，我們拿到了國家的扶持計畫，男神，請您為我們代言！」

對方附上了自己公司的簡介，還發了新產品的資料和合作意願書到電子信箱裡去。由曦微博上的工作信箱留的還是杳杳的，也因此由曦一直沒有看到過這些內容。杳杳快速瀏覽了一遍，這家公司的確是真的，這個工作邀請也是真的，對方很有誠意。

自從由曦出了解約的風波之後，代言的數量少了一些，後來抄襲事件發生，幾個品牌到期，也沒有續約的下文。從前三十多個品牌代言，如今也就剩下了一半。新的代言找上門來，而且這個一看就是由曦會喜歡的。

杳杳把資料整理列印下來，裝訂好去樓上找由曦。

彼時，由曦正拿著拖把在拖地，而且一隻手還拿著手機聊著微信。

由曦：「必須啊！搞定了，千里尋妻好嗎？」

老李：「那你托我幫你全國電臺黃金時段，點歌送給尉遲杳杳的《算你狠》還放不放了啊？」

苦瓜：「哥！我推薦你的參考書都看了嗎？有用吧？嫂子她是不是感動得痛哭流涕？」

由曦：「哼，你還有臉跟我說這個，你讓我買的都是什麼鬼言情小說啊？清一色的霸道總裁愛上我，我看得都要吐了啊！還有臉跟我說什麼工具書，你都看了嗎？全是女主角懷孕帶球跑的，後來為了孩子在一起了，我跟杳杳有孩子嗎？」

苦瓜：「我不服！分明有一些男主角哄女主角後來和好的，你學會了，一定有用啊！我就是這麼搞定三七的！」

由曦：「對對對，我按照那書上寫的說了，杳杳直接讓我說人話。我謝謝你了，下次別出這種餿主意，杳杳跟三七明顯不在同一個水平線上！」

三七：「我不服！」

齊超：「抄襲那個事情，聽潘朵說，證據已經搜集得差不多，要準備起訴了，你這邊有什麼打算？」

由曦：「沒什麼打算，先放假，在家陪女朋友呀！」

杳杳進來的時候，正好聽到了這一句，頓時就皺起了眉說：「不行！先做正事！」

由曦不管是聊天還是擦地板都太投入，完全沒料到杳杳會突然進來，直接嚇得扔了手機，「啪噠」一聲，螢幕碎成了渣渣。

「呃……」由曦和杳杳盯著那部粉身碎骨的手機好一會兒，然後說，「還是先去買部手機用吧。」

兩人上網，杳杳有意地幫由曦選了那個原來做山寨機的商家，新出的智慧型手機的確是屌炸天，簡單來說還真的是「蘋果的內在，諾基亞的身體」。

由曦怎麼看都覺得這部手機的介紹有點眼熟，價格也非常便宜。兩千多就能買到頂級配備，他有點猶豫不決：「這麼便宜，好用嗎？我再買部6就好了，跟妳那部配對。」

杳杳頭也不抬地說：「多貴呀，況且，我們只買一部，也不能享受第二部半價的優惠，不划算，還是這部手機好。」

由曦：「呃……我就想跟妳用一樣的，我們買兩部蘋果6不就好了嗎。」

「那買兩部這個好了，我們下單吧。」杳杳笑了笑，直接下單，輸入了地址和電話，顯示晚上就配送過來。

由曦有點鬱悶：「其實妳不用這麼省錢啊，我們家還有很多錢。」

杳杳仰著頭想了一下，對於這個很多錢，她明顯沒什麼概念。由曦拿了車鑰匙：「走，我帶妳去我家公司看看。我投資了一個科技公司妳還記得吧？做互聯網的。」

路上有點塞車，足足半個多小時才到由曦說的那個公司，坐落在CBD商圈的一座大廈二十二樓，開放式辦公室，四周都是玻璃，明亮乾淨。他的公司跟他一樣，都有點潔癖。

一進門，由曦和杳杳就被圍觀了，一個西裝革履的年輕男人跑過來接待：「Boss您怎麼來了，這還沒到月底檢查環境……哦、不是，檢查帳目的時間呢。」

由曦點了點頭：「帶老闆娘過來看看你們，那幾個是新來的嗎？」

「是的Boss，品牌運營部的，我們要做個新產品，放心吧、Boss，都是處女座的！」

由曦點頭笑了笑：「去把公司的帳目拿過來給老闆娘看看。」

杳杳瞬間明白了，為什麼這個辦公室看起來這麼乾淨，每個人看起來都那麼嚴肅，對自己那麼苛刻，原來都是處女座的。她雖然不想黑星座，然而目前看來這都是正確的。

杳杳對金融沒什麼瞭解，但是經過由曦的講解，她知道這是一家經營不錯並且盈利的公司。她突然萌生了一個想法：「是在做新產品的研發嗎？有頭緒了嗎？」

「也是電子科技方面的，目前還沒有特別好的點子。」

「智慧科技生活館，有興趣嗎？」

由曦眼前一亮：「妳也懂這個？」

她不是懂，而是有人找上門來了。她將郵件和私訊的事情一說，由曦立即上網下載資料研究了一番。對方果真是誠意十足，將自己的新產品創意說得很詳細，他們大概已經調查到由曦對電腦很有研究。不得不說，他對這個很感興趣，不僅僅是代言。

「我不是很瞭解這個，能不能我們接了這個代言活動，然後不收費，採用入股的形勢？」

由曦點了點頭：「如果可以，我還想投入一部分資金和技術人員。」

「就怕對方不同意。」

由曦笑了笑：「他們會答應的。」

作為老闆娘第一次出現，自然是要請大家吃飯的。公司上下四百多個人，直接包下了一個餐廳，原本臨時安排，場地有限，可誰知那老闆一見到由曦和杳杳立刻答應了。

由曦很得意地笑了笑說：「妳看，我果然是可以出來刷臉的。」

杳杳也跟著笑著點頭，她很喜歡由曦這一副揚揚得意的樣子。

沒多久，餐廳的老闆拿著一個本子，走到由曦和杳杳面前：「能不能麻煩幫我簽個名？再合個照？拜託拜託！」

對方是個很有書卷氣的江南女子，由曦整理了一下頭髮，伸手去接簽字筆，沒想到，那筆被人握住了，由曦探究地看了一眼，對方笑了笑說：「豆瓣女神，簽個名吧！超喜歡妳那首《臨江仙．江南憶》，哦，天哪、天哪，我沒想到會見到本人，比照片上還要漂亮！」

杳杳：「謝謝……」

由曦瞥了杳杳一眼，聳了聳肩：「快幫人家簽一個吧。」

杳杳寫下了自己的名字，有點狂草，女老闆開心得不得了。由曦就笑著問：「我也幫妳簽一個吧。」

「哦，不用，不用了。」

不用了？由曦石化了，杳杳連忙咳嗽了一聲，悄悄地跟他說：「男神，要不然你幫我簽個名吧。」

由曦眼睛一亮，他頭一次覺得，男神這個稱呼這麼好聽，這麼有價值。他點頭滿口答應：「回家簽！多少個都行！」

晚上八點，兩個人吃過飯才回家。社區門口的保全說有人來訪，已經等了許久了。兩人回憶了一下，杳杳覺得大概是快遞來送手機了。

等到車開到家門口，發現門口還有一輛車，雙雙下車，來人是兩個中年男子，很瘦，但是不高，穿著很正式，完全不像是快遞，手上卻抱著一個快遞盒子，上面寫著由曦的收貨地址。

「你們是？」

「由曦你好，我是信任科技的總經理，我姓王，得知您訂購了我們的手機，激動萬分，特意趁下班時間，幫你們送貨上門！」王總笑得一臉褶子，杳杳幾乎難以置信，快遞都要總經理送了嗎？

「麻煩了，有事進去聊聊？」由曦把兩人請進家裡，第一次交談竟然如此順利，並且親切友好。由曦沒想到對方這麼乾脆，對方也沒想到，由曦這麼沒架子，並且還很有頭腦。

信任科技闡述了自己邀請代言的意向，介紹了自己的產品。由曦表示願意代言，但是要求進一步合作。

杳杳聽不懂他們談話的大部分術語，有時候像是聽天書一般，然而文字她總是認識的，會議記錄做得非常好。

一週後初步確定了合作意向，由曦公司的人正式技術入駐，雙方簽訂了合約，在原有的智慧生活館當中融入了新的元素，再次進行技術研發改進。

這一系列工作都需要由曦親力親為，他將娛樂圈的事情暫時放到一邊，趕了幾個製作企劃書出來，跟公司的人一起開會討論。杳杳頭一次覺得，由曦其實真的不是靠臉吃飯的，他的各種副業，比藝人做得還要好。

當全部敲定成功，最後開新聞發布會的日子，初步敲定在春節。

杳杳決定發布會的日期，按照她的想法是，給由曦的粉絲報個平安，讓大家好過年。

入股這部分是由曦自己公司的事情，然而代言還是需要通過聖果娛樂。

Moore 哥最近很忙，忙著鼓吹群眾上天涯掐架。他花大錢買到了沈懿綾的一手醜聞，以彼之道還施彼身。

距離春節還有十多天，由曦緊急開拍了一支概念廣告，預計要在新品新聞發布會的時候播出。這個廣告的腳本是杳杳寫的，大概就是展現了由曦一天的生活，採用各種高科技產品改善生活品質，要多高大上就有多高大上。由於很多產品還沒有完全生產出來，所以後期會加很多特效。

有了兩部電視劇的經驗，由曦拍攝這種短片很得心應手。

杳杳在寫這個劇本的時候，完全只考慮到了一個點，那就是要充分展現由曦有多帥。拍攝的時候，由曦更是把耍帥發揮得淋漓盡致，迷暈了現場所有的女工作人員。

經過一週的剪輯和特效製作，終於趕在發布會前兩天製作完畢。

發布會當天，Moore哥親自帶著聖果娛樂的十位藝人出席，給由曦加油打氣。各種類型的俊男美女走在由曦身後，每個人都是經過造型師精心打造的，紅毯上一出場就閃瞎了眼。

網路同步直播的時候，網友更是調侃他們是聖果偶像天團，也因為有一部分人參加過《同桌的你》拍攝，讓大家一下子想起了他們那段學生生涯的真人秀，還有不少網友又把真人秀頂上了頭條搜尋。

一切好似跟以前沒什麼不一樣，由曦出場仍舊那麼星光璀璨，大家似乎忘記了他的醜聞，只看到他的閃耀奪目。

發布會上的那支短片，果不其然炫了一番，很快網上就有了熱議，粉絲們瘋狂地刷起了求由曦拍科幻片的話題。

最後流程是記者提問，杳杳拿著由曦的隨身物品就在不遠處看著。Moore哥作為經紀人也站在不遠處，準備著記者一旦問了什麼不好回答的問題，直接衝進去幫由曦解圍，當然那十個閃亮的人肉背景也在提問區。

「請問網上爆出的那個抄襲事件，是真的嗎？由曦對抄襲這種事情怎麼看？」

意料之中的問題，由曦也按照一早設計好的答案回答了他。他沒有抄襲，一切都是誤會和陷害，具體真相，早晚會大白於天下。

「你跟你助理的緋聞，會不會讓你苦惱啊？」

由曦看向了那個提問的女記者，很和顏悅色地說：「那可不是緋聞哦。我就是在跟她談戀愛啊！」記者都倒吸了一口冷氣，只聽由曦又說：「我女朋友是個學霸，我這種學渣，我好擔心配不上她。她為人比較低調，有點怕鏡頭。大家如果還當我是朋友的話，就別去追著她問了，有什麼問我就好了，我知道的都告訴你們。」

杳杳震驚了，她從未想過，由曦會在公開的場合宣布他們的關係，畢竟他的事業還處於下滑期。Moore 哥也沒有阻止他，只是抱著手臂，靜立在一旁。

「哇！男神跟女神在一起了！我又相信愛情了！」潘朵第一個尖叫出來，身後那些人肉背景，也開始道喜，記者們彷彿剛剛回過神來，對著由曦一頓猛拍，紛紛問他，打算什麼時候結婚、孩子學文還是學理之類……

隔天由曦又上了頭條，並且是兩個頭條，一個是關於他的戀情，一個是關於他的新代言。一切又彷彿回到最初的時候，由曦光芒萬丈，她是他的助理。

聖果娛樂今年很良心，放了由曦十天的春節假期。雖然新品代言發布會讓由曦上了兩次頭條，然而伴隨著的醜聞還是沒有消散，因此減少工作和露面機會也是必須的。

由曦和鄭嘉兒、潘朵主演的偶像劇《不小心愛上你》在寒假跟觀眾見面了。預告片播了好幾輪，不得不說，這個預告片剪輯得相當有水準，愣是把一個瑪麗蘇神劇打造成了暖心高大上電視劇。

播出平臺選擇的是地方電視臺當中辦得最好的水果臺，播出後收視率簡直爆表。對於由曦的演技，自然有很多不同的聲音，有的說生硬，有的說很青澀，有的說他很認真。

杳杳總結下來就是，由曦演技不行啊！她有點小鬱悶，由曦的演技，演個偶像劇是完全沒有問題的啊，為什麼這些人不誇他呢？

思前想後，杳杳決定幫由曦報名，去學學表演。

由曦聽到之後大呼：「妳饒了我吧！之前參加《同桌的你》差點沒要了我半條命，尤其妳爸總是給我作業。這都快過年了，妳讓我好好休息一下行不行？過年給妳做一頓好吃的好不好呀？」

「哦……其實，學海無涯的。」杳杳小聲嘟囔了一句，由曦沒有聽清。

說起過年，杳杳都不知道由曦家裡還有什麼人，他從來不提起自己的家庭。而且他們確定了戀愛關係這麼久，他也沒有提起過帶她去見家長啊！可是他早已經見過自己的爸爸了，這麼比較起來，不公平。

杳杳心裡開始打結了，她不知道怎麼跟由曦開口，她是一個女孩子，主動提這個不適合吧？然而她又很保守，不得到兩家家長的祝福，她總覺得這戀愛長久不了。

這種情緒一直困擾著杳杳，直到他們吃了午飯，又吃完了晚飯。

由曦終於覺得自家木頭有點不對勁了。

「發生什麼事了，妳跟我說說。」

杳杳笑了笑：「也沒有什麼事情啊。」

「有事就直接跟我說，小木頭，有心事這幾個字，妳就只差刻在臉上了。」由曦捏了捏她的臉，

Q彈潤滑，手感不錯。

杏杏悶哼了一聲，咬了咬唇問：「你怎麼過年？」

由曦立刻回覆，完全不假思索地說：「我們一起過啊！」

杏杏更糾結了，提醒道：「可是，我要回家跟我爸爸過年啊，你……」

由曦理所當然地說：「那我跟妳一起回家跟妳爸爸過年好了。」

「呃……我的意思是……我要回我家，你也得回你家過年吧……」好像有點詞不達意，她這麼說是不是有點歧義啊，由曦能聽懂嗎？她深切地表示懷疑。

由曦愣了一下，然後開始委屈：「哦，那妳回去吧。早點回來就好了。」

哎？杏杏覺得哪裡不對啊！

然而，由曦已經去洗碗了，沒有機會再聊這個話題了。

春節前一天，尉遲教授回家了。由曦開車送杏杏回去過年，順便採辦了不少年貨送過去。杏杏站在門口道：「你回去吧，我跟爸爸過了年就回去工作，你也……去見你父母吧。」

這是在趕他走？由曦很傷心，他是不是又被嫌棄了啊？

初八開工，杏杏才會回到由曦家。她這幾日過得有點不開心，尉遲教授也看出來了，然而，怎麼問她都沒有說。

由曦過得也很不開心，他很落寞，年夜飯是一個人吃的，朋友們要回家陪父母過節，只有他一個孤家寡人。杳杳過節還不帶著他，他果真有點多餘啊。

年初一到初七，都有朋友陪他打牌、唱KTV，然而還是覺得不高興。他家木頭連個電話都沒打給他，他打過去好幾次，小木頭就反覆在電話那頭說，跟爸爸過節啊，陪陪爸爸啊之類的。這是不想見他的意思嗎？他該不會要失戀了吧！

這種不好的感覺圍繞了他好幾天，終於在初七的這天晚上，三七、苦瓜都回國了，他們微信群聚會的時候爆發了。

由曦很委屈，抱著孫姐姐的大腿就開始哀號：「姐，妳說我長成這樣，還會失戀嗎？」

孫姐姐用力地踹了他好幾腳，都沒能將這個抱大腿的給踹下去，無奈道：「失戀跟長得帥沒有關係！你先把手給我鬆開，有話好好說！」

由曦把過年期間，小木頭多麼反常、多麼不待見自己都說了一遍，其間各種委屈，只差落淚了。那一副小媳婦的模樣，讓眾人看得都心疼了。

老李一拍桌子說：「由曦哥，我覺得你肯定要失戀了，需不需要我幫你聯繫個尼姑庵？你就地出家了吧！」

齊超：「滾蛋，他去尼姑庵那不是作孽嗎。我覺得，你們兩個之間肯定有誤會，杳杳不是那種始亂終棄的人。」

苦瓜：「哥，你別怕，你長這麼帥，瞎了才會甩你。」

三七抬手給了苦瓜一巴掌：「你怎麼就這麼顏控！」

只有孫姐姐皺眉好半天以後問：「我說小柚子，你有沒有想過帶女朋友見見家長啊？」

「呃……你的意思是小木頭想見我爸媽？」

「你們家小木頭是一個非常傳統的人，就像是從古代穿越過來的人似的，你們都談戀愛了，不帶她見見你爸媽，她心裡肯定沒底，這幾天反覆提起家人，大概就是在提醒你呢。」

經過孫姐姐的提點，由曦恍然大悟，立即打了個電話給遠在澳洲的父母，完全忘記了還有時差這件事，以至於由曦的爸爸接起電話之後第一句就是：「作死啊，正做夢呢！」

「做夢重要，還是你兒子的幸福重要？」

「你當個小破明星有什麼重要的，你老子做夢重要！你老子做夢都能做生意呢！」

父子倆吵得面紅耳赤，最後由曦的媽媽搶過了電話，阻止了這一場吵鬧。由曦這才心平氣和地說：「二老最近有空嗎？我交女朋友了。」

「有有有！」

說完，他們就掛了電話，直接買了最近一班飛機票回國了。

初八這天，由曦打了個電話給杳杳，讓她在家多待一天，並沒有說清原委。初九這天，由曦的爸媽一下飛機，一家三口直接殺到了尉遲教授家樓下。

由爸爸和由媽媽分別拿了不少東西，有一部分是由曦特意囑咐帶的特產，還有一部分是字畫。另外還有一個背包，由曦就不知道是什麼了，二老搞得特別神祕。

由媽媽昂首挺胸：「兒子，媽媽一定幫你搞定學霸！」

由曦心說，我自己已經搞定了，你們倆別給我添亂就可以了。

由曦一家三口，在尉遲教授家門口站了一會兒，由曦打了個電話給杳杳：「杳杳，我爸媽回國了，想來拜訪一下教授，可以嗎？」

杳杳瞬間就慌亂了……

她所期待的是能被當成女朋友介紹給他爸媽認識，但是要基於雙方都準備好，並非這麼倉促就上門啊！杳杳終於能體會到什麼叫熱鍋上的螞蟻了，怎麼辦？怎麼辦？

「杳杳妳有什麼心事，能不能別走來走去啦？」

「爸爸你看電視不要管我。」

尉遲教授癟了癟嘴：「妳在電視前面走來走去，我倒是不想管妳的，但是可以了吧？快過來坐下聊聊，出了什麼事？」

杳杳只好過來把由曦父母要來拜訪的事情說了，尉遲教授登時給了自家女兒一個白眼：「慌什麼！你們感情發展得好不好？妳要是想跟他走下去，那就見見他父母。現在的問題是，妳準備好了嗎？」

杳杳思考了一下，然後點了點頭。

尉遲教授按住了慌亂不安的女兒，說道：「開門迎接吧！」

杳杳嚇了一跳：「你是說人在門口了？這麼快？」

「都貼門上二十多分鐘了！趕快開門吧。」尉遲教授站起身，換了一套正式一點的衣服，杳杳匆忙跑過去，正準備開門，尉遲教授連忙又說，「妳先打個電話，就假裝我們不知道。」

「哦……」杳杳並不明白這是為何，打電話給由曦，由曦已經等候多時了，幾乎是秒接的，滿口答應道：「好，我們馬上到！」

掛了電話，由曦正打算敲門，就被由爸爸制止了：「你現在就敲門，那不是等於告訴他們我們就在門口嗎？過二十分鐘再進去，貼牆根可不是好習慣。」

於是，一家三口就坐在尉遲教授家門口的樓梯間。其間，還有人出來倒垃圾，樓道裡的燈亮起來，險些把鄰居給嚇著，在辨認出面前是個明星之後，歡呼雀躍地問：「男神能幫我簽個名嗎？」

由曦做了個噤聲的手勢：「妳回去拿本子，我幫妳簽名，別大喊大叫，吵到鄰居哦。」

小粉絲像隻小鹿一樣奔跑回去，一邊跑一邊說：「天哪，這是什麼運氣，倒個垃圾都能拿個偶像簽名！」

足足等了二十分鐘，由曦才去敲門。

尉遲教授早就幫杳杳做好了心理建設，所以在開門的那一瞬間，見到由曦的爸媽都在，她一點也不慌張，但是心裡多少還是很緊張的。在此之前，她對由曦的爸媽沒有半點瞭解。

「尉遲教授您好，這是我的爸媽，剛從澳洲回來，特來拜訪。」由曦非常正式，向尉遲教授鞠了個躬。尉遲教授扶了他一把，對由曦的爸媽笑了笑，讓開門口，做了一個請的手勢：「路上辛苦了。」

雙方寒暄了一會兒，尉遲教授親自沏茶，那沏茶的手法，相當精湛，有點讓人嘆為觀止。一比下來，由曦就有點心虛，心想，你們少聊點有的沒的，聊那些詩詞歌賦，我們家三個人加起來都聊不過杳杳，更別提她爹了。

好在，沒多久，就進行了下一話題。由由媽媽主持了大局：「我們這次回來，就是希望能把兩個孩子的婚事給定下來。我們家由曦過了這麼多年了，能喜歡上個異性不容易，我跟他爸以前都懷疑過他的性向，現在可算是好了，有了你們家杳杳。」

由曦頭上三條黑線，這該不是在黑自己吧？

杳杳探究性地看了看由曦，小聲問：「初戀？」

由曦咳嗽了一聲沒說話。

由爸爸也跟著說：「我們聽說教授你們是書香門第，我們家呢，也算名門了。杳杳是個學霸，我兒子呢，也拿過不少獎，應該還是能匹配的。」

尉遲教授頗為詫異，他倒不是真覺得由曦跟網上說的一樣小學程度，他只是好奇，由曦到底拿過什麼獎。

由媽媽非常自豪：「由曦小時候吧，就開始獲獎，這孩子其實挺有出息的。」

不知道為何，由曦感覺不妙，他看到由媽媽打開了那個來的時候，他也不知道裡面裝的是什麼的包。

只見由媽媽掏出了一疊獎狀，還有一些獎盃，放在茶几上，開始跟尉遲教授講解：「我們知道，杳杳從小到大拿過不少獎，還是三好學生什麼的，由曦也不差的，真的，相信我！喏，這個，是他小學三年級的時候，參加演講比賽，獲得的最佳氣質獎。這個是他初二的時候，去參加朗讀比賽，獲得的最佳臺風獎。這個是他高一參加學校的田徑比賽，獲得的我最喜愛的學長，當然這個是學生會發給他的。還有這個，很有價值的！大學時候脫口秀表演，最佳上鏡獎！還有出道以後那些大大小小的唱歌比賽獲獎，我就不說啦！總之，尉遲教授，由曦真的很喜歡你們家女兒的。」

尉遲教授有點驚訝，好半天沒說出話來。由曦狂汗，他是親生的嗎？杳杳強忍著笑，忍得好辛苦。

「媽，說點別的好嗎？」由曦強忍著怒意，微笑著說道。

由媽媽嘆了口氣說：「你看看，我們兒子多帥，你說長成這樣，我就跟他說，靠臉就行了，他還非要靠才華！杳杳要是跟由曦結婚了，賺錢養家，貌美如花，這四件事，由曦自己就能搞定了，杳杳一身輕鬆，多好啊！」

由曦仰天長嘆，爸媽在國外待太久了嗎？他們太久沒溝通了嗎？現在國內不流行這樣誇人的啊！

由爸爸一看氣氛和兒子的臉色明顯不對，連忙掐了由媽媽一把，說：「聽說您是國內很有名的書法家、文學家，這次回來匆忙，也沒準備什麼，帶了兩幅字畫，還請教授鑑賞一下。」

那幅字極好，是清朝雍正皇帝的真跡。雍正的書法暢朗嫺熟、氣勢宏偉，同眾多帝王的字一樣，有著一股霸王之氣。然而也有其他帝王的書法難以抵達的豁達之境，他的字大多瀟灑自然，如行雲流水，很難得是出自一個帝王之手。

尉遲教授愛不釋手，這樣一幅字在市面上得賣個幾百萬。以文會友，收了這麼一份禮，自然也要還個大禮。尉遲教授在書房掃了一圈，最終將一隻明代的青花瓷花瓶贈與了由爸爸。

由曦家裡本身就是做奢侈品生意的，對這種精緻的古玩自然愛不釋手，同時，也對瓷器有所研究。雙方家長投其所好，第一次見面出奇愉快。

晚上兩家出去吃飯，尉遲教授和由爸爸酒過三巡，又拉著由曦喝酒，由曦連忙拒絕了：「等一下還要開車，我就不喝了吧，改天不開車好好陪二老喝酒。前幾天剛出一個新聞，代駕不太安全。」

尉遲教授想了想：「杳杳不是去駕訓班學開車了嗎？等一下讓杳杳開。」

杳杳瞬間低下頭，腦海裡浮現了那幾個被她撞了的教練，據說在醫院裡躺了好一段時間。而由曦想起，自己教杳杳開車，不僅把車撞了並且還撞了自己，頓時覺得有些好笑。

有些事情就是很巧，抑或是緣分。杳杳如果沒有撞他，而後沒有那麼照顧他，他或許早就把這個助理換掉了，也就不會有後來的那些事情了。

長久的沉默，讓尉遲教授很疑惑，杳杳咳嗽了一聲說：「我陪你們喝，讓由曦哥開車吧！」

由曦想起了上一次杳杳喝醉的情況，頓時拍手道：「好呀好呀！」

第12章　總要有點時間和過去告別

由曦決定，再也不能讓自己全家都喝醉，只有自己一個人清醒了！

回想上一次雙方父母第一次見面，酒醉之後那個憂傷的場面，他簡直要無語問蒼天了！杳杳和尉遲教授喝醉了，父女兩人開始對詩，然後是對對聯，這誰聽得懂啊？

自己爹媽好歹也是久經沙場了，沒想到也那麼容易喝醉，喝醉了也就罷了，他們非要唱歌。唱著唱著把杳杳和尉遲教授也勾過去了，四個人一起唱。還手舞足蹈，好幾次都要從他的車窗裡鑽出去了，杳杳還掙扎著要把天窗打開，四個人站起來唱歌。由曦如坐針氈，忙前忙後，把車窗鎖死了，又把杳杳用安全帶捆住，這才能消停一會兒。

然而，他們還是在唱歌，一個比一個難聽，就跟殺豬一樣。他都懷疑，會不會半夜把員警給引來，把他們幾個都給抓了，判一個擾民或者影響市容，那都是非常有可能的事情。

作為一個專業歌手，聽著魔鬼般的歌聲，他的內心幾乎是崩潰的。

當天晚上他回家之後，四個人輪流吐，他打掃了一晚。更可氣的是，第二天早上杳杳醒過來後，還來問他：「你今天起得好早哦，不是沒通告找你嗎？」

由曦頓時怒火中燒，一把丟開了吸塵器，然後猛然間將杳杳推到了牆上，緊接著就吻了上去。杳杳被他吻得有點莫名其妙，然後有點缺氧，她胡亂抓了一把，由曦就用雙手按住她的雙手，身體緊緊地貼著。

杳杳不安地扭動了一下，在這清晨裡，明確地感覺到了由曦身體上的變化，他的呼吸更加急促了，眼神更加迷離了。

「杳杳……」由曦低沉又沙啞的聲音在她耳邊響起，就像一個魔咒一樣，杳杳幾乎就要淪陷在他的溫柔當中了。

只聽忽然一聲巨響，由媽媽的手機掉在了地上，由曦轉頭一看，地上的手機螢幕，錄影還沒有關掉。偷拍自己兒子接吻的媽，他總算是見識了。

由媽媽尷尬地笑了笑說：「那個什麼，兒子，我只是想去個洗手間而已，你們要不讓讓？」

杳杳一陣臉紅，推開由曦跑了，由曦氣得七竅生煙，問道：「親媽？確定不是充話費[18]送的？」

由媽媽翻了個白眼：「十月懷胎呢，我要不是你親媽，你能長得這麼好看？」

雙方家長的第一次親切交流，在元宵節之後結束了。由爸爸、由媽媽幫兒子訂了婚，才放心地上了飛機。

元宵節一過，尉遲教授又踏上了南下的列車，打算回到考察隊再工作一段時間，杳杳和由曦的生活也恢復了從前。

信任科技的智慧科技生活館專案正式啟動了，由曦拍攝了第一支代言廣告。這支有科技感的廣告剛開始投放，聖果娛樂就買下了不少版面來宣傳，同時，《不小心愛上你》的收視率成了同一時段的第一名，打破了偶像劇的收視紀錄。

由曦和潘朵的CP感爆棚，直接掩蓋了女主角鄭嘉兒的光芒，鄭嘉兒有點不爽，但是大家在一個公司，也就只能算了。

由曦那場抄襲的官司，也即將開庭。

開庭前幾天，杳杳還在查找國內法律關於智慧財產權這一塊的內容。他們似乎需要一個強有力的證據，最終才能打贏這場官司。

聖果娛樂在開庭前三天召開了一次緊急會議，由曦原本是不用參加的，他被勒令在家寫書，搞文學創作。這聽起來非常可笑，然而這件事真的發生了。

Moore哥經歷上次由曦筆電中毒事件以後，還是沒有放棄讓由曦出書的念頭，在年後風波都告一段落的時候正式提出，讓由曦閉關寫作。

這簡直讓由曦快瘋了，他每天被杳杳看著打字，有好幾次都想開窗從樓上跳下去，但是一看樓下草坪因為最近下雨有點髒，他就忍住了。

所以這次開會，是由曦唯一一個能夠出來透透氣的正當理由。

Moore哥經過一番探討，將這件事情的突破口放在了那個編曲身上。

由曦思考了片刻說：「我去跟他談談。」

Moore哥有些猶豫：「你還是不要出面了，我去吧。」

「我不認為你們兩個的關係會比我跟他要好，以我的瞭解，這件事上面他對我肯定是愧疚的，我去正好。」由曦很有信心，其實他走這一趟，無非為了給那人最後一次機會。

當天晚上，由曦和杳杳上門去找那個編曲，自然是吃了閉門羹。

由曦直接開始踹門：「你以前可是有告訴過我備用鑰匙在哪的，你到底開不開門？你再跟我裝你不在試試看！」

果不其然，沒多久，門就開了。來開門的是一個三十多歲的男人，留著邋遢的小鬍子，整個人看起來無精打采，眼睛裡還有不少紅血絲。

「又熬夜編曲了？沒有靈感就不要強憋，說你多少次了、董之臣！」由曦一邊說，一邊推開了他自行進去。

「杳杳，別客氣，隨便找個乾淨的地方坐。」由曦看了一圈，也沒有乾淨整潔的地方，就自己動手打掃了沙發的一角讓杳杳先坐。那熟絡的樣子，仿若這是自己家一樣。

杳杳委實好奇了，看他們的親密程度，也不應該會背叛才對。

「我以為我們兩個不會再見面了呢。由曦，是我對不起你，可是我真的沒辦法。」董之臣開始抽菸，一副苦大仇深的樣子。

「少跟我來這套。董之臣，我今天來就是想告訴你，給你最後一次機會，開庭的時候，你願意提供證據證明我的清白最好，如果不願意，我也有其他的辦法證明。你也是個搞創作的，應該知道抄襲是一件多麼噁心的事情。別抽菸了，看你把我的助理熏成什麼樣子！」由曦一陣咆哮，杳杳的確已經在咳嗽了。

董之臣掐掉菸頭，又嘆了口氣說：「我真的沒有辦法，我逼不得已。」

「你有難處不會跟我說？少跟我說什麼身不由己，全都是扯淡。做錯了改就行，你死不悔改算怎麼回事？」

杏杏覺得，由曦不是來勸人的，而是來罵人的。這樣下去，董之臣真的會幫他們嗎？杏杏深表懷疑。然而，她也不能出面制止，畢竟她是助理，她要聽老闆的。從另一方面來講，他是她男朋友，在外面她要給他十足的面子。

所以，杏杏沉默了，由曦爆發了，把董之臣罵了個狗血淋頭，最後還放了句狠話：「你不幫我作證，就等著瞧吧！小爺我絕對不會就這麼認栽的！」

兩個人從董之臣家裡出來，站在大馬路上，仰起頭看了看天，各自嘆了口氣。

「你還有別的辦法嗎？」杏杏問。

由曦搖了搖頭。

杏杏很無奈，你沒辦法，你還跟人掐架。

由曦理直氣壯：「小木頭，這件事我本身就是受害者，錯的是他們，我沒有道理低聲下氣。回家睡覺！」

「開車去一趟我們學校吧，我有本筆記找不到了，可能放在學校了，已經好久了。」杏杏找不到東西就會心情鬱悶，好不容易等到他們不忙了，學校也開學了，終於能回去拿了。

兩人回到了北京大學，對於這裡，杏杏有很多美好的回憶，她也是快要畢業的人了，對母校尤其不捨。

站在林蔭路上，抬頭就能看到自己最常去的教學大樓，再遠一點，就是研究生教學大樓，也就是上次《同桌的你》拍攝的地方。

「在看什麼？」由曦順著她的目光望去。

「看我明年的教室。」

「要考研？」

「嗯，學無止境。」

對於這裡，由曦也有很多回憶，大部分是不美好的，首先吃不飽，然後聞陌翾睡覺打呼，還得寫作業，他還被關在頂樓一個晚上。

頂樓？他猛然間想起了什麼。

「小木頭，你們學校是不是到處都有監視錄影？三百六十度無死角的那種？」

對於由曦再一次要侵入北京大學監控系統這件事情，杳杳強烈表示反對。兩個人甚至吵了起來，並且有點面紅耳赤。當然面紅耳赤的人始終只有由曦一個人而已，杳杳一直非常淡定地講道理、擺事實。

在杳杳眼裡，沒有經過允許的入侵，那就是在犯罪。所以在教育了由曦十幾分鐘之後，杳杳拿出電話，給遠在坑裡挖土考古的尉遲教授打了個電話，然後成功地請親爹出面，找到了相關的負責人，最終拿到了學校的監控錄影。

就在錄製《同桌的你》由曦走丟的那天晚上，他被關在教學大樓頂，無聊到開始哼歌，後來竟然愈來愈有感覺。也就是那天晚上，由曦創作了這一首曲子，並且在地上畫了其中一個小節的簡譜。

從時間上來講，這段影片的出現遠遠比網上那個說自己才是原作者的人發表早了許久，直接證明了由曦的清白。

拿到了這段影片，開庭當天，聖果娛樂大獲全勝。反告了那個網路上造謠的人毀壞由曦的名譽，並且連帶著告了編曲藁之臣，儘管在最後一刻，由曦也是不願意這樣做的，然而聖果娛樂不打算輕易放過背叛的人。

在出法院的那一瞬間，記者蜂擁而至，將由曦的意氣風發全部拍了下來，並且做了個簡單的採訪。由曦只說了一句話，就如同一開始他說的那樣：「我從來不會害怕謠言，因為那些在我面前都不堪一擊。」

聖果娛樂買下了微博熱點，成功將由曦被冤枉的這個話題炒了起來。陸續有幾個大行銷號出聲力挺證明清白，更是發布了由曦找回來的那段關鍵影片。頃刻間，一切大白於天下，由曦的粉絲開始為偶像喊冤，順便發表了更加愛男神的宣言。

在一片歡呼雀躍之中，由曦再一次不開心了，他鬧脾氣了。

「我能不能不寫這個狗屁回憶錄了啊？痛苦的寫作業時光有什麼可值得回憶的啊？」由曦咆哮了，他要崩潰了。

Moore 哥和小木頭完全沒有因為他立了一功，洗刷了冤屈這件事而放過他，讓他休養生息，抑或讓他出去拍戲工作也是可以的。但是為什麼，還是要讓他回來，寫這個狗屁的書啊！

對此，杳杳只是默默地看著，拿出了監考時候的認真態度，敲了敲他的桌子：「別偷懶，還有一萬字。距離你交稿還有三天時間，大壯哥說了，那邊的出版編輯已經快要被你給急死了，為了避免你身上背一條人命，你還是抓緊時間吧。」

由曦癟了癟嘴：「就我趕出來的這東西，真的能叫書嗎？」

杳杳非常嚴肅地搖了搖頭：「所以，你要留一天時間給我幫你檢查。」

由曦翻了個白眼，簡直想假裝昏倒送醫院了。他空有一身演技，奈何監考太過於犀利，完全沒有機會。

終於在交稿倒數第二天，由曦寫完了整本書，一共也就只有七萬字。杳杳幫他檢查批註，通篇標紅修改，足足十二個小時，才全部弄完。

由曦心疼不已：「以後我們再也不出書了，這樣妳就不用這麼辛苦了。」

杳杳坦然地接受了由曦的按摩，同時表示，你說了不算，大壯哥說的才算。

由曦澈底挫敗了，到底誰才是妳老闆啊！

《不小心愛上你》的收視率很好，發行方決定多做一些宣傳，找到了國內最火爆的一檔綜藝節目，幾位主演全部被邀請去參加。

這在某種意義上算由曦復工以後的第一個通告，杳杳很重視，熬夜看了不少綜藝節目，想到了一些笑點，找本子全都記了下來，囑咐由曦上節目要怎樣表現才會刷到好感，由曦笑著聽完了長達兩個小時的培訓。

「說完了嗎？杏杏老師講課辛苦了，我給妳一個獎勵吧！」

說著，由曦就靠了過來，杏杏連忙向後躲了一下：「你幹嘛？」

由曦心想，這還不夠明顯嗎，占便宜啊！但是他嘴上不能這麼說，杏杏聽了肯定要炸毛，於是他含情脈脈地看著杏杏說：「我覺得已經在一起這麼久了，有必要進行一下考試，檢驗一下對方的談戀愛技能。」

杏杏思考了一下：「你為什麼能一本正經地胡說八道？」

由曦撇了撇嘴：「小木頭……唔……」

杏杏迅速地在由曦的唇上印下一吻，蜻蜓點水一般。由曦直接驚呆了，瞪大了雙眼看著杏杏，杏杏被他看得臉倏地紅了，然後四處逃竄。

過了足足五分鐘，由曦才回過神來，然後尖叫了一聲，緊接著開始哈哈大笑。他迫切地想要跟人分享這個喜訊，於是在微信群裡狂轟濫炸：『我女朋友親我了！親我了啊！她竟然親我了！』

沒多久，老李秒回：『二貨！都幾點了，你又不是初吻，能不能消停一下子？談個戀愛讓我們都累死了！』

孫姐姐：『小柚子……我對你很失望，你好歹也是個大眾男神，並不是大眾男神經。不要搞得像沒接過吻似的，說出去都丟人。』

三七和苦瓜都不在，國外這個時間點他們正在上課。

最後只有齊超像模像樣地回覆他說：『恭喜啊！你說那節目邀請我，我去不去？』

齊超說的就是他們劇組的那個節目，原本是兩女一男，帶著齊超正好兩對，也是可以的。於是他剛打算回覆一個「你來啊」，就又聽齊超說：「潘朵不會誤會吧？我不想讓她誤會太多。」

而那邊，杳杳回到房間，正好接到了潘朵的電話，她顯得很緊張，問：「杳杳姐，你說男神他會不會跟我們一起去錄節目啊？」

「應該會吧。齊超他人那麼好，劇組有需要，他會幫忙的。」

「我也覺得他會去，但是肯定不是因為劇組。」潘朵信誓旦旦，「杳杳姐，我能感覺到，男神他暗戀我。」

「正好妳也喜歡他，你們兩個在一起吧。」杳杳由衷地祝福，她覺得身邊的有情人都成眷屬，是一件很美好的事情。

潘朵嘻嘻地笑了：「不急不急，我二舅說了，感情要水到渠成才好。不過我覺得，男神他忍不了多久。杳杳姐妳知道嗎，他特別關心我。每次我傳訊息給他的時候，他都跟我說，妳快睡吧。」

「呃……」杳杳頓了一下，「好像還真的滿關心妳的，早睡對身體好。」

「對吧、對吧，我的預感可是很準的，嘻嘻。不說了，我去打電話給男神啦！杳杳姐晚安啊！」

掛了電話，杳杳覺得應該睡了，畢竟已經半夜兩點了，這個時候打電話給齊超是不是不太好？

由曦在門口聽到兩個情商負數的人的對話，深深地嘆了口氣，難道你們兩個都不覺得，說一句話就讓妳去睡，這是不想跟妳說話的意思嗎？他無奈地聳肩，看來自己果然是智商壓制這幾個人啊！

《你若安好》是一檔綜藝節目，已經辦了十年，在國內綜藝是數一數二的。很多電視劇、電影之類也會將這裡選為首次宣傳的地方，畢竟這是一檔收視率極高的節目，在這裡亮相，幾乎可以免費上熱搜。

這樣一塊肥肉，自然成了眾多人眼中必須拿到的資源。《不小心愛上你》這部電視劇，首輪播出已經結束，在剛開始播的時候節目組發過邀請，小天王由曦很少會參加綜藝節目的錄製，因此這是一個非常好的契機。然而，緊接著就爆出了由曦的醜聞。現在醜聞都過去了，節目組做出了一個接檔另外一個電視劇的宣傳點，再一次邀請了《不小心愛上你》這個劇組。

劇組的製片人欣然嚮往，當即就答應了，然後開始各方動員。

動員的最後結果是，週一下午三點開始錄節目，嘉賓為由曦、鄭嘉兒、潘朵、齊超。

齊超很不理解，自己作為一個友情演唱主題曲的人，為什麼這個劇組什麼活動都要帶自己。他已經逐漸轉入幕後了，這一、兩年也都只是發單曲來維護自己的粉絲而已，雖然網上粉絲讓他繼續演戲的呼聲非常高，然而齊超還是拒絕了不少劇組的邀請。

杳杳今天要回學校參加培訓，關乎她上研究所的事情，所以由曦把她送到學校以後，自己去錄節目了。

由曦這幾天都很興奮，杳杳覺得他可能是吃錯藥了，又或許是根本就沒吃藥，導致精神病復發，更嚴重了。她非常擔心由曦上節目會亂說話，他以前訪談類的節目上得比較多，綜藝節目其實嚴格意義上來說是第一次，《不小心愛上你》的首播見面會不算。

綜藝節目就意味著要玩遊戲，要表現出很多不一樣的面。由曦那個性格……杏杏深深地懷疑，他會搞砸了。到了教室，她火速撥通了Moore哥的電話，請求他去看著由曦。

儘管如此，杏杏上培訓課的時候也不能安心，總是時不時地看一下手機，有沒有簡訊，由曦有沒有吐槽什麼，大壯哥有沒有告狀。然而，那邊一直很平靜，這讓她的心更加不安起來。她知道有一種平靜，叫暴風雨前的平靜。

「尉遲杏杏，妳確定要讀這個科系研究所嗎？」輔輔導員站在杏杏面前，以一種難以置信的神色看著她。

杏杏回過神：「啊？是的，老師。」

「呃……我覺得妳還是再考慮一下吧。這個不是很適合妳，學校很看重妳的。」輔導員拍了拍杏杏的肩膀。

杏杏發了好一會兒呆，才發覺拿了醫學系的資料，竟然還是男科學！她像是觸電了一樣，將手上的資料扔掉了，然後洩氣地趴在了桌子上，叨念了一句：「由曦你怎麼不打電話呢？」好歹也讓她知道工作順不順利吧。

另一邊，節目正在錄製，不知為何，由曦和齊超的CP感爆棚，兩位女嘉賓反倒成了點綴。不過，潘朵是一點也不在意的，她只要看著齊超就好了。

鄭嘉兒有點鬱悶，中間休息進廣告的時候，由曦看她板著臉，就過來問：「妳怎麼了？」

鄭嘉兒當時正在思考，突然非常正經地說了句：「男神，就是你，你搶了我的風頭，我不生氣，要是換作別人肯定不行！」

由曦樂了：「為什麼啊？」

「你比我好看啊！這可是個看臉的時代啊！」鄭嘉兒哀號了一聲，然後靈機一動，追著由曦問，「男神你這到底是在哪裡整的啊？能不能介紹給我啊？我總覺得我這鼻子和下巴好像不太行。」

由曦搖了搖頭說：「妳不是臉不行。」

「那我是哪不行啊？」

由曦指了指頭。

鄭嘉兒一臉迷茫：「這不就是臉嗎？」

由曦覺得有點沒辦法溝通了，轉身去找 Moore 哥。

Moore 哥遞給他一瓶水：「剛才編導來溝通了，等一下有個橋段要回憶初戀，要打電話給初戀，你這邊我幫你安排一個人吧。等一下你就按照這個號碼撥過去，說什麼不用我教你吧？怎麼感動、怎麼有共鳴怎麼說，OK 嗎？」

由曦笑了笑。

Moore 哥頓時不安起來：「你可別亂來啊！不許胡鬧了！」

「我知道分寸，既然是打電話給初戀呢，那我當然要打給初戀啊，作假可不好。你幫另外幾個人安排一下吧，尤其鄭嘉兒，不知道要說什麼呢。還有潘朵，別等一下直接大喊，我初戀是齊超，能直接把齊超嚇跑，你信不信？」

Moore哥頭疼，他帶來的這幾個藝人，怎麼一個比一個不省心啊！得了，他還是先相信由曦的智商，去忙其他幾個吧。

就在Moore哥為另外兩個奔走的時候，由曦傳了一封訊息給杳杳，內容是「等一下打給妳」。

杳杳看了一眼，鬆了口氣，這就代表節目錄製得很順利，大壯哥也沒告狀。她全身心投入培訓課，順便還寫了幾張考卷，愈寫愈帶感。

就在杳杳答題答得非常投入的時候，她的電話響了。杳杳一旦投入一件事情就會非常認真，不喜歡被外界打擾，所以她喜歡教室、圖書館等地方，不會被人吵到，可以思考自己的事。因此當這個電話不合時宜地響起的時候，杳杳一下子被人打斷了思緒，就好似突然被扔到海裡，渾身一個激靈。

她看也沒看，拿起電話，語氣有些不好：「你哪位，最好是有正經事找我。」

當電話打通了以後，由曦滿心激動，突然聽到杳杳冰冷的聲音，他有點不適應，然後頗為心虛地說了句：「是我啦，由曦。」

杳杳皺了下眉，完全忘了由曦說過要打電話，於是問：「你不是在錄節目嗎？為什麼打電話過來啊？出什麼事了嗎，你闖禍了嗎？」

由曦的臉有點紅：「沒有，就是讓我們現場連線自己的初戀。」

杳杳頓了一秒，然後說：「有沒有搞錯，你的初戀是我？」

全場觀眾凝神屏息，由曦疑惑：「妳什麼意思啊？」

杳杳：「您過了年都二十七了，我是您初戀？蒙誰啊！」

由曦：「怎麼就不能是初戀了啊？尉遲杳杳，妳到底是什麼意思！」

杏杏：「就是有點不相信啊。我都談過戀愛，你竟然沒有。」

由曦：「就妳那破戀愛，跟沒談過有什麼區別啊？劈腿男壓根不算什麼戀愛經驗！」

杏杏有點生氣：「是就是是，不是就是不是，沒有似是而非的答案。」

由曦也怒了：「怎麼回事啊？我就回憶一下初戀，妳有什麼不相信的！」

一瞬間火藥味十足，兩個人握著電話直接吵起來了，Moore 哥急得汗都出來了，這就是由曦說的不用擔心他？在錄節目的時候掐架？

齊超咳嗽了一聲：「杏杏，跟大家打個招呼？」

原本齊超是想緩和一下氣氛，可是沒想到，由曦的電話裡變成了一陣忙音。尉遲杏杏她把電話掛斷了！由曦頓時怒火中燒，這是什麼意思？說好了給他面子呢？

現場一片尷尬，主持人也沒預料到是這樣的結果，接了好幾句都沒接好這個場面。

就在由曦打算說什麼的時候，杏杏的電話打進來了。

「由曦哥你剛才是正在錄嗎？」

「嗯。」

「你怎麼不早說！我以為你在休息！我們要不要重新打一次，假裝什麼都沒發生過啊？那一段可不可以剪了不播的嗎？」

由曦「噗哧」一聲笑了，他聽得出杏杏的緊張以及擔心，柔聲道：「好啦，乖。別擔心，沒關係的。就這樣吧，等一下去接妳下課。」

「嗯，晚上煮飯嗎？我去買菜。」

「等我陪妳去，妳又不會挑。」

杳杳捏著電話笑了起來。

節目現場突然爆發了一陣「哇」的聲音，主持人也接了一句：「黃金時段，你們兩個煲電話粥，要不要這麼虐狗啊！我也還是個單身啊！」

由曦有點不好意思，杳杳握著電話直接抓狂地大喊了一聲：「你還在錄你怎麼不說啊！啊啊啊，丟死人了！」

說完，「啪」的一下掛了由曦的電話。

雖然被掛了兩次電話，然而由曦一點也不生氣，節目的錄製現場情緒也很高漲。主持人順勢開始採訪第二位嘉賓，鄭嘉兒的初戀是Moore哥一早安排好的，沒有出什麼紕漏，潘朵年紀還小，不適合有初戀這種東西，事實上她也是沒有的。

最後就剩下齊超還沒有採訪，對於初戀這個話題，他有些抵觸。

齊超的腦袋放空了好一會兒，彷彿將嘈雜的攝影棚屏蔽了一般，只有他一個人。他回憶起了什麼，突然笑了一下，那一笑簡直要了潘朵的命，她倒吸了一口冷氣，然後身體就往下滑。

由曦手疾眼快，扶了她一把，小聲訓斥道：「幹嘛呢，坐沒坐相的。」

潘朵滿臉寫著花癡兩個字，看著齊超深情款款地對由曦說：「三舅，我男神他太帥了。要命了、要命了，別人賣笑要錢，他賣笑要命啊！」

由曦皺了皺眉：「淡定點，妳別嚇到他！」

齊超從長久的回憶中回到了現實，對主持人說道：「我的初戀已經沒辦法連線了。她已經去了另外一個世界，但是我每次想起她，仍然覺得很開心。沒什麼好說的，大家珍惜現在吧。」

潘朵原本笑靨如花的臉，頓時垮掉了。她覺得完蛋了，她已經做好了持久戰的準備，然而她的對手是個已故人士。她很頭疼，下了節目之後，哭喪著臉對由曦說：「三舅男神，你知不知道他們倆是怎麼回事啊？我覺得我的天都塌了，你說，齊超男神喜歡我，是不是因為我長得像他初戀女友啊？他是不是把我當替身啊，哎呀，算了、算了，替身就替身吧，我願意獻身了，我這就去找他！」

這什麼亂七八糟的？由曦聽了第一句，原本還想告訴她齊超的初戀，沒想到後面愈來愈不可靠，直接一把揪住潘朵，對著她的腦袋拍了一下：「沒吃藥啊？妳沒事少看點偶像劇，這玩意太荼毒青少年了。」

潘朵不服氣：「三舅，都不看偶像劇了，我們不就沒有工作嗎？」

由曦翻了個白眼：「你三舅我是實力派。」

潘朵撇了撇嘴：「長那樣也好意思覥著臉說自己實力派。」

「這還是我的錯了？」

Moore 哥路過的時候，正好聽見他們倆說到這裡，頓時乾嘔了一聲：「我怎麼帶了你們這些厚顏無恥的藝人啊？要點臉行嗎？」

鄭嘉兒緊跟著 Moore 哥的步伐說：「對對對，我就很謙虛，我長得很一般，我是實力派，從來不做偶像派。」

Moore 哥看了鄭嘉兒一眼，點點頭：「妳這個說的是實話。」

鄭嘉兒張了張嘴，有點委屈。

Moore哥：「別看了，潘朵和鄭嘉兒回公司，由曦我有點事情要跟你說。」

「改天再說，我急著去接木頭呢。」

由曦說完就要跑，Moore哥順便就蹭上了他的車：「我跟你一起去，見了杏杏再說。」

杏杏上完培訓課，做完了幾張考卷練手，感覺挺好的。跟由曦約定好的時間還沒有到，她索性去圖書館看書。

圖書管理員跟她很熟，杏杏大學這幾年幾乎每天都來，圖書館的每一本書，她即便沒有看過，也都至少摸過一遍。

她拿著一本珍藏版的《三國志》在讀，突然有人敲了敲她的桌子，抬頭一看，是管理員，管理員小聲說：「杏杏，我剛才去學生餐廳看見妳男朋友，下大雨被困住了。妳要不要去接一下？我這裡有傘，剛才不方便送他，我看那樣子挺急的。」

「哦，好，謝謝你。」杏杏翻了電話出來，由曦來了竟然沒有打電話，她有點奇怪，但還是拿著傘去了學校的學生餐廳。

這個時間點不偏不正，學生餐廳剛開門，還沒有多少人過來。她推開門，正打算進去，裡面有個人迎面走了出來，杏杏微微一愣，對方也是一愣，然後笑了笑。

「杏杏，好久不見。」殷舊站在玻璃門裡，杏杏站在門外，對視了一眼，殷舊覺得時光似乎定格了，如果真的能夠定格就好了。

杏杏「嗯」了一聲：「回母校體驗生活？」

殷舊微微詫異，旋即笑了笑說：「妳跟由曦在一起之後，話變多了，也犀利了。」

「你覺得我在損你？」

殷舊詫異杏杏的直接，但還是點了下頭：「有點那個意思。」

杏杏也跟著點頭：「說對了，我還真是在損你。你有事嗎？讓讓可以嗎？我來幫我男朋友送傘。」

杏杏說完就要推門進去，殷舊一下子握住了她的手，杏杏瞬間驚愕，用力抽回了自己的手，警惕地看著他：「你幹什麼？」

「由曦不在這裡。杏杏，圖書館的那個老師剛才看到的人是我。」殷舊說話有點急促，他心裡很不舒服，有個詞叫鬱結於心，他現在就是如此，煎熬得都快要炸了。

杏杏皺緊了眉頭：「她都不看電視，不上網的嗎？那我回去等他。」

杏杏轉身就走，殷舊提著便當追了出來，下雨路滑，他險些摔倒，大雨很快淋濕了他的頭髮，他攔住了杏杏的去路，急切道：「重新開始吧，杏杏。妳看京大還是跟以前一樣，我們仍舊是公認的一對。他們看見我就會想起妳，看見妳也會提到我，這不是很好嗎？我們彼此有對方的印記，我們一起度過了大學那麼多的時光。轉一圈各自回到原點，不會有任何變化的！」

杏杏詫異地看著眼前這個人，幾乎無法確定這是曾經的殷舊，她甚至覺得，他像個落水的人，急於抓點什麼救命，隨便是什麼都可以，而自己就是那個隨便之一。

「有病的話就去看看醫生，心理醫生也是醫生，諱疾忌醫可不好。我可以理解你現在壓力大，所以覺得過去也滿好的。但是這都是你的錯覺，你需要的是釋放壓力，而不是逃避。況且……」杏杏頓了一下，殷舊一直很認真地看著她，「我並不覺得，破鏡可以重圓，也不覺得我們是公認的一對，放眼望去，只要沒瞎的都能看出來，由曦比你要好。」

殷舊苦笑了一聲：「妳到底還是怨我的，杏杏。我那個時候，真的沒辦法，流言蜚語是會逼死人的！他們都說我是因為跟妳的關係，妳爸才幫我的！我不想一輩子在你們家抬不起頭！」

「敗者才會一直找藉口，背叛就是背叛。我都已經忘記了，你還執著幹什麼？你是想告訴我，你現在後悔了，跟童錦在一起壓力更大了，更加受人議論了，所以你受不了了，想退而求其次，對嗎？」

「我……」

「但是，我從來不做任何人的退路。請你以後不要再來找我了，童錦是個很小心眼的女孩，別做一些讓女朋友誤會的事情。」杏杏說完，帥氣轉身，然後就看見雨裡站著的由曦，他撐著傘，帶著淡淡的微笑，一直看著她。

杏杏有些驚喜，快步跑了過去：「你節目錄完了？」

「嗯。」

「你來多久了？」

「從妳說他有病開始。」

「那你怎麼沒過來？」

「總該給妳一點時間，跟過去告別。」

杏杏笑了，由曦似乎愈來愈瞭解她了，她一直少一個機會，這麼正式地告別過去，他的不打擾，讓杳杳很感動。

杳杳扔掉了雨傘，一下子撲到由曦的懷裡，然後更加驚訝地發現，由曦身後替由曦撐傘的 Moore 哥。杳杳一下子臉紅了，放開了由曦。

「大壯哥，你也來了啊。」

Moore 哥黑了下臉，大壯哥，大壯哥……他忍了。

「兩件事想跟你們說，第一，由曦的那本自傳，要上市了，我們要搞個簽售會，時間定在了下週六。第二，好萊塢的那個劇本還記得吧？要開拍了，收拾收拾，簽售會結束，去國外工作一個月。拍攝時間半個月，剩下半個月，算你們公費旅遊。」

由曦睜大了眼睛：「你有這麼好？」

Moore 哥聳聳肩：「就是這麼好。」

杳杳覺得，絕對沒有這麼好。

週六上午九點，由曦起了個大早，當他睜開眼睛，發現吵醒自己的人是杳杳的時候，他也只能忍了。

杳杳幫由曦選好了衣服，化妝師上門做了造型，三人一起出發，由曦還是坐在駕駛座上充當司機的角色。

杳杳看由曦睏得直打呵欠還要開車，有些於心不忍，於是道：「由曦哥，要不然我再去考一下駕照吧。以後我開車，別人家都是助理開車，總是讓你開，有點不像話。」

原本還被瞌睡蟲困擾的由曦，一聽說杳杳想要再次學開車，頓時毫無睏意，精神百倍。他用力地搖頭：「我不睏，真的一點也不睏，藝人就應該自己開車，助理太辛苦了。木頭妳千萬要放棄開車這個念頭，就當是為國家貢獻了。」

杳杳癟了癟嘴，她的技術被懷疑了，但是她沒辦法反駁。

到達簽售會現場，這一次選擇的是本市最大的圖書大廈。簽售會十一點半開始，由曦和杳杳十一點到達現場。

整個圖書大廈都是由曦新書的廣告，慕名而來的粉絲將這裡圍得水泄不通。花費了好大的力氣，由曦和杳杳才順利上了頂樓的簽售現場，躲進了休息室。

Moore哥一大早就來打點現場了，隨行的還有圖書公司的幾十位員工。這本書的責任編輯在看見由曦的那一瞬間就尖叫了一聲，她還是第一次見到由曦本人，只覺得一個帥字撲面而來。

簡單地寒暄之後，簽售正式開始。

杳杳站在由曦旁邊，做著幫他翻書、遞筆之類的工作。

由曦對每一個買書來簽名的粉絲都回了一個微笑，幾乎是有求必應，粉絲讓他寫什麼，他基本上都會寫上去。從十一點半簽到了下午三點，由曦的手都要斷掉了，後來他沒那麼多精力再寫太長的句子，就只能簽名了。

杳杳看著由曦的手都在顫抖了，有些心疼，可是這種事情又不能代簽，本來粉絲就是衝著由曦的簽名來的，作假太過於讓人寒心。她除了心疼，似乎也不能做什麼了。

中間有次杳杳悄悄離開，去買了杯豆漿回來，由曦中午沒有吃飯，早就餓得頭暈眼花了，然而粉絲也都還餓著，他不能明目張膽地吃東西。

由曦喝了一口茶杯裝著的豆漿，抬頭看了看杳杳，對著她笑了笑。那笑容甜膩膩的，有粉絲捕捉到了，尖叫著就跑開了。

杳杳被他這一眼看得有些臉紅，別過臉去。

後來粉絲實在是太多，場面有些控制不住，就提議讓由曦休息一會兒，粉絲們雖然想見偶像，但是也是心疼他的。

由曦回到休息室，整個人澈底散架了，癱在沙發上，好半天說不出一句話來，杳杳慢慢地幫他揉捏手腕。

Moore 哥買了吃的回來，由曦一下子站起來說：「Moore 哥，我爸媽最近想幫我改個名字，他們覺得由曦的曦字不太好。」

Moore 哥抬了抬眼，慢條斯理地吃遲到的午飯，說：「要幫你改成什麼啊？」

由曦嘿嘿一笑說：「由一！我以後就改名叫由一了，由曦這個曦字，也太難寫了！累死老子了啊！」

杳杳撫了撫額頭。

Moore 哥嚇得三明治直接掉在了地上：「你再跟我說一遍？」

「我以後叫由一！」

Moore哥欲哭無淚：「我這是造了什麼孽啊！」

杳杳怕局面控制不住，趕緊過來安慰：「大壯哥，你別哭，我會勸勸他的。大壯哥？」

Moore哥看了一眼杳杳，臉抽了抽，然後真哭了：「我要改名！」

對於兩個死活都要改名的人，杳杳非常不理解，姓名這個東西從一出生就有了，屬於父母的一番心意，跟隨了那麼多年，怎麼好說不要就不要了呢？

在杳杳苦口婆心的一番勸說之下，由曦和Moore哥有一種要瘋掉的感覺。

好在，這一場鬧劇沒有維持多久。去好萊塢拍電影的日子到了，長時間的飛行，儘管是頭等艙，也讓人渾身痠痛。

Moore哥親自過來溝通拍攝，當由曦再一次拿起劇本好好研究的時候，他怒摔了劇本。

杳杳被嚇了一跳：「怎麼了？」

「小木頭，我們被坑了啊！」由曦仰天長嘯。

杳杳撿起劇本看了一下，她的英文一般，勉強看懂了。

電影的名字叫《精靈傳說》，虛構了一個奇妙的世界觀，有人類、精靈、惡魔、神這幾個種族，魔界突發變異，一場浩劫隨之而來，人類苦不堪言，精靈於心不忍，去求助於神，而神冷漠地袖手旁觀。男主角所扮演的人類，身懷超能力，帶領人類保衛家園，最終成了新的神。

這是一個大製作電影，整個團隊都是好萊塢頂尖的。男主角是獲得過奧斯卡大獎的，最關鍵的是長得帥。而精靈王國的演員更是精心挑選，哪怕是個路人甲，都帥得一塌糊塗。製片方選擇由曦來扮演這個精靈王，最主要的原因有兩點。

第一，由曦非常不想承認的，靠臉。

第二，由曦在國內擁有超高人氣，能夠拉動中國市場的票房。

而 Moore 哥拿到這個資源，決定接這部片子，實在是因為這是個雙贏的局面。

但是讓由曦和杳杳怎麼都想不到的是，精靈王國還有另外一位領袖級的人物，跟由曦扮演的精靈王是親兄弟，而這個演員的人選，竟然是宋且歌。

由曦咬了咬牙，Moore 哥低聲解釋：「我也不知道有宋且歌，這個角色是後來加上去的，應該還在洽談。」

由曦的氣壓很低，他不是男主角，宋且歌也沒有多少戲份，對手戲更是只有一場，但是他就是不想跟這個人出現在同一個畫面裡，這怎麼辦？由曦翻來覆去，幾乎要癲狂了。

在由曦第三次起床去喝水的時候，杳杳被他吵醒了，從房間裡面走了出來。

「吵醒妳了？」由曦有些歉疚。

杳杳搖了搖頭說：「我也忽然睡不著了，想來想去，這部電影最好不要有宋且歌出現。」

由曦狂點頭：「對嘛、對嘛，看見他就討厭。大男人還整型，自己整型還非得說我整型，老子這麼帥，哪個醫院整得出來！」

杳杳拍了拍由曦的肩膀：「不是因為這個不能有他啦。由曦哥，我覺得大壯哥也很不願意宋且歌出現。你是歌手身分，他比你早一點入電影這個圈子，本來你就有點吃虧，這一次同臺合作，他萬一壓過了你的風頭，我們豈不是給人做配了？你的粉絲也不會同意的。」

由曦愣了一下，很是意外：「小木頭，妳愈來愈有做經紀人的架勢了。」

杳杳不好意思地笑了笑說：「所以我們要找一個更加有分量的人來頂替宋且歌。」

「我打個電話給 Moore 哥。」

半夜時分，Moore 哥打著呵欠來到了由曦的房間，三個人一番商量，Moore 哥非常贊同他們兩個的想法，一定要換掉宋且歌。三人一拍即合，有點狼狽為奸的意思。

「可是，這個人選找誰呢？要比宋且歌還有分量，能說服劇組。」杳杳提出了一個關鍵性的問題。

然後三個人一同陷入了沉思，房間裡只能聽到偶爾有水龍頭滴水的聲音。漫長的等待之後，杳杳小聲說：「我有個人選，但是我不知道他會不會答應。」

由曦：「想盡辦法讓他答應，實在不行，Moore 哥你就去給人下跪。」

杳杳點了點頭：「下跪估計可以，他應該會心軟。」

Moore 哥飛速地給了這兩個人一人一記白眼，心道，你們兩個怎麼不去下跪，欺負我單身是嗎！

18充話費：預繳電話月租費，此與「從石頭裡蹦出來的」以及「從垃圾筒裡撿來的」意思相同。

第13章　從此時光靜止

Moore哥鬱悶歸鬱悶，事情還是要辦的。對於這個新的人選，他也心中有數。

三人互相看了一眼，然後不約而同地說出了一個名字——齊超。

從百度百科來看，齊超拿了國際大獎以後，就在電影圈裡慢慢隱退了，他忽然一下子再也不拍了，杳杳怎麼都猜不出這是為什麼。齊超是熱愛影視的，從他頻繁接影視劇主題曲就可以看出，可是他對邀約一律不接，這其中一定有什麼原因。她迫切想要知道答案，最後還是由曦說出了真相。

「他不接戲有兩個原因，一是自己的水準已經快滿了，沒有什麼好劇本，他需要的不是複製自己的成功，而是新的突破，他寧缺毋濫，所以一直沒有新作品。」

杳杳似乎可以理解，齊超也是一個有很高追求的人。那麼這個劇本應該可以打動他的，並非完全賣弄特技的一部電影，對最人性的挖掘還是有一定力度的。杳杳有信心，可是當她聽到第二個原因的時候，杳杳沉默了。

齊超獲得大獎的那部電影，在拍攝的時候，現場發生了意外，他的初戀女友，也就是他的經紀人，為了救他，發生了意外。他不願再去觸碰這些，想起那些過去。那種撕心裂肺的感覺，杳杳沒有嘗試過，也一輩子不想知道是什麼滋味。

杳杳有些退卻了：「不然，算了吧。」

由曦其實心裡也沒底，齊超不願意做的事情是沒有人能夠強迫的，他作為好友也不願意強迫他。這件事情，一下子陷入了一個死局。

Moore 哥還在想辦法，絕對不能夠讓宋且歌進組，Moore 哥盡量跟製作方溝通，想著能拖一天是一天。

直到 Moore 哥愁眉不展的第四天，潘朵從天而降，撲向了 Moore 哥：「二舅！你有沒有想我？我這次讓你哭著幫我點讚！」

Moore 哥滿肚子的怒火，對著潘朵大喊了一聲：「妳信不信我讓妳哭著回國！」

潘朵的笑聲戛然而止，默默收回了手，從 Moore 哥身上下來，特別委屈地說：「我聽杳杳姐說你們有苦難，特地從國內帶來了拯救你們的人，沒想到，二舅你是這種態度。嗚嗚嗚……齊超男神，我們回去吧！」

聽到這個名字，Moore 哥的眼睛瞬間亮了起來，潘朵身後站著的那個高大帥氣的男人，不是齊超又是誰？

由曦在聽到這些響動時，第一時間衝了出來，滿臉驚訝：「你微信上不是拒絕我了嗎？怎麼來了？探班？」

齊超無奈地笑了笑，並沒有說話。潘朵哼了一聲，接著乾嚎：「男神我們走吧，我們這就聽我二舅的哭著回國。」

Moore 哥一陣頭疼，按住潘朵的肩膀：「朵朵別鬧了，怎麼回事？」

這也是由曦想問的，大抵也就只有杳杳知道原因了。她在前幾天接到了潘朵的電話，兩個人閒聊起來，她就提起了這個話題，潘朵當時拍胸脯保證，這件事情包在她身上，畢竟暗戀總是要付出代價的。

沒想到，今天潘朵真的把齊超帶到了大家面前。

杳杳詫異地問：「齊超真的喜歡妳？」

潘朵自豪地點頭：「那當然，杳杳姐，我就說這件事只有我可以吧！」

齊超頓時覺得天都黑了，他身體搖晃了一下，由曦扶著他才沒有倒下去。由曦也小聲問他：「怎麼回事？淪陷了？敗在一個蘿莉手上了？」

齊超有一種一言難盡的感覺，嘆了口氣說：「先帶我去見見製作人和導演吧，這戲能不能演，還得談。」

當天下午，齊超跟《精靈傳說》的製片人和導演見面，對方非常詫異。他們的第一人選本來就是齊超，只是溝通出現了困難，才選了宋且歌。合約簽得很愉快，這勢必是一次非常愉快的合作。

等合約都簽完了，齊超才緩了口氣，入住飯店，洗了個熱水澡，只感覺自己上了賊船。可是這又能怪誰呢？

無論由曦怎麼問，齊超都不願意說。由曦無奈了，但是又非常好奇，有什麼事不知道，他一宿都睡不好。半夜的時候，由曦去敲杳杳的房門，抱著枕頭非常可憐地問：「能不能去幫我問問啊，我內心非常焦慮。」

杳杳心想，你這個處女座強迫症犯了直說就好啊，還焦慮。

然而她還是去幫忙問了，敲響了潘朵的房門，恰好潘朵也還沒睡，她很興奮，在房間裡手舞足蹈，正愁沒人能夠分享喜悅心情的時候，杏杏就來了，這於她來說，簡直是一場及時雨。

「杏杏姐謝謝妳！在所有人都不看好我跟齊超男神的時候，妳鼓勵了我，能讓我堅持下來。」

潘朵的鄭重道謝，讓杏杏有點眩暈，好半天才問：「你們在一起了？」

潘朵神祕一笑：「還沒呢，不過快了！杏杏姐，我其實知道他為什麼不拍戲了。他根本就走不出過去的陰影，我既然喜歡他就不能讓他一直活在過去的陰影裡，我要拉他出來。所以那天我帶著劇本去了他家，我們喝了點酒，然後就……」潘朵的臉紅了起來。

杏杏倒吸了一口冷氣，頗為驚訝地問：「你們生米煮成熟飯了？酒後亂性嗎？」

潘朵嬌嗔地瞪了杏杏一眼：「杏杏姐妳說什麼呢？我是那樣的人嗎？我不會趁機占便宜的。」

杏杏隱約覺得，占便宜這種事，女生一般做不來。

潘朵又說：「但是呢，第二天起來，我們兩個的確是躺在一起的。」

杏杏扶額：「妳說話可不可以不要說一半？」

「我們什麼都沒做，男神他內心有點崩潰，很是難過，我看著他那麼難過，也就難過了。後來他就說對不起我二舅，對不起我三舅，我說這件事不怪他，我不會說出去的，需要他答應我一個要求。然後我就提了來演這個電影，他就來了！杏杏姐，我是不是很機智啊？」潘朵一口氣說完，滿臉寫著求誇獎。

杏杏卻是半個字都說不出來，她只覺得驚世駭俗。好半天她才問：「你們兩個，真的什麼都沒發生？」

一提起這個，潘朵就有點悔恨：「我當時要不是喝得太多了，能什麼都沒發生嗎？喝酒誤事啊！」

杳杳鬆了口氣：「妳這樣逼他，會不會不太好？」

「我不逼他，妳不逼他，沒有人逼他，他就一輩子都沉浸在痛苦和後悔當中，不肯邁出這一步來。杳杳姐，我不是沒腦子，我想過，他是熱愛電影的人，不拍只是因為這些枷鎖，他不能突破，我就來幫他。談戀愛的時候，就是得有個厚臉皮呀！」

談戀愛，一直是一門很匪夷所思的藝術。大部分人不知道怎麼談才是最好的，所以出現了很多情感類節目、情感類圖書以及雜誌。然而當杳杳把這些全看了一遍之後，她覺得並沒有什麼用。

她審視了一番自己跟由曦的感情道路，彷彿一直是他在主動。杳杳有點害怕，萬一哪一天由曦累了呢？她根本不會維護一段感情，杳杳陷入了沉思當中。

在由曦和齊超去拍攝的這段時間，她都纏著潘朵，開始取經。潘朵十分詫異，若不是飯店裡的暖氣充足，她都要打冷顫了，杳杳的這個問題委實讓她覺得不可思議。

「我三舅都恨不得把妳含嘴裡，妳還擔心這些？杳杳姐，好好珍惜吧，像我三舅男神這樣的癡心絕對高富帥，已經瀕臨滅絕啦！」

杳杳還是有點憂心忡忡：「我看書上說，刻骨銘心的愛情，都要經歷共患難，同甘苦，歷盡劫難，然後相守一生。」

潘朵的眼睛裡充滿了疑惑：「杳杳姐妳到底想幹什麼？」

杳杳也不知道了，她的思緒放空了，望著窗外的景色，異國他鄉，天氣甚好，一門之隔，就是嘈雜的都市，而此刻她的內心是寧靜的。

時光一點點過去，潘朵不是個喜歡安靜的女孩，她坐立不安，但是Moore哥不讓她們兩個出去。原因是，上午由曦和齊超進組，光是造型就要三個多小時，由曦不想杳杳陪著早起辛苦，就讓她們下午過去，而齊超不想讓潘朵跟著，實在是因為他頭疼。

兩人蹲在飯店裡長吁短嘆，四十五度仰望星空，明媚憂傷。

一點一到，潘朵立即跳起來，拉著杳杳趕往片場。杳杳找了個中餐館，好不容易買了份雙拚飯放在保溫桶裡，幫由曦帶到片場去。

劇組今天要拍攝的是精靈王登基的劇情，因為要加大量特效，所以現場的背景只是一塊綠布。好萊塢大部分電影都是這樣拍攝的，然而對於由曦來說，這還很新鮮。綠布前面搭了個實景的檯子，最上面是精靈王的王座以及一條長長的樓梯。

拍攝現場很有秩序，由曦和齊超跟導演溝通了一下，大致確定了等一下怎麼拍。這部電影除了精靈這一部分其實已經全部拍完開始製作了，為了配合中國演員的檔期，才到現在拍。劇組這麼遷就，也跟聖果娛樂是這部電影的發行投資方之一有關，正所謂有錢好辦事。

杳杳來的時候，正好拍到由曦一步步走上王位，俯視著他的臣民們。他的精靈造型非常好看，也很華麗，一頭銀白色長髮一直垂到了大腿，銀色的外袍搖曳在地上，裡面一件深V露胸肌的緊身盔甲。一雙尖尖的耳朵，藍色的眼眸，他的睫毛很長，原本就白皙的皮膚在特效化妝之後更像一塊玉，似乎都帶了一些光澤。

由曦站定，然後有人喊了一聲「殿下凱旋」，由曦激動萬分，走下了王座，人群之中閃開了一條道路，齊超扮演的弟弟帶著滿臉喜悅奔向了自己的兄長。齊超穿著一身黑衣，同由曦的銀甲交相輝映，二人相視一眼，一同走上了王位。

這一段其實臺詞很少，大部分是看眼神和動作。杳杳看得有點出神，幾乎有點不認識這樣的由曦。她以前覺得由曦長得很帥氣，但是沒想到，變裝精靈後，他整個人都變了，仍舊是那種強大的氣場，卻讓他威嚴無比，仿若他是一個神，讓人崇拜，移不開目光。由曦的一顰一笑，都牽動了杳杳的心，跟這樣的人在一起，的確三生有幸。

由曦的聲音很低沉，帶著性感，他用流利的英文說道：「這一戰在所難免，我的臣民們絕不會袖手旁觀。」

齊超說道：「陛下，我願誓死追隨！」

由曦拍了拍齊超的肩膀，化妝之後的藍色眼眸帶著暖暖的笑意：「此去兇險，若是我不幸戰死，這王位就交給你了。」

齊超笑了笑：「王兄，若是我戰死了呢？」

「那我會屠盡萬千妖魔，為你殉葬。」

齊超目光閃爍，同由曦擊掌：「王兄，我們都會活著回來。」

導演喊了卡，帶著喜悅的神色誇獎了由曦和齊超一番，顯然他沒想到，這兩個人配合得如此默契。原本以為由曦是第一次拍電影，不會那麼快進入角色的，結果太讓人意外。

照著這樣的拍攝進度，半個月絕對可以拍完。

「小木頭！」由曦發現了人群當中的杳杳，拖著長長的戰袍走了過來。他身材高大，比例很好，那個深V的衣服大概是造型師故意的，讓杳杳都看呆了，由曦的身材這麼有料嗎？她幾乎能想像到，這部電影上映以後，會有多少國內的由曦粉絲瘋狂。她想到，那麼多人能窺探到由曦的好身材，竟然有點不開心。

片刻之後，杳杳狠狠地搖頭，她到底在想什麼，竟然跟由曦一樣開始臭美了嗎？

思索之間，由曦已經走到了面前，很自然地往杳杳身上一靠：「這衣服好重，都快跟呂布的盔甲一樣了。」

「幫你帶了飯。」

由曦很驚喜，一邊吃飯，一邊跟杳杳閒聊。《精靈傳說》的電影配樂還沒有完全弄好，主要是精靈王國這一部分的，由曦希望能夠參與。他一開始拍這部電影，甚至是一上妝，就有很多的想法冒出來，腦袋裡有不少旋律在迴蕩著。他迫切地希望，如果可以，不拿片酬也想參與這個。

杳杳聽得入神，她發覺，由曦在提起音樂的時候，眉飛色舞，這才是他真正熱愛的領域。

「那我們跟大壯哥商量一下？看看製片方能不能讓你來做？」

由曦一下子就猶豫了，張了張嘴，藍色的眼眸有那麼一瞬間失神，他嘆了口氣：「算了，懶得搞了。」

「你是不是擔心之前抄襲的事情？那個官司已經贏了，我們沒有抄襲，大家是相信你的才華的。」

由曦笑了笑：「再說吧。吃了飯，我去拍戲了，導演想趕進度。」

由曦這一餐吃得很快，看得出他對這次工作很認真。杳杳又看了幾場戲，終於按捺不住，去找了Moore哥，婉轉地表達了由曦對電影配樂很感興趣的想法。

然而Moore哥也是有一些顧慮的，配樂不比主題曲，即便是參與了，也起不到什麼作用，由曦如果能演唱主題曲那是最好不過了，但是這部片子主打的還是歐美市場，海外版應該不會用中國歌手。那麼只能放到國內版做個特別版本的主題曲嗎？到時候會不會被網友們詬病呢？這些都太難預測了，所以 Moore 哥很猶豫。

「大壯哥，由曦很看重音樂，能不能別打擊他的積極性？他很難得對一件事情這麼上心，之前公司答應發片，也一直沒發，他理解公司的決定，公司是不是也可以在賺錢之餘，讓他做一些自己想要做的事情？」

Moore 哥有些動搖了。

杳杳幫自己倒了杯茶，找了張椅子，一副打算你不答應，我就跟你談一天的狀態，Moore 哥很敏感地發現了她的舉動，問：「妳想幹什麼？」

「大壯哥，我覺得我們可以好好地聊一聊。」杳杳喝了口茶，然後開始跟 Moore 哥講道理，舉了無數個例子，無非高山流水遇知音，從伯牙子期開始，一直把唐宋元明清這些朝代的知音故事都講了一遍。

Moore 哥兩眼昏花，好幾次打斷杳杳，都被她瞪了回去。Moore 哥深切地明白了，他並沒有打斷學霸想幫你科普的這種技能。最終他妥協地說：「反正拍攝時間不長，如果由曦能創作出好曲子，我就拿去幫他推薦，用不用還是對方的事情。但是杳杳妳想好了，如果沒被選上，由曦臉上無光，他自尊心很強的。」

杳杳笑了起來：「我相信他。」

經歷了半個月的拍攝，《精靈傳說》這部電影全部殺青了。製片方為了趕進度，幾乎是無所不用其極。由曦拍完這部電影，差不多要累垮了，整個人瘦了一圈，只想回家好好睡一覺，更別提當初想的在美國玩半個月了，他深深地感覺到了，又被經紀人坑了。

儘管如此，在杳杳的一番鼓勵之下，由曦還是創作了兩首曲子，分別是精靈王兄弟出征，以及最後只有王兄一人凱旋的 BGM，經由 Moore 哥的手轉到了製片方。

由曦和齊超祕密回國，沒有粉絲前來接機，但還是在一上飛機的時候就被認出來了，落地之後，更是有大批人圍觀他們。大家都很好奇，這兩個人一起出行是去做了什麼。這部電影還沒到宣傳期，齊超臨危受命，所以也沒有公開自己又拍了電影。

一行人分別，時隔半個月，由曦和杳杳回到家裡，由曦覺得整個空氣裡都帶著塵土，然而，塵土也是那麼親切，畢竟哪裡都沒有家裡好。

杳杳也很疲憊，但還是開始收拾兩人的行李，打算把東西都放回原位。由曦擺了擺手：「算啦，先洗個澡睡醒了再收拾吧，妳在飛機上都沒什麼睡，倒倒時差。」

「那好吧。」杳杳放下東西，上樓去洗澡。其實她無所謂，只是由曦有強迫症，怕他發作，她才想要收拾東西的。

由曦也回房間洗澡，他只是想舒舒服服地泡個澡，然而微信響個不停。他工作的這半個月，幾乎沒有跟外界溝通。

「我褲子都脫了你就給我看這個」微信群已經炸開鍋了，大家圍繞著齊超為什麼突然跟潘朵出國展開了討論，最後一致得出一個結論——齊超老牛吃嫩草了。

齊超完全不反駁，這不像他的性格，因此大家開始變本加厲了。

老李：『齊超你真不是人啊，小孩子都不放過，先上車了，什麼時候買票啊？』

孫姐姐：『潘朵成年了沒？需不需要打官司啊？我怕齊超坐牢。』

三七：『說起來，齊超哥可比由曦哥強多了！由曦哥跟女朋友都在一起多久了，除了有一次彙報親到了，再也沒有後續了。』

老李和孫姐姐附和了起來，紛紛吐槽由曦的無能。

由曦看了當然不能忍，當即跳了出來：『你們少在我背後說壞話！』

老李：『怎麼能是你背後呢？這群裡你不在啊？我們是當著你的面說的。』

孫姐姐：『小柚子，你男神的稱號其實是自封的吧？』

由曦頓時怒火中燒，這些人在懷疑他的實力。是可忍孰不可忍，由曦當即回了一句：『明年的今天，都來我家喝孩子滿月酒。』

苦瓜：『哥是什麼意思啊？』

孫姐姐：『小苦瓜不懂不要說話，少兒不宜。』

三七：『笨蛋，由曦哥這就要去侍寢了！』

由曦懶得理他們，從浴缸裡出來，正打算下樓去找點吃的，卻接到了 Moore 哥的電話，內容言簡意賅，在他的意料之中，卻也有點出乎意料。

杏杏洗完澡，完全不睏，索性找了一本書去樓上的露臺看書。

已經到了春暖花開的季節，萬物復甦，一片欣欣向榮，微風拂面，讓她覺得很舒服。露臺上有兩張搖椅、一張桌子，她躺在搖椅上仰望了一眼夜空，燈光將這裡照亮，她開始有一句沒一句地讀書。

過了一會兒，由曦敲了敲露臺的玻璃門，問她：「可以進來嗎？」

杏杏點了點頭，發現由曦拿了一瓶酒以及兩個杯子。他站在燈光下，臉上有著睫毛的一圈陰影，不知道為什麼，杏杏覺得他整個人的氣場都有些不對，就彷彿那一圈陰影不僅僅是打在臉上，倒像是把他整個人都籠罩了一般。

由曦剛剛沐浴完，頭髮只吹了半乾，身上隨便穿了一件白襯衫，扣子只扣了中間兩顆，一條黑色的褲子，在他坐下之後，勾勒出了他腿部的線條。由曦的領口大敞著，能夠看見他精緻的鎖骨，甚至是結實的胸膛。他的袖子微微捲起，露出好看的手腕和手指來。由曦開了紅酒，倒了兩杯，自顧自地喝了一杯，只是坐著沒有說話。

「你不開心？出什麼事了嗎？」

杏杏跟他在一起這麼久，當然看出了由曦有心事，而且還是很嚴重的心事。到底發生了什麼事，讓他洗個澡出來就這麼抑鬱？杏杏有一種不好的感覺，她的心揪了一下。

由曦淡淡一笑，怎麼掩飾都帶了一些苦澀。他閉上了眼睛，似乎在享受這夜色，也似乎只是在逃避。

「到底發生什麼事了？」杏杏有些焦慮，她起身走到由曦面前蹲下來看著他，握了握他的手，竟然是冰冷的。

過了許久，由曦才微微睜開眼睛，垂著眼角，一副沒精打采的樣子說：「小木頭，妳覺得我有才華嗎？」

杳杳用力點頭：「我去江南的時候一直在聽你的歌，都很好聽，你的每一首歌，都像是一個故事，能讓我喜歡。」

「我以前也覺得自己很有才華，我能創作出很多好的作品來。我狂妄自大，就像妳說的，我很自戀，我深深地愛著自己身邊的一切，我的音樂，我的所有作品。可是我現在發覺，我可能錯了。或許當初，我不應該選擇做一個藝人，更應該聽我爸的，做一個生意人，再不濟，做個工程師也好。」由曦猛地灌了一口酒，嗆了一下。

杳杳握住他的手，她感覺到有些害怕，由曦從來沒有這樣過，他一向是高傲的，哪怕是在事業遇到低谷的時候，也不曾想過要放棄。這到底是發生了什麼事？然而很多時候，在這樣的氛圍下，她只能做一個傾聽者。她將頭放在由曦的腿上，坐在了他的椅子旁邊。

「你想說什麼，我都聽著，等天亮了，就忘記所有的不愉快。你若不離不棄，我必……」杳杳頓了頓，想到由曦可能聽不懂，說完了再問一句什麼意思，有點丟人，於是說，「無論如何，我會一直陪著你。」

由曦俯身，抱住了杳杳：「Moore 哥打電話過來了，是關於《精靈傳說》那兩首曲子的。杳杳，我……」

他沒有再說下去，杳杳用力抱緊了他，兩人長久地擁抱在一起，一切彷彿靜止了一般。

杳杳倒了兩杯酒：「我陪你喝吧，不醉不歸。」

由曦就看著她笑，眼裡滿是寵溺：「妳酒量太差，還是看著我喝吧。」

「誰說的？我喝給你看。」杳杳一杯酒下肚，還倒了倒杯子給他看。

「小木頭酒量見長。」

「那當然！我要練好酒量，以後出去幫你擋酒啊！」杳杳一轉身，倒在了由曦身上，她伸出手，微微閉上眼睛，似乎在撫摸這樣美麗的星空。

由曦一看，這是喝多了！他也不拆穿，又倒了一杯：「妳不能喝了，看著我喝就好。」

杳杳哪裡肯，直接搶過來，就著由曦的手就喝了一口，然後跟他對視，眼睛裡全是笑意：「我知道我酒量不好，但是我願意陪著你喝醉。由曦，你別難過，你還有我。我又不是因為你紅才喜歡你的，我喜歡你就是因為你喜歡我啊。明星都不可能紅一輩子的，但是我可以喜歡你一輩子。」

有那麼一瞬間，由曦說不出話來了，他只能緊緊地擁抱她。

一個擁抱，一個世界。

晨曦之中，溫暖一片，一室靜謐。

杳杳就是在這份安靜之中醒過來的，伴隨著清醒的還有渾身的痠痛。她活動了一下，身上似乎有點重，而且被子下面非常光滑。她一下子瞌睡全無，掙扎著起身，發現這個房間的擺設跟自己的房間擺設差別有點大，黑白兩色，乾淨得人神共憤。

她的腦袋蒙了一下，緊接著發現一條腿搭在了自己身上。順著這條修長的腿看上去，是一個只穿了睡褲的男人，他因為睡姿不太正確，正皺著眉。

杏杏的大腦「嗡」的一下，昨天到底發生了什麼？她只記得自己喝了點酒，然後在安慰由曦，再然後呢？她敲了敲腦袋，興許是這力度有點大，又興許是她剛才猛然間起身，或者還有點別的什麼原因。

總之由曦醒了，他睜開那雙迷倒了萬千少女的桃花眼，看了看杏杏，眼角仍舊是微微垂下的，他吸了吸鼻子，然後抱緊被子，又閉上了眼睛。

這下子杏杏算是澈底清醒過來了。她之所以感覺到被子下面很光滑，那是自己什麼都沒穿。她很想理智一點，卻不受控制地尖叫了起來。

由曦被這一聲尖叫澈底給嚇醒了，他也坐了起來，仍舊抱著被子的一角，身體微微弓著，呆呆地看著杏杏。

「好睏。」他委屈地癟了癟嘴。

儘管他這副表情可愛極了，儘管他這個樣子也性感極了，但杏杏仍舊不客氣地狠狠踹了他一腳。

然後就低下了頭，臉紅得快要滴血。

由曦猝不及防，直接被她一腳給踹下了床，好在地毯夠厚，不然他頭朝下，說不定要摔傻了。由曦呆愣愣的，好半天才委屈地開口：「小木頭，妳幹嘛踹我？」

「你你你……我們為什麼會睡在一起？君子非禮勿動啊！」她處於大腦充血的狀態，雖然深愛著由曦，但是並沒有做好這種準備。

豈料，由曦更加委屈了。他緩緩爬上床，背過身去，指了指自己的後背：「妳看妳打的。」由曦白皙的背上，大大小小的紅痕竟然有二十多道，有一些傷痕竟然還滲著血，觸目驚心。杳杳的手放在了他的背上，輕輕地撫摸了一下，由曦悶哼了一聲。

由曦開始小聲控訴：「昨天妳喝多了，然後就……」

杳杳驚呼了一聲：「我們昨天這麼刺激嗎？我打的？」

由曦點了點頭。

杳杳一張小臉幾乎紅到了脖子，她迫切地想找個地方鑽進去，這簡直丟死人了。她看由曦的眼神都變得有點不正常了，由曦為什麼沒有阻止自己？按理說，她沒什麼經驗的啊，難道由曦喜歡被打嗎？

看到杳杳一會兒害羞，一會兒狐疑，一會兒又用看變態的眼神看自己，由曦有點悟了，趕緊說：「妳該不是想歪了吧？」

「嗯？我……我們不是……那個啊？」她語無倫次，生平第一次遇到這種情況，她不知道該怎麼表達才好。

由曦簡直想翻白眼，他倒是想，可是結果呢？

「昨天妳兩杯酒喝下去，然後就帶著我去了書房，我當時以為妳走錯了，沒想到，妳找了兩張國文考卷給我，讓我考試。答錯一道題，抽我一戒尺。小木頭，妳平時看起來不像是體罰學生的老師啊，妳怎麼下得了手，妳看看妳打的！我這週的沐浴露廣告是不是不能拍了？」

「竟然……是這樣？」杳杳簡直是瞠目結舌，她喝醉了怎麼會做出這樣的事情？以後是不是不應該喝酒了？

同時，由曦也決定了，以後千萬不能讓小木頭喝酒了，原本的計畫全部泡湯，沒能生米煮成熟飯，反倒挨了一頓毒打。他有點想哭，委屈極了，浪費了昨天那麼好的演技。

杳杳戳了戳由曦：「對不起，我不是故意的。」

由曦仍舊很幽怨：「我天快亮才睡的，妳還吵醒我。」

嗯，他一向起床氣很嚴重。杳杳只能再次道歉：「對不起，我陪你再睡一會兒。工作，我幫你推掉。」

由曦吸了吸鼻子，繼續抱著被子：「妳還踹我下床了。」

「我……我……」杳杳怎麼好說自己當時誤會了，她羞於開口，乾脆一閉眼睛說，「事情已經發生了，你說怎麼辦吧！」

那一副任憑處置的樣子，委實讓由曦心中暗喜。但是他面上仍舊保持著委屈的狀態：「算了、算了，妳喝醉了，我也不怪妳。」

杳杳鬆了口氣，緊接著又聽他說：「妳親我一下吧。」

由曦把臉伸了過來，杳杳再一次紅了臉，小心翼翼地湊過去，打算在由曦的臉上親一下，豈料，由曦突然轉過頭，唇齒相依，一片柔軟。

「唔……」杳杳有些驚訝，迅速地往後退了退，由曦欺身上前，杳杳直接倒在了床上，睜大了一雙眼睛看著他。由曦笑了笑，抬手摀住她的眼睛，貼著她的唇說：「笨蛋，這種時候，應該閉著眼睛。還有，小木頭我教妳，以後親親這種事，讓我主動。」

杳杳的嘴唇被他吻住，綿長又深入的一個吻，讓她有點喘不過氣來。許久之後，由曦才輕輕放開她，杳杳小聲嘟囔了一句：「可是剛才是你讓我親一下的啊。」

「是嗎？我讓妳親我一下的？」

「是呀。」杳杳別開頭，不看他。

由曦笑了起來：「那妳算占我便宜，我得親回來才行。」

杳杳反抗了一下，手被他抓住，她只能紅著臉說：「可是，剛才不是親……親過了嗎？」

「有嗎？我失憶了。」由曦再一次吻上她的嘴唇，許久不願放開。

兩個人直到中午才起來，還是杳杳再三提議幫他上藥的結果。由曦裸著上半身，趴在沙發上，手裡拿著 iPad 刷淘寶，時不時問一句：「木頭，我家缺不缺這個，等一下整點秒殺。」

杳杳看了一眼說：「我們買步步高點讀機幹什麼？」

「廣告文案寫得好啊，哪裡不會點哪裡，跟打火機似的。」由曦有點興奮，杳杳不能理解，由曦又說，「不然就留給孩子用，反正早晚用得上。」

「我覺得用不到，我文科好，你理科好，這東西應該不會比我的學歷還高的，我已經保送碩士了。」

由曦想了想也對，自家有個學霸。於是將點讀機從購物車裡拿了出來，他一邊刪除一邊想，日後他們家孩子是不是要逆天？能不能文理雙修？

藥膏塗了一半，Moore 哥的工作電話打了進來，有些急躁地問：「由曦，我的祖宗，你考慮好了沒有啊？到底去不去領獎啊？」

由曦一下子緊張起來，杳杳狐疑：「大壯哥你在說什麼？」

大壯哥……他忍了：「就是由曦創作的那兩首電影音樂，直接入圍了金諾卡電影節最佳配樂，電影製片方問我由曦能不能去出席頒獎典禮呢。」

「哦，大壯哥，他會去的，我有點事情要跟他說。」杳杳掛了電話，一眼看過去，由曦對著她笑了笑，「昨天情緒很低落，說了很多想放棄的話，還說大壯哥打電話說了你的曲子，你原來是在騙我？」

由曦鄭重道：「小木頭，我有騙妳嗎？」

《三分天下》拿到了播出許可，即將登陸兩大衛視播出，與此同時，《精靈傳說》電影後期製作完畢，新聞發布會各種宣傳撲面而來。《同桌的你》第二季也即將開始錄製，更讓人意想不到的是，小天王由曦闊別歌壇一年半，終於再次發片了，全新唱作唱片，登陸了各大音樂排行榜，由他代言的信任科技智慧生活也全新問世。一時間，「由曦很忙」這個話題刷爆了各大網站。

這一次的新專輯讓盜版商哭了，因為他們嘗試了很多種手段，都無法複製這張專輯。可是由曦的唱片又勢必很火，這急壞了他們。這張唱片由曦創作了很久，從錄製開始，聖果娛樂就很謹慎小心，更是採用了新技術，在唱片上增加了防盜防破譯編碼。

唱片盒子製作很精緻，是一個套裝的封面，第一層打開有這張唱片唯一不可複製的啟動碼，第二層是唱片，通過啟動碼才能打開盒子。上面還有一句由曦送給歌迷的話，這句話他想了很久，以至於都耽誤了唱片的發行。

最後是Moore哥實在看不下去了，強制性讓他隨便選一句話放上去。由曦癟著嘴答應了，當唱片出來的時候，Moore哥差點沒吐血。由曦寫著：「沒有盜版就沒有傷害」。

杳杳當時正在學校裡，接到電話聽說Moore哥和由曦在公司裡吵起來了，風風火火地趕回來，就看到了這一個宣傳語，她陷入了沉思。

Moore哥氣急敗壞：「杳杳妳評評理，他寫這個對得起我嗎？」

由曦不服：「你說隨便選的。」

Moore哥掀桌：「但是我也不知道你隨便起來不是人啊！」

過了許久，杳杳抬頭看著他們以及這一辦公室的狼藉，說了一句：「這裡的標點符號用錯了，當時沒校對嗎？」

Moore哥再一次吐血，不過也只能算了。

好在，這一次打擊盜版的影響很大，唱片上市之後銷量驚人，在大環境背景下，唱片事業已經很久沒有能夠迅速破百萬銷量的唱片了。

《三分天下》播出一個月，收視率好得驚人，大家對由曦的古裝扮相讚不絕口，一下子有不少古裝戲的劇本找上了由曦。有電影也有電視劇，由曦選了一部電影和一部電視劇，他不想因為大銀幕而放棄電視劇，他的粉絲希望經常見到他，那麼電視劇算是一個很好的選擇。

杳杳最近有點忙，尉遲教授回學校了，並且擔任了杳杳的研究生導師，父女倆每天因為各種國學問題掐架。由曦每次去學校接杳杳的時候，都能看到兩人吵得面紅耳赤，他只能幫著岳父，然後回家做好吃的給杳杳。

杳杳就有點不開心：「下次能不能你幫我說話，然後做好吃的給我爸爸賠罪啊？好幾次我根本就沒錯，他對待一些學術問題就是不夠嚴謹，野史也能拿來給我當證據。」

由曦很為難，手心手背都是祖宗，讓他怎麼辦？只好就一直幫杳杳順毛：「聽歌嗎？唱給妳聽？」

由曦坐在鋼琴前演奏，剛準備開始唱，孫姐姐打了個電話過來。一般這幾個人都是微信聊天，打電話肯定是有急事，他只能歉意地去接電話了。

「你拜託我的事情已經搞定了，過幾天帶著你家小木頭去臺裡簽合約吧。」

由曦一陣歡喜，千言萬語匯成一句話：「姐，妳什麼時候嫁人，我包個大紅包。」

孫姐姐冷笑一聲：「再見！」

第二天中午，杳杳陪著由曦拍雜誌廣告的時候，接到了一個陌生電話，大致內容是有一檔講座類電視節目，邀請她去參加。

杳杳恍惚想起，去年的這個時候，某電視臺原本邀請她去錄節目，結果忽然被撤掉了。她有一些猶豫，對方又說：「我們邀請的都是北京大學歷屆優秀的學者，看過妳的論文和詩集，真的是太適合這個節目了。」

杳杳正在猶豫，由曦已經拍完一顆過來了，問道：「怎麼了？」

「有個節目組邀請我去錄講座類的節目。」

「那很好啊！哪個電視臺，明天我陪妳去看看，別遇到騙子。」由曦將電話拿過來，詳細問了位址和一些節目資訊，然後掛斷了電話，對杳杳笑了笑說，「約好了明天妳下課就過去。」

第二天下午，由曦帶著杳杳到了電視臺。跟製作人見了一面，雙方都很驚訝，說了句「怎麼是你」。杳杳覺得真是緣分，這個製作人正是由曦合作過好幾次的製作人——《不小心愛上你》以及《同桌的你》。

頓時，杳杳的顧忌消散了一半，可是她還是有些猶豫。距離上一次在臺上演講，已經過去了很久很久。

由曦又跟對方商量了很多細節，例如什麼時間錄、錄什麼內容、一期多長時間等。杳杳還是第一次發現，由曦能夠這麼細心，並且耐著性子跟人談這麼久的合約。他以前的工作合約，都是過一遍差不多就簽了。

從電視臺出來，杳杳開始緊張。隱約開始後悔，不應該接這一檔節目的邀請，她當個學生、當個助理就很好了。可是，內心之中對講臺的渴望又開始甦醒，就像是有什麼在她心裡發了芽。

「不用緊張，妳可是學霸。我會陪著妳的，不用害怕。」由曦拍了拍杳杳的肩膀，兩人一起坐在電視臺樓下的花壇上，仰望著天空。

過了許久，杳杳終於點了點頭。

由曦立刻站起來：「那快回家吧，換條褲子，這花壇太髒了。」

也因為由曦的電視劇正在播出，杳杳最終確定的備課課程是三國趣事。距離錄製還有一週，她在學校跟尉遲教授商討了很多內容，從題目到提綱，然後到細節，尉遲教授都提出了不少意見。

非常難得，這一次兩人沒有掐架。

在錄製的前一天，尉遲教授拍了拍杳杳的肩膀：「女兒啊，別緊張，妳是去跟大家講故事的，記得微笑。哪怕妳這一次的講座沒有多少人喜歡，我們家杳杳這麼好看，笑一笑大家總還是願意看到妳的，好歹也是豆瓣女神啊。」

杳杳聽前面還覺得老爸還算可靠，後來就想翻白眼了：「爸爸，您能不能沒事少看點八卦啊？」

錄製當天早上，杳杳有些扭捏：「大壯哥打電話說讓你飛一趟美國，要不然頒獎典禮，你還是去吧。」

「再說吧，下午妳還得錄節目呢。獲獎希望不大不說，就算我獲獎了也有人幫我領，不用擔心。」

杳杳心裡有點過意不去，她不能因為自己耽誤了由曦的工作啊。

最後在杳杳的強烈要求下，由曦去公司了。

下午叫計程車到電視臺，杳杳深呼吸了一口氣，製作人跟她聊了一會兒，讓她不要緊張。錄製即將開始，她化了個淡妝，走上臺去，燈光驟然亮起，她有點睜不開眼睛。

「大家好，我是尉遲杳杳……」

她開口，聲音有一絲絲顫抖。當杳杳適應了燈光之後，她看到了在場的觀眾，坐在第一排正中央的人卻是由曦。他不是去公司準備飛美國了嗎？他旁邊依次坐著齊超、潘朵、聞陌翾，就連鄭嘉兒都來了。

由曦在距離她五公尺的地方對著她微笑，剎那間，杳杳覺得這裡只有他們兩個，就像是在家裡一樣，其他什麼都變成了透明的，如同空氣一樣舒服的存在。

她微微閉了一下眼睛，再一次睜開的時候，彷彿回到了幾年前，她意氣風發，侃侃而談。

現場製作人在看到這一幕之後，驚呼了一聲，大喜過望：「怎麼沒人告訴我全明星陣容觀眾啊！收視率要爆表了啊！男神，能不能跪求你女朋友常駐這個節目？」

由曦笑著推開了製作人：「把她拍得漂亮點。」

這一期三國的講座，成了同一檔期收視率最好的電視節目，全明星陣容也開創了先河，所有在看這一期節目的電視觀眾都震驚了。因為這樣的場面，他們只在頒獎典禮看到過，因此紛紛詫異，自己是不是換錯了臺。

當杳杳說完，「我們下期見」的時候，由曦第一個衝上臺，給了杳杳一個大大的擁抱。

「我講得好嗎？」杳杳笑著問。

由曦也笑著回答：「沒聽懂。」

「很難嗎？內容深奧嗎？」

「不是，我光顧著看妳，緊張得忘了聽了。回去吃飯嗎？」

「你不領獎了？」

由曦搖了搖頭：「妳大壯哥已經去了，在獎盃和妳之間，我當然得選擇妳。」

正說話間，聞陌翾在背後喊了一句：「男神，別忘了答應我的微博互動啊！」

由曦橫了他一眼，聞陌翾對著杳杳眨了一下眼，溜走了。

三天後 Moore 哥從美國回來，由曦家裡多了一座新的獎盃。杳杳和由曦一起看著，由曦搭著她的肩膀，好半天兩人才回過神來，說了句：「同樣是去拍電影，齊超怎麼就拿了個最佳男配角呢？我演技不如他？」

杳杳很誠懇地點頭。

由曦嘆了口氣：「算了，他唱歌難聽死，回去演戲算是造福人類了。」

杳杳看著他笑了笑：「那個電視節目會找我，是因為你吧？」

由曦愣了一下：「怎麼會呢？」

「別裝傻，我都知道。由曦哥……謝謝你。」杳杳靠在了他的肩膀上，在年華正好的時候，遇見了最愛的你，從此時光靜止，我們在一起的每一分每一秒，都是我們最好的年華。

由曦抱著杳杳坐在花園的鞦韆上，有一下沒一下地蕩著。

門鈴忽然響起，Moore 哥站在他們家門口，揚了揚手裡的文件，問道：「有個情侶檔真人秀你們要不要參加？《生存挑戰》，一起去原始森林裡，同甘苦共患難。」

番外一　潘朵教學篇：推倒男神手冊

那是一個陽光明媚的午後，空氣裡瀰漫著花香。

潘朵仔細嗅了一下，是丁香的味道，然而讓她想不到的是，她過敏了。

接下來的幾天，她的臉都腫得像個豬頭，並且發生了一連串的連鎖反應。比如說，她的代言廣告不能順利拍攝了，原本定了她的時尚雜誌封面換人了，她的電視通告取消了，最要命的是，齊超好不容易答應跟她一起去聽演唱會，也泡湯了。

對此，她非常鬱悶，並且難過，鬱鬱寡歡，簡直有一種生無可戀的感覺。

她對著鏡子唉聲嘆氣：拿什麼拯救妳，我的臉！

因為這次過敏，她成功住進了由曦的那棟別墅。由曦開門看見她的時候險些笑倒，但是等她說要住下來以後，由曦就變了臉色，抬腳就要把潘朵給踹出去，好在潘朵機智地大喊了一聲：「杳杳姐！我來玩幾天可以嗎？」

杳杳那邊回了一聲：「好呀，有朋自遠方來，不亦樂乎。」

由曦頓時就跟漏氣的娃娃一樣，潘朵笑咪咪地住了進來。

這也不怪她，她這個臉短期內不能見人，自己住的那套公寓平時也沒人照顧她，臉過敏了，也不能出去，外賣也不能叫，如果不找個地方蹭飯吃，她肯定餓死。想來想去，也就只有由曦這裡能住人了，畢竟他廚藝好，杳杳人好。

「三舅，我住哪個房間啊？」潘朵樓上樓下地跑了一圈之後問。

由曦黑著臉說：「車庫！」

潘朵癟了癟嘴：「三舅，你真小氣。」

「我小氣？我讓妳跟我那價值幾千萬的愛車們親密接觸，妳還說我小氣？」

潘朵委屈，眨了眨眼睛，立刻就哭了出來，好歹也是電影學院的高材生。

由曦一看，立即就嘴角抽搐了，搗著眼睛說：「妳能不能別在我面前晃來晃去？妳這滿臉小紅疙瘩，我真想一個一個幫妳擠爆了，還有不准做這個醜表情，妳是想嚇死我嗎？妳嚇死我了，我的演唱會怎麼辦？」

提起演唱會，潘朵就更難過了，頓時「哇」的一聲乾嚎起來：「本來齊超男神答應帶我一起去看你的演唱會的，現在我這個鬼樣子，要怎麼去啊！」

由曦拿開手，揉了揉耳朵：「小姐，大白天的妳做什麼夢啊？分明是我給了齊超一張票，妳去找妳二舅要了一張他旁邊的位置，這也能叫他答應帶妳一起去看演唱會？妳這麼標題黨，怎麼不去當娛樂記者啊？妳當個演員屈才了啊！妳太會斷章取義了啊！」

潘朵微微震驚，讚嘆道：「三舅，你跟杳杳姐在一起的時間長了，果然近朱者赤了！」

由曦翻了個白眼，不理她了。

潘朵完全把由曦家當成了自己家，想幹嘛就幹嘛，想吃啥就吃啥。

兩天過後，由曦瘋了，他決定跟潘朵好好談談：「我幫妳找個飯店吧，錢我出。」

潘朵一邊吃西瓜，一邊說：「不去！」

由曦深呼吸一口氣：「只要妳搬出去，我每天給妳五百塊零用錢！」

潘朵瞇了瞇眼睛：「你竟然趕我走！」

「妳到底走不走？」

「我死都不走！」

「妳不走我走！」

潘朵「哦」了一聲，然後將沾滿了西瓜汁的手在沙發上蹭了一下，由曦如同被電擊一般抽搐了一下，飛快地將她的手抬了起來。

「我送妳去齊超家！」

潘朵有點委屈：「男神他不會收留我的。」

一邊說，她一邊往地上吐西瓜子。

由曦皺緊了眉頭，一張帥氣的臉都開始扭曲了：「我送妳去，他不收妳，我給他跪下！」

潘朵登時嘿嘿一笑，撲在由曦身上：「三舅！你真是我男神！」

由曦咒罵了一句，「妳的男神太多了！妳放過我吧！」

當天下午，由曦親自幫潘朵收拾好了行李，開車將她送到齊超家。他在出門的時候看了一眼正用外出涼鞋踩著自己家地毯的潘朵，迅速地打了個電話齊超：「哥！你在哪？我有急事去找你，務必不要出去，我很快就到！」

「工作室，怎麼了？」

「不要問，不要說。」

齊超愣了一下，跟著唱了一句：「一切盡在不言中？」

半小時後，齊超懂了，果然是一切盡在不言中。

由曦把他叫到地下停車場，他在看見潘朵那張腫臉以後，內心很複雜。

「哥，我馬上要去法國時裝週，你幫我照顧一下我外甥女，你看這臉腫得，可千萬別讓她出去，別見人，被媒體拍到，這孩子就完了。哥，你是個有愛心的人，你就當為社會付出貢獻了吧。」由曦聲情並茂地撒了個謊。

潘朵很乖巧地坐在車裡，摀著臉，很難過的樣子，如果不看那張腫得摀不住的臉，她還是很楚楚可憐的。

齊超有些猶豫，他想拒絕，這不太適合啊。但是想了半天，都沒想出什麼好措辭來，良久才憋出一句：「她二舅呢？」

由曦一聲長嘆：「跟我一起去巴黎，他不是我的經紀人嘛，這圈子裡，也就你信得過了。你可不是見死不救的人。」

齊超剛想說話，又被由曦打斷了：「這孩子吃得少，你吃什麼給一口就行了。我再給你一些伙食費，你受點累。」

齊超還是很想拒絕，然而有點不好意思。

由曦打開車門，把潘朵拎下來，往齊超懷裡一塞，然後從皮夾裡抽了三張鈔票塞到潘朵手上：「三舅這就回去了，妳聽話啊。」

潘朵看了一眼手裡的錢，兩張粉的一張綠的，小聲跟由曦說：「不是說給五百塊零用錢嗎？你給我二百五蒙我呢？」

由曦翻了個白眼：「我的存款都在杳杳名下，妳就知足吧，我一週也才三百塊錢。」

潘朵暗罵一聲，果然是蒙我呢。

緊接著，由曦喊了齊超一聲：「過來幫個忙。」

齊超走過去，由曦遞給他一個行李箱，然後「嗖」的一下躥上了車，發動車子，離開停車場，前後也就十秒鐘。由曦覺得，在北京買個跑車還是有用的。

等到齊超澈底反應過來時，他左手一個潘朵，右手一個潘朵的箱子，一切都已經來不及了。他有點想罵娘，他要寄刀片給由曦！

「齊超男神，給你添麻煩了！你忙吧，隨便幫我找個地方待著就行了。我這個樣子被記者拍到的話，大概以後就接不了戲了，我的代言也要泡湯了。唉，我二舅回來，肯定要打死我的，嗚嗚……」說著她就哭了，到底是專業演員，眼淚說來就來，想讓哪隻眼睛流眼淚就讓哪隻流，一點都不含糊。

齊超縱然是個影帝，也沒看出半點破綻來。因為潘朵這個女生，自從出現在他的視線範圍內，分分鐘都在上演各種大片，自帶特效的那一種。他有些悵然，有些不忍心：「沒關係，吃飯了嗎？等我忙完工作室的工作，晚上帶妳去吃東西。」

潘朵用力地點了點頭：「我不餓。等多久，都沒關係！」

齊超帶著潘朵回到工作室，把她安頓在自己的辦公室，然後他繼續去會議室開會。齊超的工作室一直主要為他自己服務，今年簽了幾個新人，打算擴大一些規模，平時他也做點投資理財，大部分懶得管，都是由曦幫他管理。但是現在由曦談戀愛去了，也沒空了，生意就又丟給了他。

所以這一陣子，齊超非常忙碌。

潘朵坐在齊超的辦公椅上，美滋滋地轉了個圈，然後發了則微信給由曦：『三舅，我愛死你了！你就是這個世界上最可愛的人！』

由曦瞥了一眼回覆說：『少廢話，二百五還我，我的車要加油！』

潘朵：『我給你二百五，那不是罵人嗎？三舅你等等，我發個紅包給你。』

過不了一分鐘，由曦打開一看，兩百九。由曦怒摔手機，潘朵妳給我等著！

夜幕降臨，華燈初上，辦公室裡的燈沒有開，潘朵已經睡著了。她一直沉浸在等待齊超的興奮當中，然而她的臉愈來愈癢，最後不得不睡一下來緩解。

齊超忙完了工作室的事情，已經是晚上九點了。以前拍戲的時候經常通宵開工，所以一點也不覺得疲倦，肚子也不餓。齊超屬於要麼不工作閒死，要麼工作狂作死。

當他回到辦公室，打算拿鑰匙開車回家的時候，開燈，辦公室驟然亮起，就看見潘朵縮在他的椅子上，臉又紅又腫，揉著眼睛一副被吵醒的樣子，聲音軟軟的，如同一個糯米丸子，她喃喃道：「男神你回來啦。」

齊超恍然，頓時有些愧疚以及自責，潘朵的臉明顯惡化了。他將文件隨手扔在茶几上，快步走到了辦公桌前，將椅子轉了一下，雙手按在椅子扶手上，低頭俯視著潘朵。

潘朵心跳驟然加速，她看著齊超，儘管臉上紅腫，然而眼睛還是很大，她睫毛很長，杏仁一般的眼睛，眼眸漆黑。她眨了眨眼睛，吞了下口水，有點緊張。

「妳……」

齊超剛開口，就被潘朵打斷了：「別說話，吻我！」

齊超驚了，潘朵閉上了眼睛。這個震驚明顯不小，以至於好半天齊超都沒動，那句「妳怎麼樣了」就卡在喉嚨裡，比他唱歌飆高音破音還尷尬。

潘朵等了許久也不見他有動作，噘著嘴巴都有點累了，她睜開眼睛，瞟了一眼齊超。

齊超咳嗽了一聲說：「朵朵，我帶妳去醫院吧。」

潘朵鬱悶了，試探著問：「你剛才不是想親我？」

「我沒事親妳幹嘛！」齊超有些好笑。

潘朵挫敗了，這跟劇本不一樣啊！她往椅子裡縮了縮，無精打采地說：「不要了。男神你是大明星，去醫院不方便，被記者拍到還以為你帶我去墮胎呢，你名聲可就毀了。我們兩個的緋聞已經夠多了。」

齊超哭笑不得，戳了戳她的腦袋：「妳這都想什麼亂七八糟的？我們兩個什麼時候有緋聞了啊？妳的臉這麼腫，不去醫院怎麼行？」

潘朵仔細想了想，好像還真的沒什麼緋聞。她真是失敗啊，追男神這麼久了，緋聞都沒弄出來一點，雷聲沒有，雨點也沒有啊！不行，她要找個機會，製造一下聲勢。

「起來，我帶妳去打消炎針。」

「我不能去，男神你別帶我去醫院。我不打針！」

潘朵說完就想趕快找個地方逃了，奈何齊超還在自己面前，她又捨不得那張臉。齊超直起身來，摸了摸她的頭：「妳別怕，其實不疼的。」

「誰說我是害怕啦！男神，我又不是小孩子了，你別像摸狗一樣摸我的頭。」

「妳本來就是小孩子，起來，我帶妳回家，找個醫生來家裡幫妳看看。」

「哦。」潘朵從椅子上爬起來，齊超拿了外套和錢包、鑰匙，兩個人一起從辦公室出來，鎖上了工作室的門，然後直奔停車場。

路過一家便利商店的時候，潘朵喊了聲停車。

「妳想買東西？」

「我……嗯。」

「買什麼？妳在這裡等著，我去幫妳買。」齊超說著就解開了自己的安全帶，潘朵一把按住他，一臉凝重地說：「男神，你可是知名男明星，你進去拋頭露面不適合。還是我去吧，你就別問了，給我留點面子。」

「妳三舅說，妳這個樣子不方便出去，我來，妳想買什麼？」齊超平和地問，潘朵更加焦慮了：「哎呀，我這個樣子，這個時間點了，沒人認得出我的，你讓我去吧，求你了。」

齊超看她一副要哭出來的樣子，只好同意了，掏出自己的皮夾遞給她：「去吧，注意安全。」

「嗯！」潘朵笑了笑，跳下了車。她飛奔進了便利商店，然後拿了兩包衛生棉。她剛才猛然想起，生理期似乎快到了，在男神家血流成河恐怕不太適合，提前準備一下。

潘朵不得不承認，剛才齊超掏錢包的樣子帥呆了，所以她即便是自己有錢，也不忍心拒絕那帥氣的動作。潘朵打開了齊超的皮夾，然後闔上了，心裡有些悶，她又掏了自己的皮夾，付了錢出門。

潘朵將衛生棉隱藏好，回到車上把皮夾丟給了齊超，然後靠在椅子上睡覺。

「怎麼了，不高興？被認出來了嗎？早說了，我去就好。」齊超緩緩將車開出來，駛上了大路。

潘朵看著窗外飛馳而過的景物，北京三環公路竟然暢通無比，她的內心憋屈無比。

男神的錢包能放自己的照片就好了，男神的前女友她比不過啊！太漂亮了，太女神了，她都要忍不住喜歡了啊！

齊超住在市區裡，是這座城市最熱鬧的地方。一套一百多坪的公寓不算大也不算小，他一個人住了十年，有些孤單。齊超的家這些年來，來過的人不超過六個，由曦、孫姐姐、老李、苦瓜、三七，當然還有潘朵。

潘朵不是第一次在這裡過夜，她很輕車熟路，自己去了南邊的次臥，跟齊超的主臥一牆之隔。齊超這裡四房兩廳，另外兩間一是書房，一是影音室。

齊超把潘朵的東西拿到臥室，然後打開箱子幫她整理。

潘朵一下子就炸了，跳起來擋在自己的箱子面前，不讓齊超看裡面的東西。

「男神，我自己來吧！」

「妳不是不擅長整理東西嗎？這箱子這麼整齊，一看就是由曦幫妳收拾的，妳確定自己能弄好嗎？」齊超保持懷疑的態度。

潘朵的臉本來就紅腫，現在也看不出來有沒有臉紅，她咳嗽了一聲說：「我早晚得自己收拾，還能讓你們兩個幫我收拾一輩子嗎？我三舅嫌我礙眼，我二舅不疼我，我爸媽眼裡只有對方，這麼多年，我都是一個人的，男神你別把我當小孩子看了。」

齊超抬手，想摸摸她的頭，又想起潘朵的話來，於是收回了手：「我來，妳躺著吧。等妳病好了，妳再自己收拾。」

「那好吧。我想先洗澡，等一下還得擦藥呢。男神，你先幫我把盥洗用品找出來吧，我三舅幫我準備了一套，說是過敏的時候用比較好。」

齊超「嗯」了一聲，潘朵就坐在旁邊盯著他看。潘朵從來不吝嗇讚美別人，從來不會錯過美好的事物，她如果覺得什麼好看，就會一直這麼堂而皇之地盯著，儘管有點不禮貌，但是她改不掉這種坦率的習慣。

齊超再次打開行李箱，一下子就呆住了。潘朵的衣服不多，零零碎碎的東西卻很多，比如說齊超的PVC模型，所有齊超上過的紙媒，她都裁剪下來護貝封存好，還有他發行過的所有CD以及很久以前的電影。她幾乎搜集了一切與他有關的東西，裝了滿滿一箱。

「朵朵，妳走到哪裡都帶著這些嗎？」齊超的心情有點複雜，忽然很沉重，他有點無法直視潘朵熱切的目光了。

潘朵仍舊那麼看著他，然後用力點頭：「男神，我不帶這些都睡不著的。我去拍戲都要抱著你的模型，晚上才能睡的。」

齊超嘆了口氣。

潘朵連忙說：「男神你不要有壓力，我喜歡你是我自己的事情，你不要覺得我很辛苦，這都是我心甘情願的，你不要為我難過。」

齊超長吁短嘆，好半天忍不住了才說：「這模型哪裡買的？簡直醜到一個新境界。我這裡有比較好看的，我給妳一個吧。」

潘朵：「……」

齊超幫潘朵找了一位醫生，是多年來一直照顧自己身體的私人醫生——老楚，有一家不大不小的私人醫院，收費貴得要死。

因為保密性好，所以一般的藝人都喜歡找這家醫院。但是這家醫院的院長，也就是齊超熟悉的這位私人醫生，脾氣有點古怪，一般的病人，他不接待。但是他對齊超，那算是有求必應，招之即來。

所以，當這一次齊超大半夜打電話，說「你來我家一趟，帶上醫藥箱」的時候，老楚當時腦袋靈光一閃。他迅速分析了一下，齊超為什麼欲言又止？齊超有什麼難言之隱？齊超一定是有什麼不可告人的祕密！

老楚迅速回憶了一些最近的花邊新聞，各種明星那些難以啟齒的病症，他似乎悟了。於是老楚帶上了各種奇葩的工具，開車直奔齊超的家。

彼時，齊超拉著原本打算洗澡卻被他拉來看模型的潘朵，兩人正在研究齊超的模型。潘朵怎麼也不會想到，上一次她來齊超家那不曾涉及的神祕小房間，竟然都是他的——玩具。

最不能讓她理解的是，為什麼她男神，收集了這麼多自己的模型？

齊超拿出一個個模型，開始跟潘朵講解每一個模型的故事，比如怎麼來的、什麼材質、跟什麼人有關……潘朵聽得昏昏欲睡，她完全沒有興趣好嗎？她想去洗澡好嗎？但是，男神你為什麼興致那麼高？如果我說不想聽了，你會不會失望？會不會覺得我不適合你？

潘朵的內心開始糾結，她有點掙扎。最後，她決定，算了，我就聽吧，所以她裝出一副求知欲望非常強烈的樣子。

齊超說得口乾舌燥，他原本已經不想說了，但是一看潘朵這麼想聽的樣子，他總不好掃興吧？於是，齊超咬了咬牙，繼續說吧！

兩個人就這麼一來二去，誰也不好意思開口，誤會大了。

所以就導致了，齊超幫老楚開門的時候，嗓子都啞了，說不出話來了。

「這是怎麼了？」老楚微微震驚。

齊超指了指自己的喉嚨，做了一個痛苦的表情。

老楚不明所以：「到底幹嘛了？演唱會了？真唱？」

齊超翻了一個白眼，用盡力氣說了一句：「我又不是由曦，沒事開演唱會幹什麼！」

老楚這就更不明白了。

齊超抓著老楚，將他帶到了潘朵的房間，說了一個字：「醫！」

老楚愣了一下，原來病人不是齊超啊。他瞬間有點不想醫了，他有小情緒了。

齊超自然看出來了，抬起一腳就踹在老楚的屁股上又說了一個字：「快！」

老楚沒辦法，最後幫潘朵看了看，這就是普通的過敏而已，但是他沒帶過敏藥。老楚堅持：「我現在醫不了，我得回去拿藥。」

齊超則堅持認為，老楚傲嬌了，不幫忙醫治。

兩個人僵持不下的時候，潘朵醒了，她一聽到對方不願意幫她治療，瞬間就開懷了，用那張腫臉，對齊超甜甜地一笑，頗為驚心動魄。

老楚嚇了一個哆嗦，問：「這是啥啊！」

潘朵哼了一聲，翻了個白眼說：「叔叔，人家是青春偶像。」

「妳就拉倒吧！妳長得比齊超還顯老呢！吃藕長大的吧？」

潘朵一聽到說比齊超還顯老，瞬間心花怒放了，也不管人家說她醜了。齊超一直不理她，就是因為她比他小很多。潘朵對老楚擠了一個感激的笑容，然後說：「叔叔，你回去吧，我不需要治療，我滿好的！」

老楚一聽就不高興了，這是不信任他！他當即拿了消炎針出來說：「先打兩針再說！」

然後，強行按住了潘朵，給齊超使了一個眼色，啪啪兩針！

潘朵爆發出了殺豬般的號叫，如果不是齊超家隔音效果好，肯定有鄰居告他家裡飼養大型殺傷力動物。

「明天帶著去我醫院看看，我看這丫頭病得不輕。」老楚指了指腦袋，齊超點了點頭。

老楚走後，齊超回來看潘朵，她眼淚在眼眶裡打轉，齊超張了張嘴，潘朵「哇」的一聲哭了。

齊超手忙腳亂，擦了擦她的眼淚，又摸了摸她的頭，用沙啞的嗓音問：「怎麼了？」

「男神……」

「叫舅舅。」

「齊超……」

「你要是舅舅太多，記不起來，要不然妳喊叔叔也行。」

潘朵狠狠地抹了一把眼淚，大吼一聲：「齊超你大爺的[19]！你竟然這樣對我！」

她作勢就要朝齊超撲過去，瀕臨狂暴邊緣。

齊超看了她一眼，然後一把按住她的頭說：「聽話，我幫妳煮個宵夜。」

「哦。」

半個小時之後，齊超端來一碗麵，是紅燒牛肉口味的。麵煮的時間有點久，導致湯已經乾了，抑或是齊超煮麵的時候水原本就沒放多少。他端到潘朵房間門口的時候，有那麼一瞬間不好意思開門了。

潘朵早就期待地等在門口，聽到有腳步聲，直接把門打開，「哇」了一聲：「男神，色香味俱全啊！」

「真的？」齊超有點驚喜。

潘朵一把接過來，然後大口吃了一口，有那麼一秒鐘的停頓——鹹，鹹死人了！

「味道……如何？」齊超問。

潘朵立即又大口吃了幾口，一瞬間半碗沒了，她表現得非常幸福、非常滿足，說：「男神，你這個廚藝，跟我三舅差不多！男神有沒有興趣做個美食類的節目啊？男神，就沒有人誇你做飯好吃嗎？」

齊超有點不好意思，他知道由曦的廚藝非常好，沒想到自己的廚藝也這麼好。他臉紅了一下，然後說：「第一次下廚，沒想到妳這麼喜歡，朵朵，妳養病期間，我會煮飯給妳吃的。」

潘朵興奮並且喜笑顏開地問：「真的嗎？太好了！」但是她的內心：『這是要我的命啊！』

齊超點了點頭：「傻瓜，一點小事也這麼開心。」

潘朵將碗放到一邊，一下子撲進了齊超的懷裡：「男神，你真是我的親男神！」

隔天齊超帶潘朵出門，兩個人全副武裝，就連Morre哥路過，都沒有發現這兩個人。

齊超當時有點納悶，不是說 Moore 哥出國了嗎？怎麼這麼快就回來了？但是他沒有問，路上有點塞車，潘朵在車上睡著了，手裡抱著昨天他給的那個模型。

到達老楚醫院的時候，潘朵醒了過來，齊超背著她在外面掛號，她驚呆了，為什麼這裡的每一個人都戴著口罩和帽子，恨不得把自己裹成一個粽子？過沒多久，有個人過來打了個招呼：「潘朵！妳怎麼也來了！什麼病啊？」

潘朵趴在齊超的背上，轉頭看了一眼玻璃上倒映出自己的模樣，她親二舅都沒認出來，到底是誰把她認出來了？

潘朵小聲問：「妳是誰啊？」

那人眨了眨眼睛說：「鄭嘉兒！」

「靠！」這真是冤家路窄，「妳來幹嘛？」

「沒病誰來這裡啊！揹著妳的這是誰呀？」鄭嘉兒穿一身火紅的村姑裝，頭戴禮帽，沒有化妝，臉上一個大口罩。她盯著齊超看了好一會兒，愣是沒有看出來，有點震驚了，「我這火眼金睛，這裡的明星我認出來百分之八十，竟然看不出妳旁邊這人，帥哥，說句話唄？」

齊超沒有吭聲，潘朵倒是哼了一聲：「妳怎麼知道是帥哥？」

鄭嘉兒翻了個白眼說：「看身材啊！妳這小丫頭就是什麼都不懂。妳把眼光放遠一點，妳不能在齊超這一棵樹上吊死，雖然呢，齊超是超級男神啦，但是呢，妳都追了這麼久了，明示暗示都有了，他半點反應都沒有，我都替妳難過！我們公司上下誰不知道妳喜歡齊超。上次有個宋且歌的粉絲罵齊超，妳差點跟人家打起來，當時要不是我在，我替妳踹了那丫頭兩腳，妳打得過人家？姐姐我這拉偏架[20]的本事可不是白練的！」

潘朵有點不好意思，她不想讓齊超知道自己還打過架，於是連忙使了個眼色給鄭嘉兒：「好啦、好啦，我們改天再說吧，我現在還病著呢。」說完她催促齊超快走。

齊超沒有動，鄭嘉兒也拉了潘朵一把說：「妳這麼急著走幹什麼呀，楚醫生忙得很，誰來都得排隊，姐姐我都排了一個上午了。妳來得晚，大概要排到下午了，我們聊聊天，一起等。剛說到哪了？哦、對，妳現在還在禁足吧？通告也不讓妳上，妳那《三分天下》下部可都已經上新了，孫尚香一下子就紅了，多少小粉絲喜歡妳啊，妳現在不上通告，可是虧大了。說起來，我還有點後悔，後悔當初不要這個角色。不過算了，最近妳二舅幫我接了幾個好劇本！」

潘朵的抽了抽嘴角：「我很忙呢，我們不聊了好不好？」

「再聊一下唄，我很無聊呀！話說，有件事我想問妳。妳二舅說，我接了《魔星》這個電影的女二，原本是給妳的，妳為什麼不接啊？妳不是喜歡齊超嗎？為什麼不跟他近水樓臺先得月啊？」鄭嘉兒毫無保留地說了一大堆。

潘朵的臉色非常難看，她跟鄭嘉兒的關係有點微妙。怎麼說呢，屬於她看不上鄭嘉兒，但是鄭嘉兒這個人的智商完全看不出來，以為潘朵是高冷，她鄭嘉兒也是高冷女神，所以她覺得兩個人聊得來。而且一開始，潘朵是把鄭嘉兒當女神的，只是後來變了而已。

「鄭嘉兒，我們能不能聊點妳的事情啊，別聊我了可以嗎？」

「妳看妳還害羞。放心吧，在劇組的時候，姐姐我一定幫妳看好齊超，不讓任何女性靠近他。哎呀，但是我看劇本的時候，他跟女主角好像有吻戲，還有床戲啊！這……妳是不是因為不想看到這個，所以才退出啊？這齊超也真是的，什麼戲都接，還要演激情戲，這種尺度啊，我要是他女朋友，我都得瘋！」鄭嘉兒搖了搖頭，一臉為潘朵惋惜的樣子。

齊超僵硬了好一會兒，潘朵明顯感覺到了自己男神的不自在。她男神不舒服，那她也就得跟著難過，感同身受四個字，潘朵自從喜歡上齊超以後，就相當融會貫通了。她垂下了頭，跟鄭嘉兒說：「我還沒掛號呢，我去掛號了啊。」

鄭嘉兒「哎喲」了一聲：「妳還沒掛號啊？妳早說啊！早說我就不拉著妳聊天了，不過妳現在掛號，今天也看不到了啊！最近也不知道怎麼了，好多藝人來看病，我看到那邊有幾個男藝人得了痔瘡。」

潘朵震驚了，得了痔瘡她也看得到，鄭嘉兒這眼睛是X光嗎？

「妳快去啊，愣著幹嘛，我也去排隊了，要不然姐姐幫妳走走後門？我去使個美人計……」

「不必了，我們不用排隊。」

「為什麼？」鄭嘉兒有點迷茫，她盯著這個打斷她說話的男人，覺得聲音有點耳熟啊。

齊超摘了帽子和墨鏡，看著鄭嘉兒笑了笑說：「因為我是齊超。」

「媽呀！男神！我剛才什麼都沒說！」鄭嘉兒朝齊超背上的潘朵擠眉弄眼，意思是，妳騎著齊超，妳幹嘛不早說啊，害得我說了那麼多他的壞話。

潘朵攤了攤手表示，我攔不住妳啊！

齊超背著潘朵直接去了老楚的辦公室，然後踹開了辦公室的門，把潘朵往沙發上一放，然後說：「醫吧！」

老楚瞬間炸毛了：「你好歹是個大明星，怎麼能插隊呢？」

齊超「哦」了一聲，然後說：「因為我沒素質。」

老楚啞口無言。

老楚找來了皮膚科專家幫潘朵會診了一下，就是一個簡單的過敏。

「打針吧，打針快。」

潘朵瞬間一抖，齊超拍了拍她的肩膀說：「開點藥膏吧，我們不打針。」

齊超在說這句話的時候，眼睛是一直盯著潘朵的，看得她很不好意思，既興奮又羞澀，甚至還有點自卑。她知道自己現在難看得要命，他卻還是那麼帥氣。

拿了藥從醫院出來，潘朵縮在副駕駛座上一句話也不說，齊超開車也沒說話，車裡的氣壓有點低。

經過一個超長的紅燈的時候，齊超開口道：「為了我跟別人打架？受傷了沒？」

「啊？」潘朵被齊超突然出聲嚇了一跳，有點結巴，「也……也沒有，那人……嘴嘴……嘴賤。」

「以後不許打架，知道嗎？如果有人欺負妳，就告訴我或者妳三舅。我打架比妳厲害，妳三舅罵人無人能敵。」

「男神……」

潘朵抬起頭，對上了齊超的眼睛，他不再躲閃。潘朵直勾勾地看著他，她練習過很久，這樣看人的時候最能打動人。

齊超咳嗽了一聲：「還有《魔星》這個電影，女主角其實還沒定，妳有沒有興趣？我推薦妳去試鏡。」

「真的嗎？」潘朵整個人興奮得跳了起來，很不巧地撞了頭，她「哎喲」一聲，很疼，看來不是做夢。她能跟男神一起拍電影了？還是他的女主角？還有大量的激情戲？

「真的，我是出品人之一。」

潘朵要暈過去了，她感覺無比幸福，她這算帶資進組嗎？她也是有靠山的人了？很顯然她已經忘了，自己有一個非常了不起的二舅以及一個很疼她的三舅。

「要不要來？」齊超又問。

潘朵沉浸在就要跟男神在電影裡啪啪啪的喜悅當中，隨口就說了一句：「來來來！男神你全裸出鏡嗎？我們兩個什麼時候拍床戲啊，哎呀，床戲多嗎？男神你腰好嗎？我最近有點胖了。」

齊超：「……」

或許是老楚的醫術特別高明，又或許是人逢喜事精神爽，潘朵住進齊超家裡沒幾天，臉上的過敏好了很多。臉已經消腫了，只是還有一點發紅。

齊超推了幾個工作在家裡照顧潘朵，反正他是老闆，反正他這個等級的藝人，多幾個通告、少幾個通告都無所謂。他最近有點迷上煮飯了，他有點理解為什麼由曦喜歡煮飯了，把各種食材變成美味佳餚，有一種特別的成就感。

至於他為什麼這麼有自信呢？完全是因為他有一個影后等級的等待餵食者，潘朵這幾年在電影學院可沒有白學。她漸漸感覺到，再吃幾天齊超做的飯，她去評選個什麼最佳女主角也沒問題了，演技精湛啊！

齊超煮了一下午皮蛋瘦肉粥，足足四個多小時，煮好了以後端過來給潘朵吃，她正全身心地投入手機遊戲。

齊超皺了皺眉：「朵朵，別玩了，先吃飯了。」

「我等一下就吃。」

「吃完了再打。」

「打完了再吃啦！」

齊超不說話了，沉著一張臉。

潘朵眼睛餘光掃到了，立刻關遊戲下線，也不管是不是有隊友在等著她。用她的話來說就是，什麼都沒有男神重要。

齊超有些欣慰，因為他有個外甥，也是喜歡打遊戲，每次家庭聚會他都沉浸在自己的小世界裡，家人怎麼喊都不聽。為了吃飯和打遊戲的事情，他的姐姐已經和小外甥吵過幾次架了。

齊超過了玩遊戲的年紀，所以漸漸也開始跟一般家長一樣，不理解小朋友的這些行為了，所以當看到潘朵這麼聽話的時候，他非常高興。他覺得潘朵很懂事，不像別的小孩子那麼難溝通，尤其是潘朵也比一般的小孩子要好看很多。最近臉不腫，笑起來也就更好看了，沒有那麼驚悚。

「男神，我手不方便，你餵我吧！」

齊超一想，潘朵手背上也有過敏的痕跡，也行，餵吧。

他一勺一勺地餵，潘朵小口小口地吃。每吃下一口，潘朵都會仰起笑臉對他笑一笑說：「真好吃。」

齊超的內心迅速膨脹起來，對於這些誇獎，他很受用。

一碗餵完，潘朵眨了眨眼睛問：「男神，我能去打遊戲了嗎？我剛才那一局跟老李和孫姐姐組隊的。」

齊超的臉一下子就白了，他覺得大事不妙，這丫頭怎麼不早說呢？但是他還是非常沉著冷靜地點了點頭，然後拿了張面紙說：「過來，擦擦嘴巴。」

潘朵就把臉湊過來，齊超輕輕地幫她擦了擦。

潘朵嘿嘿一笑：「男神最好！」

齊超把碗拿到廚房去，沒有急著洗碗，而是打開了微信群。果不其然，他收到了老李和孫姐姐的一大堆咒罵。

他們兩個罵起人來一點不含糊，總結起來就是一句：「人渣叔叔，耽誤我們打遊戲，你不得好死。」

齊超哭笑不得，他這是招誰惹誰了？

潘朵打了一下午的遊戲有點累了，窩在沙發上看自己帶過來的藍光光碟，是齊超以前主演的電影。

潘朵一連看了六部，有的很悲情，她哭得稀里嘩啦，有的是喜劇，她笑得前仰後合。

最後，齊超終於看不下去了，走到面前把電視擋住了，潘朵一臉疑惑：「男神你怎麼了？」

他沒怎麼了，只是有點不好意思而已。畢竟是幾年前的作品，當時覺得不錯，現在看起來演技還是有些稚嫩，甚至有些地方處理得比較誇張。他忍俊不禁，就像是每個藝人都有那麼一些想要毀掉的慘不忍睹影片一樣。

但是，他也不好直接跟潘朵說，免得損壞了自己的光輝形象，憋了好半天才說：「妳該擦藥了。」

「哦，男神幫我擦。」潘朵起身，半跪在沙發上，把臉湊近了齊超。

「藥膏在這裡，妳自己擦。」

潘朵癟了癟嘴說：「那等一下再擦好了，我手不方便，我先看電影吧。」

說完，她就又躺下了。

齊超一把將她拎起來，讓她靠在沙發靠墊上，然後隨手關了遙控器，擰開一條藥膏，擠了一點在潘朵的臉上，手指慢慢地推開。她皮膚很好，細膩光滑，而他的手有一層繭，天長日久，歲月累積。

他們被籠罩在一圈光暈裡，她睜著眼睛正在看他，黑白分明的眼睛裡，只有一個他。

有那麼一瞬間，齊超有點心慌。他不得不承認，即便是沒有由曦強行把潘朵塞給自己，他也不會拒絕照顧她。是由曦給了他一個藉口，他其實很珍惜跟潘朵相處的時光。

好像，他的生活變得不那麼單調了，他也有除了工作之外的事情可以做了，只是他不敢繼續下去。

她光滑的臉，而他已經長繭的手指，這是在提醒他，他比她大太多，十四年的光陰，他不知道怎麼來縮短。

齊超收回了手，眼睛看向別處：「妳自己塗一下吧。」

潘朵一把拉住他的手，放在自己的臉上，中間還隔了一層涼涼的藥膏。

「齊超，你繼續。」

他嘆了口氣：「叫叔叔。」

「好，齊超叔叔，你繼續。」潘朵笑了笑，她沒有再逼他，恰到好處，誰也不尷尬。

塗完了藥膏，潘朵繼續看電影，還非要拉著齊超一起看。齊超有點坐不住，潘朵就抱著他的手撒嬌：「哎呀、叔叔，我自己看沒意思呀，你就陪我一下吧，誰叫你是我叔叔呢！」

齊超早年拍過一部尺度不小的電影，潘朵特意買到了無刪減的光碟片，正好演到齊超跟女主角的親熱戲，鏡頭裡真真切切的舌吻，而且兩人還是半裸出鏡。

潘朵咬了咬手指，聚精會神地看。一邊看還一邊點評：「男神，你那時候吻技一般啊，你看你都沒把女主角吻暈過去，我三舅上次可是把杳杳姐親暈了。」

「妳怎麼知道的？」齊超黑著臉問。

「我偷窺啊！」潘朵嘿嘿一笑，抓了一把瓜子放在齊超手裡，「男神，你要是覺得尷尬，你幫我把瓜子殼剝掉。」

齊超一開始是想要拒絕的，但是一抬頭又看見激情戲，他心裡怎麼就那麼恨呢？當初為什麼拍這片子？他接過瓜子，老老實實地開始剝殼。

齊超把小半把的瓜子仁放到潘朵手上，她一口就吞了，然後開始哈哈大笑說：「男神，你那時候屁股上就有一塊烏青啊！是胎記嗎？我還以為是你前幾天不小心撞到的呢！」

齊超的臉更黑了：「妳怎麼知道的？」

潘朵想都沒想就說：「我偷窺啊！」

「朵朵！」齊超吼了一聲。

潘朵被嚇了一跳，瞬間淚眼汪汪，小心翼翼地問：「男神……怎麼了？嗚嗚……」

齊超張了張嘴，對著這張臉，怎麼就開不了口呢？半晌他說：「下不為例。」

「哦……知道了。」潘朵表面委屈，內心狂喜。男神你跟我鬥，省省吧！

第二天，潘朵被自己二舅的電話吵醒了，Moore哥正在籌備由曦演唱會的彩排，抽了個空打電話給她，語氣有點嘲諷：「妳說，妳是怎麼把齊超搞定的？他竟然讓妳演女主角！妳知道嗎？妳那個女二，還是妳三舅哭著、喊著求他他才答應的，沒想到妳還不去。」

潘朵有點起床氣，直接就來了一句：「我三舅會哭著、喊著求人？你別逗了二舅！騙人也看看對象是誰好吧？」

Moore哥翻了個白眼：「少廢話，明天早上，我帶妳去簽合約！這次妳好好演！」

簽約、定裝照、新片發布會、開機儀式，一系列動作，一氣呵成。潘朵第一天開工，坐在化妝間裡化妝的時候，才覺得這一切是真實的。她沒有在做夢，她是男神的女主角了。

《魔星》是一部比較特別的電影，用潘朵的話來形容，那就是很魔性[21]。算是一部大製作的魔幻電影，帶著神話的色彩。齊超扮演的角色表面上是正道的神仙，可是在他不知道的另外一個人格裡，他是魔道的魔君。

潘朵飾演一個很普通的小妖，天真可愛，有點聒噪、有點囉唆，在修仙的道路上，她遇見了齊超所扮演的魔君，因緣際會，她救了魔君一命，魔君許諾日後可以幫她完成三個心願。

在很久後的一天，小妖修煉成仙，來到仙界，遇見了齊超扮演的仙君，她一下子就認出了仙君，只是不知道那時候是另外一個人格。小妖整日纏著高冷的仙君，仙君覺得她非常煩，但是在冰冷的仙界，這樣有人每日纏著自己聊聊天，似乎也是一件非常有意思的事情。

不久後，天降異象，仙界預言，魔星即將出世，於是天君大舉進攻魔界，一場大戰開打。仙君在，魔君就不在，最後被人發現，齊超扮演的這個角色就被推向了滅亡，他也發現了隱藏的祕密，最後跟天君一戰。魔星就是仙君，當真相揭開，魔星變成了救星，潘朵扮演的小妖為了成就魔君，死在了這一場戰役之中。

故事的最後，天下太平，魔君和仙君仍舊共用一個身體，白日是仙君，夜晚是魔君。魔君澈底忘了曾經愛過一個小妖，而仙君拋卻了七情六欲，遺世獨立。

當然，這個故事裡，還有各路神仙和妖魔鬼怪，邀請了各路大牌來客串，演員陣容相當華麗。

潘朵讀完劇本以後，只有一個感覺，編劇有病。為什麼要這樣虐一對戀人？她好不容易能跟齊超一起演個電影，竟然沒有終成眷屬。她不能忍，她嘗試過求助自己二舅，讓二舅去跟編劇說說，把最後的結局改了。但是她只得到了自己二舅的一頓白眼，說她不懂藝術。

她就不懂了，藝術就一定要是個悲劇嗎？

化好了妝，潘朵在休息室裡唉聲嘆氣，對著劇本無限惆悵。

恰好，齊超也化完了妝，今天要拍的第一場戲是他的仙君戲份。敲了敲門，齊超邁步走了進來，潘朵穿著一件綠色的紗裙，露出修長的雙腿和一截白皙的手臂，頭髮簡單地梳了個流雲髮髻，餘下的長髮掃在一側，一副幽怨的樣子。

齊超笑了笑，問：「怎麼了？」

潘朵指了指劇本，嘆了口氣：「這劇本寫得真是……」

齊超瞬間明白了，他的臉有些紅，咳嗽了一聲說：「妳放心，我去找編劇，能改的都改掉。」

潘朵的眼睛一亮，抓著齊超的手臂問：「真的嗎？」

齊超「嗯」了一聲：「編劇進組了，趁著還沒有開拍，我現在去商量一下。」

「好哇、好哇！男神你真是太厲害了，我太崇拜你了！能改了最好，我好不喜歡這麼演哦！」潘朵原本那張哀怨的包子臉，瞬間笑開了花。

齊超看著她愣了那麼一會兒，他並不知道，潘朵除了可愛，還能如此漂亮。他得承認，潘朵這個造型很漂亮，抑或者他該說，潘朵其實長得很漂亮，已經漂亮到讓他不好意思演吻戲了。

齊超出了門，直奔導演休息室，叫來了編劇，言簡意賅地說：「我希望，能盡量刪掉激情戲。」

編劇愣了一下，有些抗拒。

「齊老師，劇本都是我們再三推敲的，有些地方情到濃時，還是激情一下比較好呀。」

導演也點了點頭，齊超無奈地嘆了口氣說：「改一改吧，女主角年紀太小，下不去嘴。」

「噗……」編劇笑噴了，她是頭一次聽到這樣的理由。

那邊潘朵的休息室裡，她沉浸在花癡當中，剛才她男神很溫柔地跟自己說話呢，他白衣翩翩，長髮飄飄好帥哦，好有仙氣哦，簡直就是畫卷中的美男子啊！她就要跟男神在電影裡談戀愛了呢！不知道男神魔君的造型是什麼樣子，是不是邪魅狂狷，直接推倒啊！

想到這裡，她又翻了一遍劇本，想找找有沒有小妖女跟魔君親熱的戲。嗯，有一場，魔君不知道自己跟仙君是同一個人，以為小妖女喜歡上了別人，於是用強的。

潘朵臉紅了，她捣著臉，十分害羞。

恰好她的助理急急忙忙跑了過來，這是她二舅Moore哥剛剛幫她配的人，二十多歲，有兩年的工作經驗了，是由曦那邊挑剩淘汰下來的人。潘朵當時一聽是自己三舅用過三個月的人，瞬間就覺得，這個人一定非常棒！因為，由曦是一個脾氣非常壞、非常喜怒無常的人，能在他手下幹三個月，那得是多麼大的一個人才啊！

「不好了、不好了！朵朵！出大事了！」助理跑過來，一副世界末日的樣子。

「出什麼事了，妳慢慢說。」

「剛才我路過導演休息室，看見妳男神往那邊走，我一看，這有問題啊！我就趕快找了一個地方躲起來，然後順便觀察一下。」助理滔滔不絕地開始回憶當時的情形。潘朵一聽，好嘛，妳這是聽牆根啊，跟我有一樣的毛病啊！

「妳猜怎麼樣？妳男神跟編劇說，把激情戲都刪了，說妳年紀小，下不去嘴啊！」

潘朵的心如同被一塊石頭砸了一下，下不去嘴，什麼叫下不去嘴？她很小嗎？已經成年很久了好嗎！

潘朵氣極了，她原本以為齊超是去修改他們在電影裡的結局，沒想到他會錯了意，真是蠢啊！

「怎麼辦啊？朵朵，妳不能占便宜了！」助理急得快哭了的樣子，潘朵就有點納悶了，為什麼她比自己還要著急？

冷靜沉思了片刻，她笑了笑：「慌什麼，這不是還沒改嘛，今天先拍。不是演仙界酒醉那場戲嘛，我自己改改劇本。」

二十分鐘後，正式開拍。

第一場戲，仙界，小妖女成仙後，趕上了仙界的蟠桃盛會，仙君酒醉歸來，小妖女照顧仙君，兩人談心，有了第一次的感情昇華。

潘朵坐在大殿裡，齊超搖晃著走了進來，他微微閉著眼睛，潘朵看見他過來，迅速起身，一下子撲了過去，狠狠地撞了他一下，差點把齊超撞翻了，然後又抱住了他的腰。

齊超有點奇怪，劇本裡不是這麼演的，朵朵臨時發揮嗎？他不能問，只好繼續演。

潘朵眨了眨眼睛說：「仙君，聽說你去參加蟠桃會了，有幫我帶桃子了嗎？」

齊超笑了笑，戳她的頭：「小妖女不是已經成仙了，還要那桃子作甚？沒外界說的那麼神奇，一點也不好吃。」

「我不信，仙君讓我嘗嘗吧。」潘朵可憐巴巴地看著齊超，齊超微微睜開眼睛，眼神有些迷離。

潘朵捏著他的下巴吻了上去，並且撬開他的牙關，糾纏住了他的舌頭。

齊超睜大了眼睛，劇本裡，沒有這一段！

導演有點驚訝，難道自己拿錯了劇本？

潘朵親了好一會兒，放開了齊超，舔了舔自己的嘴唇，還是滿臉天真的樣子，嘟了嘟嘴說：「果然不好吃，我還以為仙君騙我。仙君，你好像不高興，宴會不好玩嗎？」

齊超到底是專業演員，在游離了那麼一會兒之後，他聽到了熟悉的臺詞，這才是劇本的內容，於是接著說：「好玩？仙界並沒有這個詞……」

一場戲拍完，齊超拉著潘朵走到沒人的地方：「立正站好。」

潘朵笑了笑，然後乖乖立正站好。

「妳為什麼親我？突然修改劇本，演砸了呢？」齊超黑著臉訓斥。

潘朵收斂了笑容，說道：「可是演得很好，導演沒有喊卡，我覺得，這個時候做這個動作，比較符合小妖女不諳世事的設定，她可是什麼都不懂。」

「她不懂，那妳呢？妳懂不懂！即便是親……妳碰一下就好，怎麼……我可是妳叔叔！」齊超愈說愈覺得不自在，他的臉再次紅了起來。

潘朵挑了挑眉，抬眼看他，順勢抱住了他的脖子，將自己掛在了他的身上，這一身小妖女的裝扮竟然讓她嫵媚動人了幾分。她在齊超的耳邊吹了吹氣說：「別裝了，全世界的人都知道我喜歡你，你難道不喜歡我嗎？」

由曦的世界巡迴演唱會開始了半個月，最後一站在北京，演唱會名字先後改過六個版本，公司高層幾乎要打起來了，最後舉手表決，決定叫——我的演唱會。

此結果一出，立即引來了各路親友的嘲笑。由曦全然不在乎，逐一回擊說：「這不是我的，還是你的？你唱歌能聽？」

由曦演唱會的票早就已經銷售一空，潘朵手裡的那張票已經有N個以前的同學表示願意高價買過去。對此，潘朵嗤之以鼻，她怎麼能一而再、再而三地錯過跟齊超一起看演唱會的機會呢？若不是她之前臉過敏，她都跟齊超看過至少三場演唱會了。她可不能錯過這最後一場了，所以她厚著臉皮撒潑打滾，跟由曦要了兩張票，演唱會當天，拉著齊超就去了。

用由曦的話來說就是：「妳猴急什麼？妳三舅我開演唱會的機會多的是！」

潘朵反唇相譏：「你拉倒吧！世界巡迴演唱會也就只在國內走了一圈，我發現這些廣告文案可真是什麼都敢寫。」

由曦當時氣得差點就把體育館留給潘朵和齊超的那兩個椅子給拆了，恨不得在地上撒點圖釘，最後要不是杳杳攔著他，潘朵和齊超就得血濺三尺。

演唱會非常成功，由曦的唱功是圈內公認的，他在演唱會的最後將杳杳請到了舞臺上，握著她的手，翻唱了一首經典歌曲《我願意》，立即引發全場粉絲的尖叫，大家紛紛被感動，大呼男神好溫暖。

潘朵這一場演唱會聽得有點不專心，她總是拿手機出來跟人用微信聊天，並且在聊天的時候，她的臉上一直保持著甜蜜的笑容。

這一切都看在齊超眼裡，不是她要來看演唱會的嗎？怎麼全程心不在焉？她到底在跟誰聊天？

抱著這個疑問，他從頭到尾都沒有聽到由曦在唱什麼。他一直關注著潘朵，有好幾次，他都忍不住想把她的手機拿過來看看她到底在跟誰說話、在聊什麼話題，一直這樣笑，臉都不疼？

但是這不行，他沒這個權利。

那打斷她一下總歸可以吧？齊超拍了拍潘朵的肩膀，在她耳邊說：「別玩手機了，好好聽妳三舅唱歌。」

潘朵都是滿口答應，然後頭也不抬繼續玩手機。

齊超有點鬱悶，他非常想把她的手機扔出去。

他開始心煩意亂，開始暴躁，在很長一段時間的情緒不穩定之後，他有點詫異，自己為什麼對她這麼關心？他有點意識到，自己跟潘朵走得太近了。

或許潘朵也意識到了，自從上一次在片場她私自改了劇本親了他以後，他們除了拍戲，就沒說過話。他從沉默的那個變成了話多的那個，而她現在只是嗯嗯啊啊地回答。

齊超如坐針氈，他不習慣！

演唱會結束，歌迷們大聲喊著由曦的名字，叫著安可，由曦又演唱了幾首歌以後，終於結束。

潘朵收起了手機，對齊超笑了笑說：「我去後臺看看，你有事的話先回去吧。」

然後，她消失在人群裡，一轉眼就不見了，齊超抓都沒抓住她。齊超皺了皺眉，從人群中擠過去，向後臺艱難地前行。耳邊時不時有人尖叫一聲：「啊啊！齊超！男神幫我簽個名，我要幫你生猴子！」

一路簽了不知道多少個名，他終於到了後臺。由曦正在跟杳杳聊天，旁邊是經紀公司的人，他看了一圈，就是沒看到潘朵。

「潘朵呢？」齊超問。

由曦「嘿」了一聲，嗓子有點啞：「你不恭喜我演唱會圓滿結束，一上來就問我外甥女幹嘛？你想幹嘛？」

「她不在這裡嗎？她剛才跟我說來後臺看看你，你們真的都沒看到她？」齊超有點著急，潘朵如果沒來的話，她去了哪裡？會不會有什麼意外？

「沒有啊，大夥有看到潘朵的嗎？就是長得很矮有點蠢的那丫頭。」由曦大喊了一聲，周圍的人均搖頭。

齊超頓時感覺不好，立即從休息室退出來，開始在演唱會的後臺一間、一間地尋找。他找了差不多一個小時，體育館的人都已經離開了，他打潘朵的電話，能通，但就是沒有人接聽。他的心開始慌亂，大喊潘朵的名字。

後臺沒有，偌大的體育場，他都要找遍了，觀眾早就已經離開了，打掃的人也離開了，他還是沒有找到潘朵。她去了哪裡？齊超站在體育場正中央，覺得四周都在旋轉。

他的手機突然響了，他收到了一則微信，來自於潘朵：『如果我不再騷擾你，你會開心嗎？』

他會嗎？他不知道，他只知道現在想找到她。

突然，舞臺上打下來一束燈光，整個舞臺驟然亮起，他瞇著眼睛，適應了一會兒，看見光的中央有一個鞦韆蕩在半空中，上面坐著一個人，正是他找了一個晚上的潘朵。

「齊超！你在找我嗎？」潘朵大喊了一聲，然後用力一晃，鞦韆就在半空中飄了起來，齊超膽戰心驚，鞦韆距離地面足足有十幾公尺那麼高。

「朵朵，妳下來。」齊超甚至不敢大聲說話，怕一旦嚇到了正在盪鞦韆的潘朵，她掉下來該怎麼辦？他無法想像那後果，他害怕。是的，他在害怕，怕失去。

潘朵突然從鞦韆上站了起來，拿手機打了個電話給齊超，齊超的心都快要跳出來了，潘朵就用一隻手抓著鞦韆。

她輕聲說：「你為什麼找我？你是不是喜歡我？」

「妳先下來，我們回去再說。」

「回去？去哪？」

「我們回家。」

「誰的家？你家？還是我家？還是說，你想給我一個家？齊超，我好累，你跟我說實話吧，不要拐彎抹角了好不好？」

「我們……我跟妳不適合。」

「有什麼不適合的？你不是男人，還是我不是女人？在我眼裡，除了性別不和這個比較重要之外，其他的都不是問題。」

「妳太小。」

「我胸不小啊。」

齊超有點啞口無言，要不是潘朵在上面玩命，他都想訓她幾句，小女孩怎麼能隨便說這種話。

「把電話掛了，下來說。」

「齊超，我不喜歡拖拖拉拉的，都這麼久了，你表個態。喜歡我，就跟我在一起，不喜歡我，你就離開。」潘朵在空中對他笑了笑，他看不清潘朵的表情，卻聽到聽筒裡傳來她微微哽咽的聲音。

齊超沒有說話，他握著電話的手指有些發白，許久之後，他嘆了口氣：「朵朵，我有什麼好？」

「我不知道你哪裡好，我只知道你需要我。你的過去，我已經來不及參與了，你的未來，能不能容下一個我？求你了，娶我吧。」潘朵扔了電話，大喊了一聲，「齊超，你願意娶我嗎！」

齊超仰起頭看著她，她穿著一條白色的長裙，非常單薄，在空中被風吹起，她的長髮飛揚著，她就像一隻正在展翅的蝴蝶。

「你願意嗎？我沒你紅，沒你富有，沒你有才華，演技沒你好，你願不願意娶我？」潘朵哭著問他。

他不願意嗎？他願意嗎？齊超握緊了拳頭，他不知道該怎麼回答。他應該拒絕，可是內心裡總是有個聲音在告訴他，你是願意的不是嗎？

許久，潘朵都沒有等到齊超的答案。她抹了把眼淚，笑了笑說：「我以為，在你心裡，有我的一席之地，我以為這麼長時間的努力，我厚著臉皮靠近你，你沒有趕我走是喜歡我的意思。原來全都只是我以為，齊超，我不會再纏著你了，再見了……」

她說完，縱身一躍，從鞦韆上跳了下來。

齊超瞬間睜大了眼睛，快速奔跑過去：「不！朵朵！」

然而，他的速度，比不上高空墜落的速度。潘朵掉了下來，躺在舞臺上，燈光還是打在她身上，很夢幻，很美好，像一個支離破碎的夢境。

齊超踉蹌著跑到她身邊，顫抖著雙手將她抱在懷裡。

「朵朵？朵朵妳醒醒啊？妳不是問我願不願意嗎？我還沒回答妳，妳怎麼能跳下來呢？」齊超輕輕地撫摸著潘朵的臉，她的臉上有幾個過敏的時候留下的痘印，她那時候總是抓臉，他阻止過好幾次，她都笑著承認自己錯了，然後屢教不改。

「朵朵，不是妳配不上我，是我配不上妳。妳不會相信，妳每一次靠近，都讓我怦然心動，我很緊張，我甚至害怕。妳一點一點地入侵我的生活，就像一個病毒，治不好，趕不走。我願意跟妳在一起，只是我曾經失去過，所以我不敢接受妳。妳還那麼年輕，而我玩不起。朵朵……妳別怕，我不會讓妳離開。」齊超一直在撥的一一九終於打通了，卻被一隻手按掉了。

潘朵睜開眼睛，對他笑了笑，然後抱住他的脖子：「男神，所以，你願意娶我對吧？」

「妳……」

潘朵飛速地在他的嘴唇上親了一下：「你可別生氣，我都告訴你，我吊了威亞，不過你發脾氣不要我的話，那下一次可就是真的了。你也喜歡我，我也喜歡你，我們就別那麼彆扭，趁著這機會在一起就好了。別再繼續裝了好不好？都不是三歲、兩歲的人了。」

齊超被她氣得一句話也說不出來，他縱橫情場這麼多年，跟無數人鬥過嘴，竟然敗在一個小丫頭手上！

「誰幫妳出的餿主意？是不是妳三舅？」齊超黑著臉問。

潘朵「呀」了一聲：「你怎麼知道的？」

齊超冷哼：「妳身邊那些人，除了他誰研究過言情小說？這都是人家寫爛了的梗！」

潘朵就笑了：「那你還上當，說明你好愛我哦！男神，我們回家吧！」

「回什麼家，妳演技哪裡是沒有我好，妳這可是影后的水準！」

「哎喲！」潘朵慘叫了一聲。

齊超瞬間緊張起來，但是旋即又板起臉來：「妳別裝。」

潘朵咧了咧嘴說：「我真的沒裝，為了求真實，最後那一公尺真的是我自己摔下來的，男神，我腿好疼啊！」

當天晚上診斷結果，潘朵的腿有點骨折，為此，在養病期間齊超叨念了她無數次。

就連由曦都看不下去了：「你又不是老媽子，能不能不要這麼囉嗦了？你看你把潘朵都念傻了，只知道傻笑了！」

潘朵立即翻了個白眼給由曦：「你懂什麼，我們這是情趣！」

齊超也笑了笑說：「嗯，你不懂愛。」

由曦就跟看怪物似的看著他們兩個，好半天才說：「奇葩！」

19 你大爺：北京話口頭禪，用來發洩不滿的口語。
20 拉偏架：勸架時故意偏袒另一方的行為。
21 魔性：吸引力很大，就像中了魔咒一樣容易讓人沉迷。

番外二　由曦日記篇：就這樣和妳恩愛到白頭

星期一，杳杳很抑鬱

人怕出名豬怕肥，這句話說得有些道理，杳杳最近尤其這麼覺得。

她如今走在街上，會被人莫名其妙地圍觀，對她指指點點，她可以勉強不理會那些人。但是讀研究所以後，不得不每週都去上幾天課，在學校遭受的待遇讓她非常心力交瘁。

具體表現在她上課時，有奇奇怪怪的同學坐到她旁邊，時不時地跟她說幾句話，她不回答顯得不禮貌，回答了幾次，被老師抓了個正著。杳杳就從一個品學兼優的好學生變成了一個喜歡交頭接耳、擾亂課堂紀律的京大壞學生，她對此很憤慨！

她去學生餐廳吃飯，如果打飯的是大媽，杳杳還能夠得到點額外的食物，只是每次大媽都會跟她說：「好好照顧由曦，我看電視上的他都瘦了！讓人有夠心疼的呢！」

杳杳很鬱悶，但是對於人家的好意，也就道謝心領了。

但是如果遇到大爺或者是打工的男學生，那她肯定就要倒楣了。接受橫眉冷對，對方會對她哼幾聲說：「你們家由曦都要把我女朋友的魂給勾走了，天天嚷著要幫他生猴子，這事妳管不管！」

杳杳啞口無言，真想說一句，怪我囉？你的意思是怪我囉？你還少給我半份菜！

但是儘管如此，多年來尉遲教授的教導，讓她很難開口跟人掐架。只能抱歉地對著人家笑笑，然後端著飯盒飛速離開，根本吃不飽，由曦還要問她，妳怎麼瘦了。

杳杳自從不當由曦的全職助理後，就在學校過著水深火熱的生活。當她在圖書館看書都不曾消停，嚴重影響了她的生活之後，杳杳決定找由曦談一談。

彼時，下了雨，杳杳回到家裡，發現由曦沒有去錄製新歌，而是在家裡擦閣樓的地板。她有點詫異，但是由曦沒有想要理她的意思，自顧自地忙著。直到他把閣樓打掃乾淨了，關上了閣樓的門，轉頭看見杳杳還嚇了一跳，手裡的抹布直接掉在了地毯上。他非常鬱悶，考慮著是換條新的地毯，還是洗一洗。

杳杳陰沉著臉，由曦咬了咬牙，盡量讓自己不去注意那塊髒了的地毯，對杳杳笑了笑說：「下課了？淋濕了沒？要不要洗個熱水澡？」

杳杳搖頭，悶悶不樂地說：「你跟我下來，我們談談。」

杳杳將在學校的遭遇說了之後，由曦非常憤慨。杳杳緊接著表達了自己的想法：「要不然我們對外先低調好了，我馬上要分班了，以後你也不要到學校找我，我們就在外面假裝不認識好了。」

由曦暴跳如雷：「妳的意思是怪我囉？」

杳杳被他突如其來的怒火嚇了一跳，然後呆愣愣地點了點頭說：「對啊。」

由曦登時覺得，他一拳打在了海綿上，最後只能賠了笑臉說：「對不起。」

杳杳有點心疼，摸了摸由曦的頭，然後笑著說：「你能理解最好了。」

由曦淚奔，我能理解什麼啊！

星期二，男神很鬱悶

北京大學開家長會，百年難得一遇，全校學生都覺得，校長喝多了假酒，以至於腦子有點不清楚。於是乎，本市學生的家長都被請去了。

杳杳在打電話給自己的親爹尉遲教授的時候很委婉地說了這件事，尉遲教授略微沉吟，然後斬釘截鐵道：「放心！爸爸一定去！莫慌，抱緊爹！」

但是，家長會當天，杳杳只在教室門口等到了一個穿著灰色毛衣外套，黑色九分褲，一雙深棕色滑板鞋的人。他雙手插在口袋裡，緩緩走過來，每一步，都伴隨著尖叫。

當他走到杳杳面前的時候，杳杳的臉色有點難看，拉著他去了角落裡。

「不是說不要出現在我學校嗎？你怎麼還穿成這個樣子？」

由曦哼了一聲：「我們的爸打電話給我，他讓我轉告你，抱不著爹也莫慌，可以抱緊哥。我從片場直接過來的，這衣服難看嗎？讓妳丟臉了嗎？」

杳杳黑了黑臉，指著他裸露在外的腳踝說：「都十月底了，你穿九分褲不穿襪子，你不冷？」

「嘶……」由曦咧嘴笑了，「妳還是關心我的嘛。」

「回家換件衣服！」

「別，我等一下還有工作，就請了幾個小時的假，先參加妳的家長會吧。」

杳杳有點鬱悶，直呼自己親爹不可靠，眼看著家長會的時間到了，也只好讓由曦去開家長會了。只是他那雙因為沒穿襪子而裸露在外面的腳踝讓杳杳怎麼看都覺得不太舒服，所以在把由曦送到階梯教室，叮囑了一番之後，她直奔學校門口的小超市。

小超市人還不少，她挑挑揀揀排隊結帳，足足花了半個小時才買了一雙襪子，匆匆忙忙地跑到階梯教室，驚奇地發現，家長會竟然順利進行了。

杳杳有點欣慰地從後門溜進去，然後在由曦旁邊坐下，由曦正聽得認真，手裡拿著一支不知道從哪裡來的筆正在寫寫畫畫。

見到杳杳回來，由曦微微側過頭，對她笑了笑說：「校長誇獎妳了，我們家杳杳真是品學兼優。」

杳杳當即臉紅了，她有點不好意思地低下頭，輕聲說：「我們北京大學的學生都很好呢，大家都很熱愛學習，休閒娛樂就是讀書。」

由曦若有所思地點頭，還對杳杳眨眼一笑。雖說這個笑容很迷人，淡定如杳杳都快要不能呼吸了，然而她有點迷茫，由曦這是什麼意思？

接下來的時光由曦更加認真，杳杳好幾次想跟他聊聊，由曦都比了一個噤聲的手勢，然後繼續寫東西。

杳杳忍了一會兒問：「你在寫什麼？」

「也沒什麼，隨便寫。」由曦寫得認真。

杳杳伸長脖子去看，講臺上的校長咳嗽了一聲，她連忙縮回去，更加小聲地問：「有沒有不會寫的字，我告訴你？」

由曦的手抖了一下，他好想死，轉頭對杳杳說：「乖，妳偶像我的大學文憑不是買的。」

家長會在校長和系主任的慷慨激昂演講之後結束了，由曦鬆了一口氣，杳杳正打算起身過去看看他到底在寫什麼的時候，身邊一聲巨響，緊接著是嘩啦嘩啦的聲音，她轉頭一看，整個教室裡幾百個家長瞬間圍了過來，裡三層、外三層。

杳杳瞬間瞪大了眼睛，下意識地擋在了由曦身前，由曦順勢就抱住了她的腰，然後把下巴放在她的肩上，輕聲說：「別怕，我的粉絲。你們北京大學的學生不追星，他們的爸媽追星而已。」

杳杳臉上一紅，但是作為一個合格的助理，她想起Moore哥的話，一定要保護好男神的安全，畢竟保險公司賠不起。她堅決搖頭：「人太多了，有危險，你快點從後門走吧，早知道這樣，我就不讓你來了！你最近是不是演了什麼家庭倫理劇，為什麼這麼多媽媽粉？」

由曦心裡暖了好一會兒，但還是出手將杳杳抱到了一邊，摸了摸她的頭說：「只能是我永遠來保護妳，躲在我身後就行了。」

杳杳閉了閉眼睛，她幾乎能夠想像到，在擁擠的教室裡，大型踩踏事件是多麼恐怖。然而，就在她想要跟由曦抱在一起護著他的時候，她卻發現，那些家長自動排成了兩隊，正滿臉笑容地看著她。

杳杳又連忙鬆了手，有些奇怪地看著由曦。由曦從桌子旁的地上拿出兩疊本子，遞給第一位家長，然後說：「簽名和寄語都寫好了，有點倉促，下次吧。」

家長紛紛道：「我們家孩子能跟你們家杳杳是同學，真是八輩子修來的福氣呀，你跟網路上說的一點都不一樣，多文質彬彬啊！」

由曦靦腆一笑，然後牽著杳杳的手從家長會上離開了。杳杳還有點懵：「你是怎麼讓粉絲那麼聽話的？」

「我們的爸說讓我有空就多讀書，跟人講道理，還是有用的。」由曦笑了笑，兩個人手牽手漫步在北京大學的林蔭路上。

寒風乍起，杳杳打了一個哆嗦，由曦伸手就要脫衣服給她，杳杳連忙制止了：「裡面穿了嗎？」

由曦很誠實地搖頭：「劇組的衣服。」

「你給我穿，那你豈不是要裸奔？」

由曦大喜，一個華麗轉身，擺了一個姿勢說：「妳是怕別人看我嗎？我家杳杳對自家男朋友還是很看重的！放心，貞操一直在！」

杳杳黑線，說：「我是怕你感冒又得請假。」

由曦的笑臉垂了下來，「哦」了一聲。

緊接著杳杳遞過來一雙紅藍條紋的襪子，頗為小心翼翼地問：「天氣冷，你要不要穿上？」

由曦咧嘴一笑，變臉速度堪比翻書快，當即在路邊的長椅上坐下，然後換了襪子。

杳杳看了下手錶，催促道：「你快回片場去吧，我自己叫計程車回家就好。也不是第一次回家了，你快點去吧。」

最後由曦讓司機送杳杳，自己搭計程車去片場。

兩個人各自在車上無聊的時候刷好友圈，發現尉遲教授發了一條新的動態：『人醜就該多讀書。』

由曦瞬間大受打擊，委屈得不行，剛想回覆一句「爸爸我心裡苦」的時候，就看見杳杳先回了，父女倆甚至險些吵起來。

杳杳：『那你為什麼讓由曦多讀書？』

尉遲教授回覆杳杳：『哎呀，我沒說女婿醜。』

杳杳：『那你前後矛盾，邏輯太差了。』

尉遲教授回覆杳杳：『怎麼這樣跟妳爸爸說話呢？』

杳杳：『學術問題面前無父女。』

尉遲教授發了一個再見的表情。

沒多久，杳杳傳了微信過來說：『我爸好像把我封鎖了，你也不許跟他說話，哼！』

緊接著，尉遲教授也傳了微信過來：『我把杳杳封鎖了，她總是公開跟我叫板，我們兩個也該治治她這個臭脾氣了，你也一起封鎖她吧！』

由曦哭笑不得，你們兩個愈來愈幼稚了。

片場化妝間補妝的空檔，他自拍了一張，然後放在了微博上，美滋滋地去拍戲了。

等結束拍攝回到家的時候，他發覺家裡氣氛不太對，杳杳似乎很生氣，由曦連忙過去安慰。

「要不要幫妳煮個宵夜？妳吃了去洗澡、睡覺，明天我跟我們的爸聊聊？」由曦試探著問道。

杳杳猛然間拍了下桌子：「太不像話了！竟然又黑你！」

由曦一愣：「黑我？怎麼了？」

杳杳打開 iPad，登錄了微博，二十四小時微博熱點上第一條是「#由曦的襪子#」。

杳杳一邊給他看，一邊說：「也不知道誰那麼無聊，你穿個襪子也要偷拍放到網路上去，明星還不能穿襪子保暖了嗎？真是氣死我了！」

由曦一看，呃……這是他的自拍。

星期三，男神心裡很難受

由曦以前並沒有發現到，穿襪子是一件這麼幸福的事情，真的是非常溫暖。他決定給劇組的人都買一雙，簡直是貼心小禮物。

杳杳辭職不當助理了，他只好讓潘朵去幫他買，哪知道，潘朵拿著五百塊錢的發票過來找他報銷。

「我就讓妳買十雙襪子，怎麼這麼貴？妳買什麼國際大品牌啊！」由曦抓著錢包，有點肉疼。

潘朵最近喜歡上了戴眼鏡，覺得自己非常有涵養，她推了推跟齊超同款的眼鏡框說：「這可是比國際大品牌還要暢銷好嗎，都需要搶購的好嗎！」

由曦疑惑了：「妳到底買了什麼啊？」

潘朵打開手機淘寶遞給他一看說：「男神同款啊！」

由曦險些沒背過氣去，咆哮道：「妳買個由曦同款給由曦本人，妳覺得有什麼意思嗎！」

潘朵眨了眨眼睛，然後道：「三舅你說得好像有點道理！」

星期四，光棍節

光棍節從一個普通的日子變成了一個購物節。

早在一週前，由曦就將今天空了出來，什麼通告也不接，對Moore哥說身體不適，請假一天。由曦現在也是專業演員了，表情拿捏得極其到位，那渾身不適的樣子讓Moore哥看了都有點心疼。

他咳嗽了幾聲說：「我休息一天就好了。」

「真的不用去醫院？我安排個專家幫你看看吧。」

由曦連連搖頭：「不用麻煩了，小病。」

雙十一當天，由曦在家休息，凌晨的時候他起床迅速開電腦，清空了他和杳杳的淘寶購物車，然後滿意地睡覺去了。

第二天接到了好幾封簡訊，他成了好幾家店的至尊VIP，並且拿到了豐厚的獎勵，只因為他是當天消費累計第一名。

過沒幾天，杳杳收到了無數個快遞包裹，她很疑惑地問由曦：「我什麼也沒買呀，這是怎麼回事啊？」

由曦努了努嘴問：「那妳開不開心嘛？」

杳杳努力感受著拆包裹的感覺，然後說：「還可以吧。咦，這個東西有點眼熟啊。」

由曦心裡偷笑，他家的傻杳杳只加入了購物車，竟然忘了買，要不是自己，她怎麼能拿到這麼多喜歡的東西呢。

沒想到杳杳緊接著說了句：「我聽潘朵說，放到購物車可以抽獎。」

由曦一瞬間就明白了，但還是笑著說：「是啊，所以妳中獎了，後來人家打電話來了，妳不在，我接的，手氣可真好。」

杳杳將信將疑：「那他們賺錢嗎？白送這麼多東西。也不能說，我放什麼就中什麼吧？」

「大概是有賺錢的吧，我好像也中獎了。」

「哦……那我們要慶祝一下了。」

於是二人晚上去吃了一頓大餐。

在光棍節結束一週以後，Moore哥突然想到一個問題，由曦是怎麼預知到自己雙十一會生病，所以來請假的？

星期五，求婚

「今年過節不收禮，收禮只收×××」……市面上這個廣告紅了一陣子，洗腦般地宣傳，讓人記憶猶新。

春節就快要到的時候，杳杳絞盡腦汁，她並不知道該送由曦什麼樣的新年禮物。冥思苦想了幾日，她覺得或許給一份感情一個圓滿，應該是一份很好的禮物。

在除夕這一天，爆竹聲聲。當新年的鐘聲響起，他們相擁在窗前，眺望著天際的煙火，各自拿出一個紅包，遞到對方的手裡，互相說了句：「新年快樂。」

然後各自拆開，緊接著是相視一笑，熱淚相擁。

由曦準備給杳杳的紅包裡面是一張卡片，寫著三個字：「嫁給我」。

而杳杳的紅包裡也有一張卡片，三個字：「娶我吧」。

不知道是誰跟誰求婚，不知道是誰先喜歡了誰，總之，年華幸而有你。

星期六，你叫什麼

小天王由曦家裡添丁了，廣大粉絲非常失落，她們的男神娶了別人，也跟別人有了孩子，自己沒戲了。但是當由曦曬出孩子的照片以後，粉絲們不約而同地開始叫他公公。

由曦起初覺得粉絲都變了，竟然說他是太監，後來才明白，她們盯上了他兒子，想要當自己的兒媳婦，由曦瞬間覺得非常圓滿。

但是直到要登記戶籍的時候，由曦家的孩子還沒有取名，原因是尉遲教授和尉遲杳杳吵起來了，父女倆冷戰了好多天。

尉遲教授想幫孩子取名字叫由扶隰，出自《詩經章鄭風》的第十首，詩曰：「山有扶蘇，隰有荷華」。

杳杳當即大怒，表示，我家孩子怎麼能叫這個名字，跟扶蘇公子出自同一首詩，歷史上的扶蘇公子可沒有什麼好結果。

尉遲教授表示，這名字寓意很好。

杳杳就更加生氣了：「我就被人叫成小木頭，我兒子不能還叫木頭！」

尉遲教授：「好好好，那妳說叫什麼，妳取個更好的來！」

杳杳拿出了自己想的名字，叫由顯。

由曦抱著孩子，伸長脖子過去看了看，然後表示，我就看看不說話。

尉遲教授撇了撇嘴說：「妳看吧，我就說妳取的名字不行，誰認識啊？」

由曦有點難過……

父女倆又爭論了幾日，各個引經據典，最後兩人來找由曦評理：「你說，孩子到底叫什麼好？」

由曦絞盡腦汁想了好半天，然後說：「要不叫饕餮吧，夠複雜。」

尉遲教授和尉遲杳杳震驚了！

星期天，學霸難為

由曦家的孩子最終還是沒有叫做饕餮，原因是遠在大洋彼岸的由家父母把由曦罵了一頓，最後孩子叫由隰顯……

每當由小朋友考試的時候，別人寫好班級、姓名了，他在寫自己的名字；別人寫完兩題了，他還在寫自己的名字……

對此，由隰顯小朋友完全沒有壓力，誰叫他是學霸呢？

作為從小到大的學霸，每當自己親爹強迫自己做不願意做的事情的時候，他都會默默地拿出一本詩集問：「爸，幫我複習一下功課可以嗎？」

由曦瞪了瞪眼說：「你開心就好，想幹嘛就幹嘛。」

當杳杳教書育人時間久了，總想對兒子的事情指點一下的時候，由隰顯都會拿出一套電腦程式設計問題問：「媽，這個代碼妳能不能幫我檢查一下？」

後來總被 Moore 拿來跟由隰顯比較的潘朵覺得，別人家的小孩好煩哦！

高寶書版集團
gobooks.com.tw

YH 019
天王助理

作　　者　準擬佳期
責任編輯　高如玫
封面設計　ZZdesign
內頁排版　賴姵均
企　　劃　方慧娟

發 行 人　朱凱蕾
出　　版　英屬維京群島商高寶國際有限公司台灣分公司
　　　　　Global Group Holdings, Ltd.
地　　址　台北市內湖區洲子街88號3樓
網　　址　gobooks.com.tw
電　　話　(02) 27992788
電　　郵　readers@gobooks.com.tw（讀者服務部）
　　　　　pr@gobooks.com.tw（公關諮詢部）
傳　　真　出版部(02) 27990909　行銷部 (02) 27993088
郵政劃撥　19394552
戶　　名　英屬維京群島商高寶國際有限公司台灣分公司
發　　行　英屬維京群島商高寶國際有限公司台灣分公司
初　　版　2020年 11 月

國家圖書館出版品預行編目(CIP)資料

天王助理／準擬佳期著; -- 初版. -- 臺北市：高寶國際出版：高寶國際發行, 2020.11
　面；　公分. --

ISBN 978-986-361-911-6（平裝）

857.7　　109013396

GOBOOKS
& SITAK
GROUP ©